Einaudi. Stile Libero Big

D1620218

© 2020 Giulio Einaudi editore s.p.a., Torino

Pubblicato in accordo con S & P Literary - Agenzia letteraria Sosia & Pistoia

www.einaudi.it

ISBN 978-88-06-24282-4

Serena Dandini
La vasca del Führer

Einaudi

La vasca del Führer

A Elia

Prinzregentenplatz 16, Monaco, 30 aprile 1945

Le mattonelle del bagno sono lisce e ghiacciate. Tutto è pulito alla perfezione, come in una camera d'albergo pronta a ricevere l'ennesimo cliente. Gli asciugamani rigorosamente bianchi, disposti secondo misura negli appositi sostegni, aspettano un nuovo ospite da accudire. Sono gli stessi che hanno avvolto e protetto il corpo di quell'uomo mostruoso che Lee non riesce nemmeno a nominare. Solo il monogramma «A. H.» sull'argenteria svela l'identità del proprietario.

Mentre si addentra in quegli interni anonimi, insignificanti, una domanda continua a risuonarle nella testa. Piú che un interrogativo, un urlo soffocato: perché non c'è nessuna presenza del male che ha abitato quelle stanze? Una sobria dignità borghese trasuda da ogni dettaglio. Com'è possibile che i mobili decorosi, le tende in damasco blu e i tavolini in legno scuro non raccontino nulla dell'essere diabolico che per tanto tempo ha vissuto indisturbato fra quelle mura? Lee attraversa un appartamento che avrebbe potuto accogliere il benessere discreto di un impiegato comunale, o di un prelato in pensione con un'inclinazione per l'arte classica e le sue mediocri imitazioni. Si può procurare un dolore atroce a milioni di persone e vivere tranquilli come «gente perbene», accumulando suppellettili dozzinali e cuscini a piccolo punto?

Lee era riuscita a trattenere la nausea dinanzi all'orrore di Dachau. Ora, di fronte alla rispettabilità del male, sente che sta per sprofondare. Per l'intera giornata ha scattato foto con la sua Rolleiflex, senza perdere un tempo, senza lasciarsi sopraffare dall'emozione, consumando rullini su rullini con una frenesia nervosa: è tra le poche *dames* fotografe a cui è stato concesso di entrare in un campo di concentramento tedesco, aveva lottato contro regolamenti e pregiudizi per stare lí e non poteva permettersi cedimenti. Doveva documentare ciò che nessuno avrebbe mai reputato autentico in assenza della testimonianza diretta delle immagini. Insieme ai rullini ha spedito a «Vogue» un telegramma con queste semplici parole: «Credetemi, è tutto vero!» Dubita che una rivista di moda abbia il coraggio di pubblicare su carta patinata l'incubo a cui lei ha assistito: montagne di corpi che erano scheletri già prima di morire, senza piú nome né dignità, spinti a fatica dalle ruspe verso una fossa comune per scongiurare le epidemie. Ma le foto non sarebbero bastate comunque, non avrebbero reso se non alla lontana la scena che la 45ª divisione di fanteria della Settima Armata dell'esercito statunitense si era trovata davanti. Gli scatti non avrebbero mai trasmesso l'odore dei cadaveri accumulati sui treni merci, un fetore fortissimo che aveva investito i soldati quando ancora erano ben distanti dal campo. All'inizio erano convinti che fossero dei gas letali utilizzati dai tedeschi per bloccare gli alleati; certo non si figuravano che quel tanfo insopportabile provenisse dalla carne putrefatta di centinaia di esseri umani privi di vita abbandonati a marcire sotto il sole.

La resistenza al dolore che ha esercitato a Dachau si è dissolta dentro la casa dove aveva vissuto il demonio. Lee ha perso forze e sensibilità. Nessuno ha il diritto di sopravvivere dopo l'inferno. Neanche lei.

Respira a fatica nel bagno immacolato, due lacrime pesanti come gocce di vetro si fermano sulle guance impietrite, proprio come nel ritratto che Man Ray le ha fatto tanti anni prima: un gesto surrealista che si è trasformato in realtà. Ed è un guizzo del passato a salvarla ancora una volta: sta per crollare, ma si abbandona all'indole vitale che l'ha sempre guidata nei momenti oscuri.

Un istinto infantile la spinge ad aprire i rubinetti. Dopo mesi di accampamenti e ricoveri di fortuna, è incantata dal tepore dell'acqua. La guerra si è incollata alla divisa che è ormai una seconda pelle, si spoglia riscoprendo un corpo vivo che non ricordava di possedere, si leva a fatica gli anfibi pieni di fango che contaminano l'innocente candore di quel luogo falso come un set cinematografico che non ha piú ragione d'esistere.

Lo spettacolo è finito, e Lee si immerge con la sua proverbiale insolenza nella vasca del Führer.

A cosa sta pensando questa donna molto bella e sensuale mentre si passa il sapone sulle spalle, aspettando che il collega David Scherman si decida a scattare quella foto sconveniente? Non riesco a staccare gli occhi dall'immagine e cerco di penetrare lo sguardo impermeabile e quasi assente della reporter di guerra Lee Elizabeth Miller, aggregata nell'esercito degli Stati Uniti durante il Secondo conflitto mondiale. È una fotografia curata nei minimi dettagli quella che continuo a fissare ipnotizzata.

I pantaloni dell'uniforme sono piegati sullo sgabello accanto alla vasca; gli stivali incrostati del fango di Dachau sono abbandonati sul pavimento: prima di toglierli, per sfregio, Lee li ha strusciati sul tappetino candido e poi si è immersa lentamente. Qualcuno bussa alla porta. Devono fare in fretta, la casa è stata requisita dagli alleati dopo la

liberazione della città e tutti reclamano quel bagno, perché
in guerra acqua calda e asciugamani puliti sono piú preziosi
di benzina e sigarette. C'è un clima di euforia nell'appartamento e nell'intera Monaco di Baviera, dalle cantine segrete del Führer spuntano bottiglie di champagne di marca e si
brinda alla fine imminente del conflitto. I russi sono entrati
a Berlino e la resa è piú vicina di quanto si pensi. Proprio
mentre Lee compie il suo lavacro profano, nel bunker della Cancelleria del Terzo Reich Hitler ed Eva Braun, dopo
essersi sposati la sera precedente, si tolgono la vita. David
e Lee ancora non lo sanno: è uno dei tanti cortocircuiti che
costellano l'esistenza di questa donna affascinante e misteriosa con cui il fotoreporter americano David Scherman ha
scelto di condividere l'avventura al fronte. Lui è timido,
bruttino, intelligente e spiritoso; lei è audace e bellissima e
pare non aver paura di niente. Sono legati da una vera amicizia, di quelle che si fortificano davanti al pericolo quotidiano in prima linea, quando la morte è tra le opzioni piú
probabili e non ci si fa piú caso. Sono anche amanti, ma
questo è solo un dettaglio.

Mentre Lee prepara il suo bagno, Scherman si diverte a
fotografare il sergente maggiore Arthur E. Peters sdraiato
sul letto di Hitler e assorto nella lettura del *Mein Kampf*, di
sicuro una delle molte copie autografate che il Führer regalava con benevolenza ai visitatori. L'istantanea finisce sulla
copertina di «Life» con il titolo *Get Your Feet off My Bed*
e incorona Scherman come uno dei reporter di guerra piú
popolari dopo la liberazione. È la foto perfetta per sancire
la vittoria degli alleati, burlona e giocosa quel tanto che fa
simpatia.

L'immagine di Lee nella vasca del Führer, invece, fa venire i brividi. A guerra conclusa, lo scatto rimane sepolto nella
soffitta della sua casa nel Sussex dentro una scatola di car-

tone insieme a negativi, lettere e oggetti personali. Tornata dal fronte, la fotoreporter compie l'ennesima metamorfosi e rimuove scientificamente ogni traccia del proprio passato. Tutto ciò che la riguarda, compresa la foto nella vasca di Hitler, sarebbe rimasto per sempre nel dimenticatoio se una coincidenza fortuita, dopo la sua scomparsa, non avesse deciso altrimenti.

L'istantanea della vasca è datata 30 aprile 1945, e in apparenza non ha nulla a che vedere con le altre fatte da Lee Miller nei campi di concentramento di Buchenwald e di Dachau. Scorrendo le immagini di quei giorni drammatici, siamo davanti a una sequenza ininterrotta di orrori: cadaveri accumulati come spazzatura, prigionieri che mostrano all'obiettivo i volti scarnificati, teschi in cui brillano come unico segno di vita occhi increduli e spaventati. Sono le foto che per anni perseguiteranno il popolo tedesco e ci permetteranno di ricordare in bianco e nero cosa è davvero successo nelle fabbriche della morte. Lee documenta anche le guardie delle SS afflosciate in ginocchio a implorare inutilmente pietà, senza piú fierezza, i visi tumefatti dalle percosse. «Bastardi ben nutriti» li definisce nell'articolo che accompagna il suo servizio per «Vogue», nel quale non risparmia nulla alle lettrici eleganti che non si aspettavano certo di trovare nella loro rivista preferita testimonianze cosí crude, inserite fra la pubblicità di una crema idratante e l'ultimo grido in fatto di cappellini.

Ma la foto nella vasca che continua a ossessionarmi è qualcosa di piú di un documento di guerra: sembra un ritratto privato che Lee ha voluto scattare piú per sé che per la storia. La guardo e la riguardo con attenzione. L'inquadratura è costruita fin nei particolari, come uno dei tanti servizi di moda che Lee ha realizzato: luce e contrasti sono studiati da professionista, gli oggetti sistemati ad arte,

quasi a comporre un quadro. Ma non siamo su un set, Lee
Miller è immersa sul serio nella vasca del Führer, a Monaco di Baviera, nell'appartamento in Prinzregentenplatz, lo
stesso che il comandante supremo del Terzo Reich ha condiviso con l'amante Eva Braun e prima ancora con la giovane nipote Angelika Raubal detta Geli, che Hitler diceva
di amare piú di ogni altra cosa al mondo. La ragazza fu rin-
venuta morta proprio lí il 18 settembre 1931, ufficialmente
suicida: un colpo sparato al cuore con la Walther dello zio
Adolf. La sua fine rimane avvolta nel mistero. Qualcuno ha
scritto che il magistrato Franz Gürtner insabbiò le indagini
e, caso strano, anni dopo fu nominato ministro della Giu-
stizia del Reich.

Al processo di Norimberga, Hermann Göring dichiarò
che «la morte di Geli ebbe su Hitler un effetto devastante,
cambiando totalmente il suo modo di relazionarsi con gli
esseri umani». Per elaborare il trauma sarebbe stato meglio
consultare un noto dottore come Sigmund Freud, peraltro
viennese d'adozione come il Führer, anziché costringere il
padre della psicoanalisi alla fuga al pari di milioni di ebrei,
i piú fortunati, quelli che ce la fecero per miracolo a sottrarsi alla «soluzione finale» che prevedeva lo sterminio si-
stematico della razza ebraica. Ma dopo ciò che Lee e i suoi
colleghi avevano visto e fotografato, nessuno si sarebbe piú
sognato di dire che erano soltanto congetture fabbricate ad
arte dalla propaganda antinazista: neanche gli abitanti della ridente cittadina di Dachau, costretti a sfilare davanti
agli orrori del lager, avrebbero piú potuto negare l'evidenza. «Non c'è alcun dubbio che i civili tedeschi sapessero
cosa stava accadendo», aveva scritto Lee nell'articolo per
«Vogue», battendo furiosa i tasti della piccola macchina da
scrivere Hermes. La scrittura era per Lee un supplizio, un
lavoro necessario che le procurava sofferenza fisica, quasi

dovesse scavare parola dopo parola nella roccia della memoria. Per finire un articolo poteva impiegare una notte intera e almeno una bottiglia di un qualsiasi alcolico disponibile al fronte; mentre scattare fotografie era un gesto naturale come respirare, le sequenze nascevano libere dalla Rolleiflex, quasi senza scarti, e ogni immagine portava con sé un risvolto segreto. Non c'erano filtri o distanze fra l'obiettivo e quello che Lee vedeva, aveva pure tagliato la visiera dell'elmetto d'ordinanza per non avere impedimenti che rallentassero la sua presa sulla realtà. Margaret Bourke-White, acclamata fotografa di «Life», le aveva confessato che per riuscire a lavorare in prima linea doveva creare una specie di cortina fumogena tra le emozioni personali e la crudezza delle scene da immortalare; aveva bisogno di una barriera per non crollare. Ma quel raziocinio e quella serenità interiore Lee non li ha mai conosciuti, e sul suo viso, un tempo angelico, ora è impresso come su un negativo tutto il dolore del mondo.

Mi ostino a fissare questa foto anomala, lontana dai cliché dei reportage di guerra, e provo a capire perché ancora oggi continua a parlarci della nostra storia.

Una cornice con il ritratto di Hitler è appoggiata alle mattonelle, vicino al portasapone. Il Führer, con sguardo severo, osserva come un testimone impotente la nudità di Lee Miller che, con un gesto spudorato, profana la sua sala da bagno. A contrasto, sul lato destro dell'inquadratura, Lee ha sistemato una statuetta in marmo ispirata alle Veneri greche, una delle tante riproduzioni a buon mercato in possesso del capo supremo del Terzo Reich. Hitler era un fervido sostenitore dello stile classico che celebrava la purezza estetica dell'arte contro la pericolosa decadenza delle avanguardie, accusate di trascinare l'umanità nella barbarie e nel caos. Il surrealismo in cui aveva militato Lee

Miller, insieme all'espressionismo, al dadaismo, al cubismo
e a tutti gli altri «ismi», come erano chiamati con disprez-
zo dalla propaganda nazista, furono banditi dai musei del
Reich. Non c'è traccia di Dalí, Picasso o Kandinskij nelle
case del Führer: questi nomi fanno parte di una folta lista
di artisti incriminati, rappresentanti di quell'arte definita
«degenerata», cosí deleteria per la sana educazione dei tedeschi che andava sequestrata e data al rogo nella pubblica piazza. Ma anche rivenduta di nascosto a caro prezzo,
per finanziare il sogno di un museo di Stato che inneggias-
se al nuovo ideale estetico favorito dal regime, il quale si
era prefisso di promuovere attraverso l'arte classica il mi-
to della razza ariana. Milioni di opere del passato venne-
ro strappate con ferocia alle famiglie ebree e ai musei dei
paesi occupati, poi nascoste in rifugi sotterranei e miniere
abbandonate in attesa della vittoria finale. Mentre i capolavori delle avanguardie, considerati l'espressione malata
di un'élite, prima di essere distrutti furono mostrati al popolo in una macabra esposizione che presentava, accanto
ai quadri, riproduzioni di casi clinici e volti deformi, per
invitare all'irrisione. Una rieducazione estetica che mette-
va al bando tutto ciò che non rientrava nel nuovo canone
stabilito dal Reich.

Lo sterminio della bellezza è l'arma preferita di ogni propaganda che si rispetti; e Lee Miller, infilandosi nuda in quella vasca, compie un personale esorcismo per scongiurare il
male, una vendetta artistica contro la brutalità del potere.
Chi meglio di lei, che è stata la donna piú bella del mondo,
può sapere che è proprio la bellezza il piú ambito fra tutti
i campi di battaglia? Sono passati oltre settant'anni, eppure questa fotografia scavalca il tempo e le ideologie e può
ancora raccontarci qualcosa di prezioso sulla forza eversiva
della libertà d'espressione.

Oggi siamo bombardati da una miriade di immagini. Ci piovono addosso da ogni mezzo di comunicazione, siamo assuefatti a qualsiasi novità o stranezza che vorrebbe accalappiare la nostra pigra attenzione: provano ad attirarci con filtri, fotomontaggi e trucchetti vari, ma è sempre piú difficile che qualcosa ci colpisca davvero o addirittura ci faccia pensare.

Invece la sintesi artistica della foto di Lee Miller è cosí potente da catturare subito il nostro sguardo. Quando ho scoperto che si trattava dell'istantanea di un'inviata della Seconda guerra mondiale, mi ha talmente incuriosito che non ho potuto non immergermi nella sua storia.

Poughkeepsie, 1915

Al Metropolitan Museum di New York è esposto un quadro che fece grande scalpore nel 1913, quando fu mostrato per la prima volta al pubblico americano con il titolo *Matinée de Septembre*. È un'immagine considerata ai nostri giorni quasi innocente e un po' kitsch: raffigura una giovinetta nuda mentre si bagna pudica nelle acque di un lago di campagna in una luminosa mattinata di settembre. Il suo autore, Paul Émile Chabas, non intendeva turbare la *pruderie* dell'opinione pubblica, ma la battaglia fra i censori indignati per quella nudità adolescenziale e i difensori di ogni libertà artistica rese il quadro cosí popolare che fu pubblicato su tutti i giornali e andarono a ruba migliaia di cartoline con la sua riproduzione.

Negli stessi anni, Theodore Miller, uno stimato ingegnere di Poughkeepsie, si diletta nel tempo libero nella nuova arte della fotografia, e una fredda mattina di dicembre, ispirato dal dipinto incriminato e dalle polemiche che lo hanno reso famoso, decide di battezzare uno dei propri scatti casalinghi con il nome di *December Morning*. Elizabeth ha solo otto anni e posa nuda per il padre in mezzo a un paesaggio innevato che fa venire i brividi.

C'è qualcosa di scabroso e di insolito in questa fotografia che non rientra nella rassicurante tradizione degli album

di ricordi familiari, ma sfiora il territorio delle foto lascive
collezionate in segreto dagli amanti del genere. Eppure lo
sguardo di Elizabeth, chiamata in famiglia Li-Li, non tra-
disce imbarazzo o pudore. La bambina fissa l'obiettivo spavalda e appare orgogliosa di compiacere il padre in quelle
sperimentazioni che lui chiama «arte».

Il nudo a casa Miller non è un tabú. Anche la madre
Florence, solida casalinga borghese, ha posato senza veli
per il marito, e in famiglia sono soliti praticare in costume adamitico l'elioterapia, una nuova cura che sfrutta i
benefici dei raggi solari sulla pelle. Nonostante la manifesta modernità, i Miller fanno parte della buona società
di Poughkeepsie, cittadina della provincia americana ada-
giata sulle sponde dell'Hudson. L'inverno è rigido e tira
spesso un vento gelido che ghiaccia il fiume e trasforma
gli alberi in cristalli, ma la piccola Li-Li, nuda a parte un
paio di buffe pantofole a ripararle i piedi, appare a proprio agio in mezzo alla neve. Sembra un animaletto selvaggio inconsapevole dell'obiettivo che, come il mirino di un
cacciatore, la tiene sotto tiro per catturarla. Seguirebbe il
padre ovunque, lo ammira, è il suo eroe, e partecipa sin
da piccola agli incantesimi della camera oscura dove Theodore dà vita alle figure che ha colto con la scatola magica
che tanto lo appassiona. Elizabeth ancora non sa che l'intimità di quel luogo buio diventerà un giorno una piace-
vole consuetudine: rifugio sicuro dove nascondersi, stanza
segreta in cui sperimentare la creatività surrealista. Ora
è solo una bambina intelligente e vispa che alle bambole
preferisce i giochi considerati da maschiaccio, affascinata
dalle curiosità scientifiche del papà ingegnere.

Il signor Miller è un manager rispettato nella fabbrica dove lavora, ma per i figli è un mago, un genio della tecnologia
al pari di Samuel F. B. Morse, l'inventore del telegrafo vis-

suto a poca distanza da Poughkeepsie, in una tenuta domi-
nata da una villa all'italiana divenuta dopo la sua morte un
museo celebrativo; luogo quasi sacro per la famiglia Miller,
che spesso nei week-end si reca in pellegrinaggio al mauso-
leo dello scienziato per ammirarne le creazioni e i dipinti.

È la scienza la religione impartita da Theodore ai figli,
incantati dalle novità che il padre introduce nella fattoria,
la prima nella regione a disporre di acqua corrente, riscaldamento ed elettricità. Ma l'immensa fiducia che l'ingegner
Miller nutre nei confronti della modernità e del progresso
non è stata di nessun aiuto davanti al danno che la figlia ha
subito un anno prima di quel gelido mattino di dicembre.
Un amico di famiglia ha abusato di Elizabeth. L'agnellino
innocente è stato divorato da un lupo cattivo, come in una
brutta favola che nessuno in quella casa ha mai raccontato. La positività di Theodore, proiettato verso un futuro di
benessere e armonia, viene fatta in mille pezzi dall'atavica
brutalità di un maschio. Il male irrompe come una maledi-
zione, e non c'è invenzione geniale che possa riportare indietro il tempo. L'innocenza perduta della sua bambina si
tramuta in una ferita che in famiglia non verrà mai piú no-
minata. Il padre seguita a fotografare Li-Li, spera di cancellare la macchia con la bellezza delle immagini, ma sa che
dietro l'apparenza perfetta di quel corpicino si cela un malessere a cui non può porre rimedio con le sue conoscenze
scientifiche. Non dovevano lasciarla da sola in casa di quegli amici cosí fidati. Come è potuto accadere un fattaccio
del genere proprio a lui, che ha sempre serbato una radiosa
fiducia nell'umanità?

Il «malanno» è affrontato con raziocinio e cure mediche:
l'importante è separare il trauma del corpo dalle conseguenze
psicologiche. Il fisico guarisce, l'anima sotterra il dolore in
un luogo inaccessibile e la vita è costretta ad andare avanti.

Non si riparano cosí anche gli ingranaggi piú malandati? Nella fabbrica dove Theodore lavora c'è un meraviglioso marchingegno in grado di separare i solidi dai liquidi: possibile che non abbiano ancora inventato qualcosa di simile per le emozioni umane? Bisognerà rileggere le idee rivoluzionarie del luminare viennese tanto in voga che scava nel profondo della psiche, cosí la chiamano. Elizabeth è sottoposta a penosi lavaggi vaginali per le conseguenze di quel drammatico episodio che deve scordare a tutti i costi: anche se la parola «gonorrea» è talmente sgradevole che è difficile da dimenticare. Il senso di colpa e di sporcizia le rimangono addosso, come un'infezione rintanata in un anfratto da cui non c'è farmaco miracoloso in grado di snidarla. Con l'intento di risarcirla per le sofferenze subite, Theodore le concede la libertà di scegliere l'esistenza che preferisce: quale altra cura può esserci per una ragazza cosí speciale? E lei, per ripagare tanta fiducia, lo amerà per sempre.

Un dono raro e insolito anche per i nostri tempi cosiddetti emancipati, ma che ai primi del Novecento è quasi inaudito. Le fanciulle di buona famiglia, per quanto dotate di intelligenza vivace, erano addestrate sin da piccole a compiacere i desideri del futuro marito; strade differenti erano considerate insidiose e costellate di pericoli.

Ma Elizabeth ora possiede la misteriosa forza delle persone fragili che non si ritirano mai al cospetto di una tempesta e si sentono vive solo sfidando i propri limiti. Nel suo sguardo spavaldo di quel mattino di dicembre è già racchiuso il suo destino. Alle donne non è concesso l'onore di una narrazione epica e nessun poeta ne canterà le gesta: Li-Li è solo una ragazzina nata nel 1907, ma è comunque pronta ad affrontare la battaglia che l'aspetta.

Theodore non smetterà mai di fotografarla, nella speranza di ricomporre l'immagine svanita della sua bambina che si è trasformata in uno dei puzzle con cui giocano nelle sere invernali. C'è sempre un pezzo fuori posto che impedisce la visione d'insieme, il disegno perde i contorni e sfugge alla comprensione.

Solo Pablo Picasso, molti anni dopo, riuscirà a raccogliere in un quadro i frammenti scomposti della sua Li-Li, e nel caos cubista di quel ritratto il padre ritroverà finalmente il viso della figlia.

New York, 1927

C'è molto traffico sulla Quinta strada, quella mattina d'inverno. Le foto dell'epoca ci mostrano una metropoli tumultuosa e ammaliante: una visione lontana nel tempo, eppure familiare agli appassionati di pellicole in bianco e nero.

Ma questa storia non è un film, anche se sembra uscita dalla penna di uno sceneggiatore hollywoodiano alla ricerca di un colpo di scena per la sua commedia brillante. Una ragazza bellissima attraversa all'ora di punta: il cielo è grigio e iridescente come un metallo prezioso e le grandi macchine simili a pachidermi procedono nervose. Da sempre tutti hanno fretta a New York, la frenesia è nata con la città e la ragazza è a proprio agio in quel clima euforico. Anche lei è protesa verso qualcosa, non sa bene dove la porteranno i suoi sogni ma non vede l'ora di scoprirlo. Forse è per questo che ha la testa fra le nuvole: sta pensando a come rivoluzionare la propria giovane vita, è stufa di fare la modella di biancheria intima nel negozio di *Stewart and Company*, e le lezioni di danza le hanno portato solo una modesta scrittura come ballerina di fila nella nuova rivista annuale del *George White's Scandals*, un ambiente non cosí elettrizzante visto dai camerini, anche se è con gli *Scandals* che Louise Brooks ha cominciato a sgambettare per poi diventare la star tanto ammirata sul grande schermo. La ragazza bellissima con la testa fra le nuvole ha trascorso interi pomeriggi insieme all'amica Minnow a studiare le vite dei divi del cinema su «Photoplay», ma la carriera di attrice non la intriga, è piú affascinata dal talento di Anita Loos che, giovanissima, ha pubblicato un best seller facendosi largo in un universo governato dagli uomini. Ha letto con avidità il suo *Gentlemen Prefer Blondes* e si è innamorata dell'idea che una donna non solo possa finalmente votare, ma anche fare la scrittrice o qualsiasi altra cosa le frulli in testa. Tutto meno che frequentare le scuole noiose da cui si è fatta sempre cacciare per comportamenti «inauditi» per una ragazza perbene. Come se fumare una sigaretta fosse chissà quale delitto. Sente di possedere un temperamento artistico, è un'aspirazione ancora confusa, ma per scoprire il proprio demone dovrà essere libera e indipendente. Sí, ne è sicura. «Il destino continua a succedere», l'ha scritto Anita Loos, una frase magica che potrebbe essere il titolo di quella mattinata newyorchese.

Intanto ha convinto i genitori che non può piú vivere a Poughkeepsie: la provincia la soffoca e la fa ammalare. Dopo averla vista aggirarsi per la fattoria come un fantasma, febbricitante e senza forze, il padre ha deciso di esaudire il suo desiderio: «E New York sia». In fondo dista poco meno di cento chilometri da casa e può raggiungerla quando vuole, e sua moglie Florence non fa forse avanti e indietro due volte a settimana per le sedute con il dottor Bill? L'eminente psicologo, primo divulgatore di Freud in America, la tiene in cura dopo qualche maldestro tentativo di suicidio e gli effetti sono prodigiosi. Si dice che la mamma abbia conosciuto un altro uomo, piú attento e premuroso del marito, ma che all'ultimo le sia mancato il coraggio di andar via e si è fatta curare. Un ottimo risultato per l'ingegner Miller, che non ha mai perso la fiducia nel proprio miraggio scientifico. Ma di queste cose non si parla molto in famiglia. Madre e figlia hanno imparato a far scivolare via i discorsi piú spinosi: meglio dedicarsi a intensi pomeriggi di shopping nei piú bei negozi della città, mentre la sera c'è Broadway che sfoggia un cartellone che sembra un fuoco d'artificio. Sono assidue frequentatrici di tutti i teatri, ma hanno gusti assai diversi e discutono con fervore di ogni spettacolo: Ibsen e Eugene O'Neill sono troppo duri per la mamma, che non ama rispecchiarsi nelle introspezioni psicologiche dei drammi prediletti della figlia. Non è un'inutile tortura andare a teatro per ritrovare i propri tormenti nelle parole di Hedda Gabler? Non basta già quello che è costretta a confessare nelle lunghe sedute con il dottor Bill?

Per quanti sforzi abbia messo in atto, Florence resta una signora sepolta nell'Ottocento che guarda alla figlia come a una copia di donna piú riuscita: un'evoluzione darwiniana dell'essere femminile, direbbe compiaciuto il marito. Dietro l'aspetto angelico della sua bambina, la madre riconosce i tratti della guerriera pronta a lanciarsi in quel mondo nuovo che lei non ha saputo afferrare. L'ha capito quando insieme a Theodore era andata a riprenderla a Parigi. Che idea mandarla a svernare lí con l'insegnante di Francese... Madame Kohoszyńska non era stata capace di contenere l'entusiasmo della giovane bellissima che in quel luogo tentacolare aveva subito trovato l'ispirazione che cercava: camminare per le strade abitate da artisti e bohémien le aveva fatto girare la testa. E da simili ubriacature non si torna indietro.

Avevano acconsentito alle sue preghiere – è Theodore a cedere sempre per primo – e il corso all'École Medgyes pour la Technique du Théâtre sembrava una buona idea, ma la ragazza non voleva piú rientrare. Quell'artista poi, Ladislas Medgyes, il direttore della scuola, un genio del teatro... facile che una giovane ne rimanga affascinata, ma cosí piú grande di lei che la faccenda stava diventando scabrosa anche per dei genitori di larghe vedute come loro.

«J'ai pensé faire une soirée pour fêter ton retour...» A volte la ragazza bellissima parla in francese tra sé per non perdere la familiarità con l'ambiente formidabile in cui per la prima volta si è sentita felice e soprattutto libera. Ora, in mezzo al caos della Quinta strada, fra taxi strombettanti e pedoni trafelati, forse sta pensando proprio al sogno parigino, ma è cosí persa nelle proprie fantasie da non accorgersi di una limousine che le arriva addosso: potrebbe essere un brutto finale per questa storia ricca di promesse, ma il destino vuole diversamente. Scarta all'indietro e finisce nelle braccia di un passante, si aggrappa a quell'uomo per non precipitare a terra. Il cappotto di tweed del suo salvatore odora di pioggia e dopobarba, invece di svenire per lo spavento la ragazza lo guarda dritto negli occhi e scopre un signore di mezza età che la fissa sbalordito.

– Excusez-moi, monsieur... – farfuglia in francese per lo shock, una stravaganza che la rende ancora piú affascinante.

Ci vuole talento per capitare nel posto giusto nell'attimo giusto, ed Elizabeth Miller è la regina del caso. Lo sconosciuto si chiama Condé Nast ed è uno degli uomini piú influenti dell'editoria americana. Con grande intuito e senso degli affari, ha trasformato un piccolo settimanale di nome «Vogue» in una rivista che detta legge in fatto di moda nell'alta società, e quella mattina il magnate si rende conto all'istante che la ragazza che gli è caduta fra le braccia non è soltanto bellissima, ma incarna la quintessenza dell'eleganza moderna. Non ha dubbi: è lei il prototipo femminile che sta cercando per rappresentare il nuovo stile americano.

Pochi mesi dopo quell'incontro fortuito, il volto di Elizabeth Miller appare sulla copertina di «Vogue America» disegnato da Georges Lepape, l'illustratore piú acclamato del momento. L'immagine è dannatamente chic e ci mostra il primo piano di una tipica «maschietta» dell'età del jazz,

mentre sullo sfondo brillano le mille luci colorate di una seducente Manhattan notturna. Il viso di Elizabeth appena
diciannovenne è incorniciato da un cappello a cloche blu ol-
tremare che fa risaltare il bianco incipriato del volto, le labbra rosse a cuore e due occhi felini azzurro pallido che trafig-
gono senza pietà. Per noi che la osserviamo quasi cent'anni
dopo, questa immagine – piú che la copertina di una rivista
di moda – ci appare come il manifesto di un'èra mitica che
abbiamo imparato a conoscere dai romanzi di Francis Scott
Fitzgerald: le sue eroine sono ragazze emancipate e imper-
tinenti che indossano vestiti sopra il ginocchio, ballano il
charleston, bevono, fumano e non si accontentano di guidare l'automobile, ma si sono addirittura messe in testa di
guidare la propria vita nella direzione che piú desiderano
e a velocità spericolata. Una rivoluzione copernicana che
neanche le suffragette piú lungimiranti avevano previsto, e
l'opinione pubblica non può che invocare le fiamme dell'inferno per queste sciagurate ragazze soprannominate *flappers*:
un suono onomatopeico che ricorda lo sbatter d'ali di un
uccellino che ha preso il volo dal nido materno e non è in-
tenzionato a farvi ritorno.

Zelda Fitzgerald, che le incarna tutte, scrive:

> La *flapper* si è svegliata dal letargo della predebuttante, si è ta-
> gliata i capelli, si è messa il suo piú bel paio di orecchini e con ad-
> dosso una grande dose di audacia e di rossetto è scesa in battaglia.

Non si tratta solo di una battaglia della moda: dietro
gli atteggiamenti piú folkloristici e provocatori che hanno
nutrito film e romanzi, si nasconde un impellente desiderio di emancipazione che la società benpensante cercherà
di arginare, ma riportare le nuove ragazze dentro i confini
delle mura domestiche non sarà impresa facile. Elizabeth si
ritrova al centro del ciclone ed è decisa a cavalcare l'onda.

La copertina di «Vogue» del marzo 1927 segna l'entrata trionfale di miss Miller nel mondo dorato della moda. Per la ragazza bellissima di Poughkeepsie è un successo sbalorditivo, in pochi mesi la sua figura elegante e raffinata si impone sulle pagine delle riviste piú glamour dell'impero di Condé Nast divenendo un'icona del lusso. «Il destino continua a succedere», ma è cosí vertiginoso da lasciare a bocca aperta.

Le foto d'archivio ci raccontano questa evoluzione sorprendente: la vedo di tre quarti mostrare all'obiettivo una sensuale scollatura velata dal tulle leggero di un vestito da sera *total black*, impreziosito da una luccicante cascata di *jais*. È l'essenza dello chic, un'immagine quasi regale realizzata da Edward Steichen, star dei fotografi di moda che, stregato dal fascino enigmatico di Elizabeth, la immortala in decine di scatti che passeranno alla storia. È una lady sofisticata fasciata in un abito sottoveste in velluto di seta color crema, guarnito da una sfarzosa volpe bianca; ma subito dopo è una «maschietta» impertinente che indossa un tailleur pantalone firmato Chanel sulla tolda di uno yacht miliardario; poi ancora un'affascinante *uptown girl* avvolta in una cappa in satin bianco virginale tempestata di swarovsky. «Chiudi gli occhi e riaprili all'improvviso, cosí lo sguardo è piú naturale». La ragazza dai lineamenti perfetti sembra nata per posare, possiede l'aura che seduce i maestri della fotografia, colpiti sopra ogni cosa dal suo sguardo misterioso e distante: qualità suprema in una modella. Di fronte alla macchina fotografica appare irraggiungibile, calata in un universo lontano. «Apri gli occhi, Li-Li», ora è tuo padre che ti sta fotografando, sei nuda ma non provi vergogna, è lui che ti ha insegnato a separare la fisicità dalle emozioni. Una strategia di salvezza divenuta il suo talento piú grande. «Chiudi gli occhi, Elizabeth, e sogna». Sei sulla riva di una spiaggia assolata e le onde ti lambiscono il corpo coperto di alghe e conchiglie. «Apri gli occhi, cosí sei perfetta». Un'icona stilizzata di Erté, una *femme fatale*, o una romantica *jeune fille en fleurs* come la raffigura Arnold Genthe, maestro dei ritratti d'autore. Sotto le luci del set l'immagine di Elizabeth Miller è un caleidoscopio di mille donne diverse, ma i suoi pensieri sono altrove, in un luogo dove nessuno ha il permesso di entrare.

Questa preziosa assenza dalla realtà non è una tecnica studiata a scuola di recitazione, ma un'arma di sopravvivenza sperimentata sin da bambina: un velo invisibile che la protegge da quel dolore che non si nomina mai e che lei ricorderà soltanto una volta nei suoi diari come «il mio lurido passato». Ma adesso è il presente che conta, e il successo inaspettato come modella le regala la libertà d'azione che ha sempre desiderato. Elizabeth è stata catapultata dentro una nuova vita e intende assaporarla fino in fondo. Ha appena compiuto vent'anni e la *café society* newyorchese l'accoglie voluttuosa. Miss Miller è nella *guest list* dei club che contano e ha una schiera di ammiratori abbagliati dalla sua proverbiale bellezza.

– Ti ha mai detto nessuno che somigli a Marlene Dietrich? No, anzi, a Greta Garbo. No, meglio, a tutte e due insieme.

– E tu invece a Groucho Marx in una delle sue peggiori serate, – ribatte lei divertita.

E anche se svolazza da un flirt all'altro atteggiandosi a donna fatale, sotto i vestiti raffinati resta la ragazzina irriverente di Poughkeepsie che si arrampicava sugli alberi della fattoria. Non ha piú le ginocchia sbucciate e indossa impalpabili calze di seta, ma è sempre l'indomabile Li-Li che nessuno riusciva a prendere.

Condé Nast la reclama ai propri party esclusivi nel leggendario appartamento di trenta stanze a Park Avenue.

Per il tycoon, Elizabeth e l'amica Tanya Ramm sono un elemento decorativo indispensabile per arricchire la lista di invitati compilata quasi fosse il cast di un kolossal hollywoodiano. Tanya è la bruna dagli occhi da Cleopatra, Elizabeth la bionda angelica incorniciata da un taglio alla maschietta. Nei saloni impreziositi da mobili d'antiquariato e tappeti persiani, anche le ragazze sono pezzi da collezione che tutti vorrebbero possedere. Ma Elizabeth non si fa abbagliare dal lusso. E non cede alle proverbiali avance di Nast, il quale, come leggenda narra, è posseduto da uno sconfinato appetito sessuale, specie nei confronti delle sue giovani scoperte.

– È un vecchio caprone innocuo, dammi retta.

– Sí, ma tra me e lui è meglio che ci sia sempre una scrivania.

Cosí commentano le ragazze assaporando champagne d'annata, e dopo una fugace apparizione raggiungono mete piú stimolanti come i raduni di Neysa McMein, illustratrice talentuosa e stravagante che riunisce nello studio sulla Cinquantasettesima le piú belle teste pensanti della città. In quelle serate alcoliche e movimentate, Irving Berlin prova al pianoforte i suoi nuovi brani, mentre Charlie Chaplin intrattiene gli ospiti improvvisando monologhi comici. È Neysa a chiamarla per la prima volta Lee: un nome corto come una nota musicale che può andar bene sia per un maschio sia per una femmina. Elizabeth lo adotta subito, archiviando per sempre l'identità di nascita.

Nel salotto di Neysa ci sono Dorothy Parker e i suoi amici dell'Algonquin Round Table, che discutono dell'ultima stroncatura della giornalista sul «New Yorker».

– La prima cosa che faccio al mattino è lavarmi i denti e affilare la lingua, – afferma Parker.

Lee approva: pure lei possiede una lingua tagliente. Preferisce l'ironia alle frasi sdolcinate degli adoratori, che demolisce senza pietà.

– Sai come le *flappers* chiamano le fedi nuziali? Manette! E non si può che essere d'accordo.

Non è facile conquistarla, e in special modo adattarsi alla spumeggiante libertà sessuale che, alla pari delle coetanee, Lee ostenta senza pudore: una novità assoluta per gli uomini d'inizio secolo, i quali si ritrovano a fronteggiare donne indipendenti ed emancipate che non intendono piú sottostare al perbenismo puritano delle madri.

«Le donne vanno troppo in giro», dichiara Tom Buchanan, il marito di Daisy, in *Il grande Gatsby* di Francis Scott Fitzgerald. L'unico modo per non rimanere indietro è accettare le condizioni imposte dalle nuove relazioni sentimentali, che non prevedono necessariamente la fedeltà.

È ciò che Elizabeth prospetta al recalcitrante Alfred de Liagre jr, giovanotto del bel mondo fresco di laurea a Yale, che in teoria possiede tutti i requisiti per candidarsi a fidanzato ufficiale: è affascinante, generoso e dotato della giusta dose di *sense of humour*, indispensabile per conquistare una ragazza brillante come Lee che non sopporta la gelosia ma soprattutto la noia. Pur di non perderla, Alfred accetta le altre relazioni che Lee intreccia senza pensieri, pure se il principale rivale è il suo migliore amico, l'aviatore canadese Argylle. Come si può resistere a un invito sul suo luccicante biplano per sfrecciare spalla a spalla come copiloti sui cieli di New York? Lee non vuole resistere a nessuna tentazione, convinta che non ci sia nulla di scandaloso nell'intraprendere almeno due rapporti in contemporanea, attitudine che non ha mai smesso di portare avanti nella sua convulsa vita amorosa tempestata di cuori spezzati e gelosie feroci. Ma anche arricchita da inconsuete amicizie fra uomini ri-

vali che, amandola davvero, hanno imparato a rispettarne
l'indipendenza. Il suo è un talento fenomenale che oggi, a
quasi cent'anni di distanza, suscita ammirazione e meraviglia in schiere di donne che continuano a dibattersi per affermare i propri desideri.

È la ricerca ossessiva di libertà ad attrarmi di piú nella
storia di Lee Miller. Nelle mie fantasie piú ardite, la immagino come l'eroina di una necessaria epica femminile che,
sotto il glamour di abiti sofisticati, veste la corazza della
combattente pronta a qualsiasi sfida pur di affermare la
propria autonomia.

Eppure non è cosí semplice come sembra. La bambina
che ha conosciuto tutto il dolore del mondo e lo ha rinchiu-
so in un nascondiglio segreto ha imparato a separare il sesso
dall'implicazione sentimentale, ma è prigioniera della sua
smisurata bellezza. «I privilegi della bellezza sono immen-
si», le dirà anni dopo Jean Cocteau. Ma quella risorsa che
le ha cambiato la vita è anche una trappola mortale da cui
sente di dover uscire al piú presto.

Un disegno a matita, uno schizzo che Lee si divertirà a
tratteggiare nel periodo parigino a fianco di Man Ray, raffigura un'elegante silhouette di donna in tailleur e cappellino
bloccata a una parete da una serie di coltelli scagliati a raffica da un lanciatore invisibile. All'apparenza, una caricatura
spiritosa che suggerisce come le donne siano schiave della
moda, vittime e complici di un'immagine costruita a tavolino per esaltarne la femminilità. Ma è anche l'autoritratto
della sua condizione di modella inchiodata dallo sguardo di
migliaia di uomini che la vivisezionano senza pietà. «Chiudi
gli occhi, Lee, ancora una volta, e lasciati andare, sei una farfalla colorata attaccata a un foglio con uno spillo, non provi
nessun dolore ma hai le ali imprigionate, e se pure tentassi

di fuggire, un vetro sottile ti impedirebbe di spiccare il volo». Quando riapre gli occhi, Lee non vede solo i bagliori delle luci che inondano la scena, ma si concentra sulle tecniche dei maestri che la fotografano. Intuisce che l'arte prodigiosa che ama sin da bambina grazie alle lezioni paterne le appartiene, e dovrà dominarla se vuole mutare il suo futuro. Si tratta di cambiare prospettiva e passare dall'altra parte della macchina fotografica, ma quello che sembra un accenno di movimento è in realtà un passo da gigante per una ragazza ammirata soltanto per la sua avvenenza. Sono le donne bruttine che nessuno corteggia ad affannarsi per imparare un mestiere. Perché mai Lee dovrebbe dilapidare il capitale della propria bellezza per scaraventarsi in un'avventura piena d'insidie?

The Art Students League of New York, dove si era iscritta piena di speranza con la benedizione di Theodore, non le appare piú il luogo sacro in cui «il suo talento sarebbe dovuto sbocciare», come aveva sentenziato il direttore. Lee ha l'impressione che tutti i quadri siano stati già dipinti, e che fuori dalle aule polverose ci sia un mondo piú attraente in attesa di essere catturato. «La fotografia è una forma d'arte che non ha niente da invidiare alla pittura», le ripete Edward Steichen mentre impartisce ordini agli assistenti che lo venerano come una divinità. Il fotografo, responsabile dell'immagine per «Vogue» e «Vanity Fair», insieme ad Alfred Stieglitz – altro pioniere della foto artistica – è il fondatore del gruppo Photo-Secession, che ha rivoluzionato la fotografia in America trasformando semplici riproduzioni della realtà in opere d'autore, alla pari dei quadri esposti nei musei. Sono fra i primi a credere nelle avanguardie d'oltreoceano e a organizzare nelle loro gallerie newyorchesi mostre di Matisse, Picasso, Picabia, Kandinskij, suscitando curiosità e scalpore. Lee ancora non sa quanta influenza avranno nella sua vita, ma l'atmosfera di quei luoghi la fa stare bene.

Quando posa per Steichen cerca di impossessarsi di tutti i segreti del mestiere: è ancora una bella statuina vestita da sera e ingioiellata, ma intravede un'altra donna che piazza cavalletti, monta obiettivi e sistema luci per il set, l'arma segreta di ogni fotografo. Se Greta Garbo è stata chiamata «la divina» lo deve proprio a un celebre ritratto di Steichen, che l'ha consegnata all'eternità facendola divenire un'icona senza tempo.

La nuova fotografia scompone, rielabora e trasfigura il mondo reale con lo stesso impeto di un quadro cubista, legge nei volti i sentimenti più intimi e offre nuove interpretazioni dei paesaggi urbani, finora riprodotti solo banalmente in milioni di cartoline turistiche.

Lee vuole imparare la magia che sovverte la realtà creando prospettive che nessuno ha ancora osato immaginare. È una ventenne della provincia di New York, dovrebbe accontentarsi dello scettro di reginetta della moda. Invece sente che c'è in serbo qualcosa di meglio: e non perderà questo giro di giostra.

Volare potrebbe non essere tutto rose
e fiori, ma il divertimento vale di sicuro il
prezzo.

AMELIA EARHART

Roosevelt Field, New York, 1927

Il terreno del Roosevelt Field è zuppo per le piogge torrenziali, ma quella mattina le pozzanghere sulla pista riflettono un cielo terso e azzurro. Charles Lindbergh ha rimandato il volo piú di una volta a causa delle condizioni meteorologiche instabili, eppure i fan del pilota non si sono persi d'animo e ogni giorno si radunano fiduciosi sul pratone bagnato, nella speranza di assistere allo spettacolo del secolo. L'evento è leggendario e vale l'alzataccia. Anche la ragazza bellissima di Poughkeepsie è lí insieme al fratello John che è un grande appassionato di aerei, in attesa del decollo che potrebbe passare alla storia. Lindbergh ha accettato la sfida del premio Orteig e, in caso di vittoria, oltre a intascare i venticinquemila dollari in palio, diventerebbe il primo uomo a compiere la trasvolata oceanica dall'America alla Francia. Molti hanno già tentato quell'impresa in solitaria e senza soste, e le cronache riportano le conseguenze disastrose di quegli esperimenti.

Volare è la nuova frenesia. Non c'è giovanotto che non sogni di solcare i cieli a bordo di un biplano. Ovunque nel paese migliaia di persone assistono ai circhi aerei dove i piú spericolati si esibiscono in piroette mozzafiato, osando rischiose acrobazie sulle fragili ali delle macchine volanti per cimentarsi in giochi di prestigio e danze improvvisate che mandano il pubblico in visibilio. Anche Charles Lindbergh ha iniziato come acrobata, ma ora si è candidato alla gloria eterna. Nessuno sembra piú avere paura in quegli anni che chiamano ruggenti: sono tutti pronti a essere parte dell'esaltante avventura che promette di abbattere tempo e spazio per proiettare l'umanità verso traguardi impensabili per le generazioni precedenti.

Lee è tra la folla radunata nel campo fangoso sin dall'alba, in attesa di veder uscire il monoplano dall'hangar. Se Lindbergh la invitasse a bordo dello *Spirit of St. Louis*, partirebbe senza pensarci due volte.

– Che meravigliosa pazzia raggiungere Parigi in trentatre ore... Un baleno. Chiudi gli occhi e sei già lí, – sussurra all'orecchio di John, che non ha dubbi sulla volontà spericolata della sorellina.

Sarebbe un'avventura fantastica, ma soprattutto un mezzo per tornare fra le braccia della città che le è rimasta nel cuore piú di qualsiasi innamorato. Non ha mai avuto paura di volare, le piace osservare la terra dall'alto: un'ebbrezza che la fa sentire risanata e leggera, senza piú il peso di quel corpo miracoloso ma cosí ingombrante. Appena può, si fa scarrozzare dai propri cavalieri a bordo dei Jenny, biplani da esercitazione della Prima guerra mondiale che dopo il conflitto sono stati messi in vendita: in tempo di pace i produttori non sanno piú cosa farsene e all'orizzonte non si scorge che un domani radioso. Lo dichiara convinto anche Theodore, leggendo i giornali: «Il progresso non può che portare benessere e felicità». Nessuno ancora immagina che di lí a pochi anni altri aerei americani decolleranno per salvare l'Europa dall'invasione nazista; tantomeno che il ragazzone biondo che sta per compiere la storica trasvolata diventerà uno dei piú acerrimi detrattori di quell'intervento. Le sue simpatie per la Germania del Führer gli varranno un'alta onorificenza del Terzo Reich, una croce tempestata di svastiche che ne oscurerà per sempre la fulgida icona di eroe. Ma quella fresca mattina di maggio, al Roosevelt Field, Lindbergh è ancora il *lucky boy* del sogno americano; scruta il cielo, abbandona ogni esitazione e decide di partire.

Lo *Spirit of St. Louis* procede a strappi sul terreno accidentato, la folla lo segue con il fiato sospeso. Impossibile immaginare oggi quel luogo mitico, al suo posto hanno costruito un centro commerciale tutto ferro e vetro in cui servono hamburger intrisi di salsa, e non c'è piú traccia della pista dove il minuscolo aereo traballante ha fatto palpitare tanti cuori. La narrazione è affidata a filmati dell'epoca che, in uno sfocato bianco e nero, mostrano il fragile velivolo spinto a braccia da una decina di volenterosi: appena lo lasciano alla sua corsa l'apparecchio sbanda, vacilla, non riesce a prendere quota; e quando tutti ormai pensano al peggio, ecco che si alza da terra e, dopo aver oltrepassato per un soffio una fitta schiera di alberi, svanisce lontano divenendo leggenda.

Lee non lo perde di vista finché non diventa un puntino nell'azzurro. Capisce che se vuole placare la propria ansia dovrà trovare anche lei il coraggio di spiccare il volo verso un'altra vita. Guarda sparire l'aereo di Lindbergh, e si convince che solo Parigi, la città dove si è sentita libera per la prima volta, saprà offrire risposte alla sua irrequietezza.

Preferisco fare una fotografia, che essere
una fotografia.

LEE MILLER

New York, 1929

«Aprile. "Vogue" di questo mese contiene due foto artistiche di Elizabeth Miller».

Cosí appunta Theodore sul diario, come fa sempre ogni
volta che Lee appare sulle pagine della rivista: commenti
telegrafici che ne rispecchiano il carattere pratico, e tuttavia rivelatori di uno smisurato orgoglio paterno. La sua
bambina è la modella piú richiesta di New York, ma quando torna a casa per i week-end è di nuovo Li-Li, il soggetto
preferito delle sue «foto artistiche». Grazie alla pratica con
lo stereoscopio, un particolare visore di cui conosce ogni segreto, l'instancabile ingegnere è in grado di mostrare delle
immagini quasi tridimensionali che offrono un'illusione di
profondità e rendono ancora piú statuario il corpo nudo di
Lee. La ragazza bellissima ha compiuto vent'anni ed è ora
una donna consapevole che si offre senza pudori agli esperimenti paterni. Il viso di tre quarti fissa un punto invisibile
fuori campo, le braccia sono nascoste dietro lo schienale di
una poltrona nel salotto di casa, le gambe appena accaval-
late adombrano la nudità del sesso, mentre i seni perfetti
sono esposti all'obiettivo con naturalezza: una posa classica
a cui Lee ha di certo contribuito in sintonia con le diretti-
ve di Theodore, fiero di incoraggiarla nella nuova passione
artistica. Un quadretto familiare che potrebbe lasciare sbi-
gottiti per la sua ambiguità, e che invece non trasmette nul-

la di scabroso. Non c'è scandalo, solo la spinta a esplorare territori che stimolano la curiosità di entrambi.

Elizabeth Miller mi stupisce e continua a ribaltare ogni mia convinzione. Viaggia ai confini della moralità e surclassa qualsiasi gesto oltraggioso di noi ragazze degli anni Settanta, che abbiamo a malapena bruciato un reggipetto. Sono fatalmente attratta dalla sua incrollabile determinazione. È ancora una farfalla sotto la luce dei riflettori, ma questo scatto già rivela l'artista che lotta per emergere. Padre e figlia sono complici e tali rimarranno per tutta la vita, in un rapporto difficile da tradurre per chi lo osserva dall'esterno ma che non si scalfirà davanti a nessuna delle scelte piú ardite di Elizabeth. Theodore le starà a fianco anche quando una fotografia elegante di Steichen che la ritrae in un sontuoso abito da sera viene venduta senza il permesso di Lee alla ditta Kotex, per pubblicizzare sui giornali un prodotto per l'igiene intima femminile. Se persino oggi gli spot degli assorbenti non brillano per eleganza, proviamo a figurarci il putiferio che ha potuto scatenare negli anni Venti la foto di Elizabeth Miller con accanto questo slogan: «Una famosa modella li consiglia alle donne che indossano un abito aderente! Usa anche tu super-size Kotex con l'essenziale protezione in cellocotone».

È la prima volta che viene utilizzata una *real-life woman* per propagandare un prodotto intimo di cui era inopportuno parlare in pubblico, tanto che le farmacie, per evitare l'imbarazzo alle clienti, lasciavano le confezioni alla cassa con vicino una cassettina per mettere i soldi senza dover interpellare i commessi. Il puritanesimo americano si scatena contro questa campagna considerata scandalosa e molte riviste si rifiutano di pubblicare la réclame incriminata. E Lee finisce suo malgrado per essere la Kotex Girl. Le sue proteste risultano inutili: come modella non ha alcun diritto sul-

le proprie immagini e a nulla valgono i tentativi legali del
suo innamorato Alfred de Liagre jr, che pur di difenderla
vorrebbe fare causa a chiunque. Lee è ferita, si sente mani-
polata, e il suo passato doloroso non può che riaffiorare insieme ai fantasmi dell'infanzia. Ma trarrà lezione da questa
sgradevole esperienza. Se il suo corpo è cosí prezioso, sarà
lei a disporne in piena autonomia sia come artista sia come
donna. E sceglierà di uscire dalla bufera con una scrollata
di spalle, dichiarandosi orgogliosa di aver contribuito ad
abbattere un odioso tabú a nome di tutto il genere femminile. Theodore non può che essere d'accordo ed è pronto
ad appoggiarla anche quando Lee annuncerà alla famiglia
riunita per il pranzo domenicale la decisione di trasferirsi a
Parigi, per seguire la nuova vocazione.

La borsetta in velluto blu notte tempestata di strass contiene una lettera di presentazione per Man Ray, il grande
fotografo americano che vive e lavora a Parigi. Lee accarezza
il foglio come un portafortuna, mentre osserva i due uomini accanto a lei discutere animatamente davanti a una bottiglia di champagne. Chi l'accompagnerà al molo il giorno
della partenza? Alfred e Argylle si contendono il privilegio,
ma la musica della band di Duke Ellington ne copre le voci
concitate. Il *Cotton Club* è il locale piú esclusivo di Harlem,
non è stato facile ottenere un tavolino in prima fila tra le
palme disposte ad arte per creare quell'atmosfera selvaggia
chiamata *jungle style*, tanto cara alla clientela bianca che fa
la fila per ascoltare la migliore musica nera in città. Gli artisti di colore possono esibirsi ma è vietata la loro presenza
in sala, a eccezione dei camerieri. Un'assurdità su cui nessuno trova da ridire nell'America separatista di quegli anni.
  – Appena arrivi a Parigi devi andare a vedere il nuovo
spettacolo di Joséphine Baker alle *Folies Bergère*, è straordi-

naria, – dice Alfred, che coltiva una carriera d'impresario e di lí a breve diventerà un eccellente produttore di Broadway.

– A Parigi Joséphine Baker si esibisce per un pubblico di bianchi e di neri e nessuno si meraviglia, qui sarebbe il solito scandalo, – risponde Lee, che si diverte a punzecchiare l'innamorato.

– Qui tutto è uno scandalo, Lee. Guarda cosa è successo a Mae West: si è mai vista un'attrice che viene arrestata per uno spettacolo?

– Se lo spettacolo si chiama *Sex*, è abbastanza prevedibile, – aggiunge puntuale Argylle.

Mae West aveva turbato la morale pubblica con le sue commedie brillanti e provocatorie, parlando di sesso su un palcoscenico come mai una donna aveva osato prima. Non contenta, dopo la scarcerazione aveva dichiarato soddisfatta alla stampa: «Sto salendo la scala del successo colpa dopo colpa e non ho nessuna intenzione di fermarmi».

Anche Lee, nonostante i suoi innamorati la scongiurino di rimanere, non ha nessuna intenzione di fermarsi. Il suo paese le sta sempre piú stretto, basta cosí poco a una ragazza americana per ritrovarsi una lettera scarlatta appuntata sul petto come l'eroina del romanzo di Nathaniel Hawthorne. Solo facendo un salto nel buio in quella terra che ha fatto della libertà la propria bandiera ha la possibilità di realizzarsi. Ormai ha deciso, ed è irremovibile.

– Le donne che conosco pagherebbero per essere al tuo posto: sei una modella affermata, corteggiata dai piú importanti giornali di moda, e vuoi buttare tutto a mare per un capriccio, – va dritto al punto il pragmatico Argylle.

– Pensi che sia un capriccio esplorare le mie passioni e scoprire se magari possiedo un talento come fotografa? Lo dici solo perché sono una donna. E comunque non voglio piú discutere, i biglietti sono già fatti e, come dice Mae

West, se devo scegliere tra due mali scelgo sempre quello
che non ho ancora provato. Piuttosto, avete deciso chi mi
accompagnerà?

Mentre Duke attacca *Jazz Lips* e i fiati lo accompagnano
sornioni, i due uomini si affidano alla sorte e lanciano per
aria un dollaro che per poco non cade dentro la coppa di
champagne di Lee.

– Allora il destino ha risolto per noi: sarà Alfred.

Argylle cela il disappunto dietro un sorriso di circostanza
e medita una contromossa.

Una mattina di maggio del 1929, la famiglia Miller è schie-
rata sul molo insieme al fortunato vincitore che ha conquistato in esclusiva l'ultimo bacio prima della partenza della sua
bella. Di Argylle non c'è traccia, ma il ragazzo è testardo e
sta preparando una sorpresa per il suo saluto a Lee. All'alba
ha comprato al mercato dei fiori decine di rose rosse e, dopo
aver caricato sul biplano quel bottino floreale, decolla pun-
tando verso il mare. Appena la nave di Lee molla gli ormeggi, una cascata di petali scende sul ponte come una nuvola
scarlatta. I passeggeri guardano al Jenny come a un'apparizione, ma Lee riconosce l'aereo che continua a svolazzarle sulla
testa e capisce che si tratta di una tenera follia di Argylle.

È un ricordo bellissimo, purtroppo l'ultimo che avrà del
suo cavaliere romantico, perché tornando alla base il pilota sarà vittima di un incidente in cui perderà la vita. Una
tragedia immensa che Lee apprenderà soltanto all'arrivo in
Francia.

Ti dirò un gran segreto
chiudi le porte
è piú facile morire che amare
per questo cerco di vivere
amor mio.

LOUIS ARAGON

Parigi, giugno 1929

Bisognerebbe scrivere un intero romanzo su rue Campagne-Première, a Parigi. Piú che una via, un cerchio magico che ha ospitato un'impressionante quantità di talenti; e chissà che un po' di quell'ossigeno creativo non sia rimasto nell'aria anche per noi del XXI secolo.

Cammino lentamente fra i palazzi, respiro a pieni polmoni nell'illusione di trattenere qualche miracolosa particella, e cerco di immaginare la prima volta che l'appena ventenne Elizabeth Miller è arrivata qui alla ricerca del suo maestro. Scende una pioggerella quasi impalpabile, e infatti, stranamente, non mi bagno. Sto vivendo quel bizzarro fenomeno meteorologico che capita solo in questa città, e solo in alcune giornate che sfidano le quattro stagioni canoniche e ne inventano una quinta che si chiama «parigina» e basta. Magari pioveva pure il giorno in cui Lee ha percorso questa stessa strada per conoscere Man Ray. In attesa di affrontare l'incontro si sarà accesa una Lucky Strike: pare fossero le sue preferite. Ne prendo una anch'io, le ho appena comprate anche se ormai fumo soltanto quei surrogati elettronici che dovrebbero nuocere meno gravemente alla salute, ma non si può respirare la leggenda con quella roba. Il luogo non è del tutto devastato dalla modernità, e tra i nuovi edifici e i neon delle brasserie resistono le architetture che

Lee deve aver scrutato alla ricerca dell'atelier del grande
fotografo americano.

I francesi sono ossessionati dalla loro storia illustre: a ogni
portone scorgo una targa che ne ricorda i celebri abitanti.
Al numero 29 c'è ancora l'*Hôtel Istria*, ora un anonimo albergo a tre stelle che ci tiene però a sottolineare che nelle
sue stanze hanno abitato Rainer Maria Rilke, Francis Picabia, Marcel Duchamp, Erik Satie, Tristan Tzara e il poeta
russo Vladimir Majakovskij, che proprio qui ha incontrato di nuovo Elsa Triolet; lei lo amava pazzamente però lui
si era invaghito della sorella Lili, ed Elsa, per non turbare
la loro passione, si era fatta indietro. Ma sulla targa vicino
all'entrata dell'albergo, Elsa è evocata per un'altra vicenda
amorosa: quella fatale che le farà dimenticare per sempre
il suo passato. «Si spegne solo quello che brilla. || Quando
sei scesa dall'*Hôtel Istria* | tutto era diverso rue Campagne-
Première | nel millenovecentoventinove verso mezzogior-
no». La poesia si intitola *Parigi non è che Elsa* e questi sono
soltanto alcuni dei mille versi che Louis Aragon dedica alla
donna che gli ha rovesciato l'esistenza: «Mia insonnia in-
finita | mia fioritura mia schiarita | oh mia ragione oh mia
follia | mio mese di maggio mia melodia | mio incendio mia
malia | mio universo Elsa vita mia».

Da quando Aragon e l'affascinante russa dagli occhi blu
si sono incontrati alla brasserie *La Coupole* nel 1928, non si
sono piú lasciati; resteranno insieme condividendo battaglie
letterarie e politiche ma soprattutto un amore folle. È l'*a-
mour fou* inseguito dai surrealisti, un'illuminazione profana,
l'unica che può aprire le porte della creatività.

Ho sempre nutrito dei sospetti un po' provinciali verso
questo sentimento assoluto che esalta la donna quale divinità ispiratrice. La carriera di Musa non è poi cosí diversa
da quella di Angelo del Focolare: alla fine si tratta di pren-

dersi cura di qualcuno e mai di sé stesse. Ma non permetto
a questi pensieri militanti di turbare la mia romantica passeggiata a ritroso nel tempo. Elizabeth ha appena girato a
un angolo di boulevard du Montparnasse e ha imboccato
rue Campagne-Première: non posso perderla di vista, anche l'effetto della memoria ha le sue regole proprio come
Google Maps, e se mi distraggo rischio di smarrire il segnale che mi trasmette la sua presenza parigina dopo quasi un secolo. La giovane americana cammina elettrizzata
nelle strade che sognava di rivedere, ignorando che sta per
consegnarsi al turbine artistico che infiamma la città; forse
indossa un cappottino leggero a sacchetto come detta la moda di quell'anno, e l'inseparabile cloche che incornicia i lineamenti perfetti sottratti ai flash del glamour newyorchese.
Sta per avere un incontro decisivo e non vuol lasciare niente al caso; di nuovo si ritrova al momento giusto nel luogo
preciso in cui la storia del Novecento accelera il suo corso.

Walter Benjamin definirà la rivoluzione surrealista «l'ultima istantanea sugli intellettuali europei», e la sua lungi-
miranza è impressionante. La passione del filosofo tedesco
per gli intellettuali scapigliati e irriverenti che animano in
quegli anni la capitale francese è la stessa che nutre per la
città intera, dove ama passeggiare come un *flâneur* alla scoperta dei nessi segreti fra architettura e capitalismo. Seduto
ai tavolini dei bistrot, Benjamin prende appunti freneti-ca-
mente per un libro che non farà mai in tempo a pubblicare e che consegna, consapevole del suo destino, all'amico
Georges Bataille. Dopo che la Gestapo ha requisito la sua
casa di Parigi, come molti ricercati dalle SS prova a raggiungere l'America per sfuggire ai campi di concentramento, ma
quando arriva al confine spagnolo la polizia di frontiera gli
ritira il visto e si sente spacciato. È convinto che i nazisti
siano ormai sulle sue tracce e come molti altri profughi pre-

ferisce la morte alla detenzione nei lager. Sceglie di togliersi la vita in una triste camera d'albergo di Portbou, con un'overdose di morfina. Un suicidio consapevole come alternativa all'annientamento della soluzione finale.

Ma quando Lee cammina per rue Campagne-Première le nuvole nere che soffocheranno l'Europa non appaiono ancora all'orizzonte. Sono solo un presagio, un brivido sepolto nelle coscienze dei piú accorti che, al pari degli animali braccati, annusano per primi pericoli ancora lontani.

– Lo sa che anche Walter Benjamin ha vissuto all'*Hôtel Istria*? – mi domanda un giovane ricercatore che sta ricostruendo la vita dell'autore tedesco fra i marciapiedi parigini lastricati di ricordi. È uno studioso baffuto con enormi occhiali dalla montatura spessa, indossati forse per una convinzione estetica che lo aiuta a distinguersi da coetanei tatuati e piú superficiali. Lo avvisto in un caffè mentre legge proprio I *«passages»* di Benjamin, e non posso fare a meno di attaccare discorso. Parigi è affollata di segugi in cerca dei cimeli del passato che la città offre con generosità. Il giovane baffuto vuole sapere cosa mi porti in quella strada cosí distante dai percorsi turistici piú battuti, e io gli confesso le mie ossessioni. Mi rivela che anche Man Ray ha soggiornato all'*Hôtel Istria*, ma prima di incontrare Lee, quando ancora frequentava Kiki de Montparnasse, piú che una donna una leggenda nel quartiere: *chanteuse*, pittrice e modella dall'ovale perfetto che tutti gli artisti volevano ritrarre. Mi viene voglia di prenotare una stanza in questo albergo cosí carico di memorie, ma non si possono seguire troppi fantasmi in una volta.

– Ha mai visto *Le Violon d'Ingres*? – mi chiede. – L'espongono ogni tanto al Beaubourg, ma bisogna essere fortunati perché la tengono spesso in archivio. Non capisco come mai, dato che è una delle opere piú rappresentative di Man Ray.

Il ragazzo è un'enciclopedia vivente. In effetti avevo cercato quella foto lungo le pareti del museo rimanendo a bocca asciutta, e per consolarmi avevo comprato la solita riproduzione formato cartolina in vendita allo shop, un amuleto che lí per lí regala l'ebbrezza di assaporare l'essenza dell'arte o almeno di un suo surrogato. Ma è una soddisfazione effimera. Magari usciamo dal museo con una piccola Gioconda in tasca convinti di possedere un capolavoro, ma appena ci allontaniamo dall'originale l'incantesimo si esaurisce e ci ritroviamo in mano una semplice cartolina. Chi ne ha la casa piena come me capisce cosa intendo. La foto di Kiki di Man Ray si ispira a un quadro di Ingres, *La bagnante di Valpinçon*, che Baudelaire aveva definito di «profonda voluttà». Anche Kiki come l'originale è nuda, di spalle, i capelli raccolti in un turbante; ma sulle curve del corpo sinuoso il fotografo ha disegnato due chiavi di violino con l'inchiostro nero. Kiki diviene cosí uno strumento musicale, o meglio, un giocoso strumento di piacere, e lo scandalo è assicurato. Con l'espressione *le violon d'Ingres* in Francia s'intende una passione in cui si finisce per realizzarsi altrettanto bene che con il proprio lavoro. Il pittore neoclassico Jean-Auguste-Dominique Ingres era diventato uno straordinario violoncellista, e Man Ray, che all'inizio della carriera considerava la fotografia soltanto un hobby, diverrà uno dei piú grandi sperimentatori di questa giovane arte. Proprio nel bagno dell'*Hôtel Istria* adattato a camera oscura crea i suoi primi *rayographs*, che nel dizionario del surrealismo lo stesso Man Ray definisce come

> fotografie ottenute per semplice interposizione dell'oggetto fra la carta sensibile e la fonte luminosa, ossidazioni di desideri fissati dalla luce e dalla chimica, organismi viventi.

Una tecnica che l'artista scopre per caso mentre stampa una fotografia, ma che cattura la sua immaginazione. Grazie a questo originale processo, Ray supera il confine del pennello e anche la mediazione della macchina fotografica. Esponendo sulla carta oggetti della realtà quotidiana, si libera di ogni legame con l'arte tradizionale e usa direttamente la luce, la fonte piú pura per ogni pittore. I risultati sono stupefacenti e accolti con ammirazione dal circolo di artisti che, senza rendersene conto, sta partecipando alla nascita di una delle piú aguerrite avanguardie del Novecento.

Offro una Lucky Strike al giovane ricercatore, che com'è ovvio non fuma. In cambio, con antica galanteria, mi paga il caffè. Sono impaziente di seguire le orme di Lee e gli chiedo se conosce il numero civico dello studio del fotografo, dal momento che non sono riuscita a individuarlo. Me lo indica: è proprio il palazzo di fronte, l'unico in questa via cosí celebrata a non possedere una targa. Mi spiega che era impossibile installarla senza rovinare l'edificio che è sotto la tutela delle Belle arti; un suntuoso esempio di architettura che consacra la transizione fra *art nouveau* e *art déco*: un trionfo di mattonelle a tema floreale da cui sbocciano enormi vetrate affacciate su un piccolo giardino pubblico. Un luogo prezioso che solo i piú fortunati potevano permettersi, e quando lo affitta nel 1922 Man Ray è già un affermato ritrattista e fotografo di moda, ma non è questo che gli interessa. Anzi, lo chiama «il mio lavoro ingrato», un'attività ben pagata che lo lascia indifferente e tuttavia gli concede di dedicarsi alle passioni sperimentali.

Quando Lee sta per incontrarlo, l'americano parla francese con un accento esotico che incanta gli amici parigini, ed è entrato a pieno titolo nella cerchia esclusiva dei neonati surrealisti con cui condivide mostre, pubblicazioni e soprattutto serate fumose e alcoliche, piene di parole ed elucubrazioni artistiche. «L'uomo della luce» non è bello, ha un corpo massiccio e nervoso, viso scavato e labbra sottili. Possiede però un indiscutibile carisma in virtú di uno sguardo elettrico e penetrante che sembra inseguire i mille rivoli della sua vorticosa intelligenza. A trentanove anni è un fotografo conteso nell'alta società: dopo che Jean Cocteau, «la libellula scintillante» dell'intellighenzia parigina, gli ha commissionato un ritratto fotografico, tutti fanno la fila per una posa nel suo studio. Ma quando dieci anni prima sbarca nella capitale francese è uno dei tanti *expats* allo sbaraglio, e a stento il suo baule carico di opere dadaiste passa alla dogana. In particolare una scatola lunga e stretta contenente fil di ferro, strisce di legno colorate e un'asse zincata per lavare i panni: l'originale ensemble è noto come *Catherine Barometer* e nel 2017 è stata battuta all'asta da *Christie's* a New York per poco piú di tre milioni e duecentocinquantaduemila dollari; ma ai doganieri dell'epoca sembra piú un ordigno pericoloso che qualcosa che ha a che vedere con l'arte, e il signor Emmanuel Radnitzky in arte Man Ray fa i salti mortali per non farsi sequestrare l'insolito bagaglio. Dopo aver decretato la morte del dadaismo in America, abbandona il nuovo continente insieme all'amico di sempre Marcel Duchamp, alla scoperta di una terra piú fertile per la loro fantasia febbrile. Quando arrivano a Parigi, Duchamp ha già disegnato i baffi alla sua Gioconda ed esposto il famoso orinatoio in una galleria di New York. Da tempo ha deciso di non dipingere piú, vuole smetterla con l'arte che chiama «retinica» o «olfattiva che sa di trementina»: si dedicherà solo al gioco degli scacchi di cui diventerà un campione, e a un'unica opera che lascia volutamente incompiuta, *La sposa messa a nudo dai suoi scapoli*, piú nota come *Il grande vetro*: un complicato ensemble di elementi divenuti un rompicapo per generazioni di critici; con sicuro diletto dello stesso Duchamp, contrario a ogni santificazione del proprio lavoro. Durante un trasloco, *Il grande vetro* si crepa per colpa di facchini maldestri e Duchamp non lo ripara, lo lascia cosí com'è, perché l'opera appartiene al mondo e anche il destino può partecipare alla sua creazione.

Man Ray ricorderà quel periodo come «un immenso sospiro di sollievo», un enorme respiro tirato fra le due grandi catastrofi che sono state le guerre mondiali. Forse la migliore definizione di quegli anni tutt'altro che folli, quando una manciata di artisti affamati e curiosi arricchí la società con una creatività senza precedenti, inseguendo una libertà estetica che presto sarebbe stata giudicata immorale per poi essere spazzata via da una nuova ideologia ottusa e violenta.

Ha smesso di piovere e finalmente raggiungo Lee, che mi aspetta al 31 bis di rue Campagne-Première. Stringe nervosa la lettera di presentazione che ha riletto decine di volte durante il viaggio. Oltre alle vetrate scenografiche, l'edificio presenta due piccole finestre ovali, occhi indiscreti che la scorgono arrivare con la sua falcata risoluta, un passo da modella sicura di sé che nasconde in realtà un tumulto di emozioni. Ma a Parigi c'è sempre una portinaia scorbutica che ti fa rimpiangere di aver bussato a una porta, e Lee trattiene a stento lo sconforto quando la donna le comunica con perfida noncuranza che monsieur Ray è partito per le vacanze e chissà quando tornerà. *Il est parti, il n'est pas là...* La delusione si manda giú soltanto bevendo qualcosa di forte, e i bistrot a Montparnasse sono a ogni angolo di strada.

Il bancone al *Bateau Ivre* si trova al primo piano del locale, e Lee, dopo aver salito una tortuosa scala a chiocciola, si posa come un uccello raro su uno sgabello e chiede un Pernod. Non mi è mai piaciuto questo liquore francese dolciastro che ha avuto un discreto successo anche da noi negli anni Sessanta, ma la leggenda tramanda questa ordinazione e non si può che assecondarla. Il bancone sarà stato di zinco come nella maggior parte dei locali francesi, oggi sono pochissimi quelli originali, scampati alla razzia perpetrata dai nazisti durante l'occupazione per ordine del Führer, il quale, non pago di essersi impadronito di tutte le opere d'arte dei paesi occupati, si è accanito anche sui bistrot. Il metallo non serviva per le pallottole del suo esercito, ma per permettere ad Arno Breker, scultore ufficiale del Terzo Reich, di realizzare statue monumentali che esaltassero la virilità della razza ariana. Ma quando Lee sorseggia il suo liquore sono altri gli artisti di cui si parla in città. Salvador Dalí ha appena dipinto il suo primo quadro surrealista, *Il gioco lugubre*, che crea scalpore persino nei circoli intellettuali piú all'avanguardia; ma mai quanto il film che ha scritto con l'amico Luis Buñuel, con cui è arrivato a Parigi dalla Spagna per catturare, come tutti, l'atmosfera prodigiosa che si respira in città. *Un Chien andalou* è da poco uscito allo *Studio des Ursulines*, a Montparnasse, e malgrado lo scandalo che ha scatenato – o forse proprio grazie a questo – conosce un immediato successo restando per ben otto mesi consecutivi in sala allo *Studio 28*, un altro cinema battagliero che accoglie volentieri le intemperanze artistiche delle nuove generazioni di cineasti. L'arte è fatta per disturbare, è una macchina da guerra in tempo di pace al servizio dell'immaginazione, e può essere guidata soltanto dal desiderio, unico impulso in grado di mettere in moto

un automatismo psichico inconscio capace di restituire alla mente la sua reale funzione, fuori da qualsiasi controllo esercitato dalla ragione, dalla morale o dall'estetica.

Cosí ha sancito perentorio André Breton nei *Manifesti del surrealismo*, e la pellicola di soli diciassette minuti non può che diventare una bandiera per i pionieri del movimento. Come si sa, nel film non ci sono cani, né tantomeno una vera trama. Come dirà Buñuel anni dopo, *Un Chien andalou*

nasce dal racconto dei sogni dei suoi autori che, illuminati
dalle teorie di Sigmund Freud, trovano l'inconscio molto
piú interessante della realtà e si rifiutano di inserire nella storia qualsiasi idea in grado di portare a una spiegazio-
ne razionale. Inutile cercare interpretazioni alle immagini
oniriche che si susseguono senza una logica apparente, sin
dalla scena d'esordio rimasta impressa nella memoria del
pubblico di allora. Ma non la dimenticheranno nemmeno
gli spettatori che vedranno il film anni dopo, rintanati in
un cinemino d'essai, come è successo a me nella saletta del
Filmstudio di Roma. Nonostante il disincanto provocato dal
passare del tempo, nessuno ha mai cancellato il ricordo di
quella sequenza shock. Credo però che solo pochi temerari siano riusciti a vederla per intero, perché quando in un
primo piano esaltato da un aspro bianco e nero appare sullo
schermo il rasoio che minaccia l'occhio spalancato dell'attrice, gli spettatori sono costretti a chiudere i loro di occhi,
terrorizzati. Il resto è storia, e non ha certo aiutato sapere
che l'occhio in questione non era umano ma di un povero
bovino destinato al macello

Mentre Lee è seduta al bancone del *Bateau Ivre* a sorseggiare il suo Pernod non sa che anche il suo occhio, ritagliato con rabbia da una fotografia, diventerà un'opera d'arte,
e ogni altra parte del suo corpo verrà sezionata, ingrandita,
dipinta, collezionata ed esposta dall'uomo che sta per entrare in quel bistrot, un luogo che si trasforma nello scenario
del fato: la divinità amica che continua a intervenire nella
sua giovane vita.

Quando vede emergere Man Ray dalla scala a chiocciola, a Elizabeth Miller sembra quasi un'apparizione. Il caso
ha voluto che prima di partire il fotografo sia passato a bere qualcosa nel suo *coin* preferito, o almeno questa è la versione che Lee ha scelto di raccontare con la punta di ironia

sempre presente nelle sue memorie. «Sembrava un toro, con un busto straordinario, capelli e sopracciglia molto scuri». Piú che di un incontro fortuito si tratta di un'evocazione. L'episodio è uno dei momenti piú salienti della sua esistenza. La giovane Miller è surrealista senza saperlo, possiede disincanto, humour e una volontà incrollabile a seguire le proprie passioni senza curarsi di alcuna morale. Non può che regalarci questa immagine per presentare il mentore dei suoi anni parigini: un toro dalle narici fumanti. Meglio ancora: un Minotauro, l'essere mitologico dal corpo di uomo e la testa di toro che rappresenta la parte piú istintiva e irrazionale della mente umana. La leggenda racconta che la fame del Minotauro, imprigionato nel labirinto di Cnosso, viene placata con il sacrificio di giovani vittime. Non potrebbe esserci simbolo piú attraente per i surrealisti, che in suo onore fondano «Minotaure», una delle piú belle riviste d'arte del Novecento: l'effige dell'animale troneggia sulle copertine, interpretata di volta in volta da Picasso, Magritte, Dalí e naturalmente Man Ray. La sua versione fotografica mostra la sezione di un nudo femminile: un torso e parte delle braccia che, grazie a un'illusione ottica creata dai forti chiaroscuri, diventa la testa del feroce animale. La donna è una fonte d'ispirazione necessaria, l'alter ego irrazionale che gli artisti inseguono per dare sfogo alle emozioni piú intime e segrete. Man Ray sta per essere accecato dalla bellezza magnetica di Lee, ma soprattutto dalla sua personalità che non offre vie di scampo. La bella e la bestia si riconoscono, le regole dell'attrazione si mettono in moto con il loro meccanismo inarrestabile.

– Mi chiamo Elizabeth Miller. Lei non lo sa, ma sono la sua nuova assistente.

– Non ho assistenti e sto partendo per le vacanze.

– Lo so, e io vengo con lei.

Basta questo frammento di dialogo, consegnato alla storia, a far scattare la scintilla.

Vanno insieme a Biarritz con l'automobile sportiva di cui il fotografo va fiero. Solo pochi anni prima non si sarebbe potuto permettere un lusso come una Voisin decapottabile, né di partire con una giovane sconosciuta al fianco, peraltro bellissima. Ha anche imparato a ballare, principale obiettivo che si era posto arrivando a Parigi. Ora basta assecondare il ritmo e abbandonarsi alla danza.

Percorrono insieme settecentoquarantanove chilometri, sufficienti a sancire il loro legame professionale e sentimentale. Al ritorno in città la giovane americana, che gli amici cominciano a chiamare scherzosamente Madame Ray, si trasferisce al 31 bis di rue Campagne-Première e inaugura una nuova stagione della propria vita.

Alle sette del mattino, prima di soddisfare una fame immaginaria – il sole non ha ancora deciso se sorgere o tramontare –, la tua bocca viene a soppiantare tutte queste indecisioni. Unica realtà, che dà valore al sogno e ripugna al risveglio, essa rimane sospesa nel vuoto, fra due corpi. La tua bocca stessa diventa due corpi, separati da un orizzonte sottile, ondulato. Come la terra e il cielo, come te e me.

MAN RAY

Farley Farm, Sussex, 1977

I ricordi degli innumerevoli viaggi a Parigi si confondono, specie durante il dormiveglia provocato dagli antidolorifici. Ma esiste una medicina che possa davvero fugare il dolore?

Pure la consueta compagnia dell'alcol ha le sue controindicazioni. La sbornia cattiva è un effetto collaterale inevitabile, dopo il sollievo iniziale percepisce subito l'arrivo di quella amarezza incontenibile: una forza maligna che si scatena contro cose e persone con violenza immotivata. Ne sa qualcosa il figlio, che era stato costretto ad allontanarsi: meglio mettere paesi e chilometri tra sé e una madre all'apparenza anaffettiva, sempre pronta a ferire con battute sarcastiche e malevole. L'ironia che è stata uno dei suoi pregi, l'arma sfolgorante della sua intelligenza, si è tramutata in un risentimento acido contro chiunque le capiti a tiro. È schiava di questo nuovo carattere avvelenato che funesta le serate in compagnia di amici. Se non si riesce a essere amabili, tanto vale farsi odiare. I suoi repentini cambi d'umore sono ormai proverbiali e la isolano sempre di piú, ma adesso è stanca, di una stanchezza che non è solo spossatezza

fisica: è stanca di vivere, una fatica profonda che non viene dalle ossa o dagli organi ma dalla testa, diventata cosí
pesante che l'unica via di sopravvivenza è l'annullamento
dei pensieri. Ovvero, la morte. Ha tentato di trasformare traumi e dolori in leggerezza grazie allo spumeggiante
sarcasmo che a volte scioccava gli interlocutori, ma era solo la superficie: il resto è stato occultato, sepolto in luoghi
oscuri della mente, zone protette da porte blindate chiuse
a doppia mandata e a prova di bomba. Ora quegli anfratti
sembrano riaprirsi e ricordi non desiderati riaffiorano senza controllo, mischiandosi ai pensieri autorizzati. Eppure
da tempo ha nascosto in soffitta foto e negativi dentro sca-
tole e bauli, nella speranza di cancellare per sempre le sue
esistenze precedenti e di renderle inoffensive. Ha deciso
di dare confidenza soltanto all'attimo presente e non vuole
essere disturbata da fastidiose interferenze.

Le uniche retrospettive che la interessano sono quelle
dell'Institute of Contemporary Arts organizzate dal marito, Sir Roland Penrose, che l'istituto l'ha fondato ed è uno
degli storici d'arte contemporanea piú importanti d'Inghilterra, quello che ha traghettato il surrealismo a Londra in
una mostra di cui dopo quarant'anni ancora si parlava. A
rendere memorabile l'evento avevano contribuito le opere
all'avanguardia dei numerosi artisti convocati, ma soprattutto le performance inscenate dai surrealisti. Si racconta che a
scuotere dall'indifferenza i compassati visitatori *british* fosse
stata in particolare l'esibizione di un giovane Salvador Dalí,
che per pronunciare il discorso d'intenti dal titolo *Authentic
Paranoiac Phantoms* aveva indossato uno scafandro da pa-
lombaro, ma dopo pochi minuti si era accasciato a terra per
mancanza d'ossigeno rischiando di morire soffocato. Uno
spettacolo involontario ma di grande effetto, applaudito con
entusiasmo dai compagni d'avventura.

All'epoca Lee e Roland non si conoscevano. Lei era ancora la signora Bey e inseguiva una delle sue molteplici vite fra le piramidi d'Egitto e la buona società del Cairo. Certe mattine le sembra che il vento del deserto carico di granelli di sabbia irrompa dalle finestre del cottage nel Sussex, sente le guance pizzicare come quando si svegliava negli accampamenti improvvisati fra le dune, durante le escursioni che organizzava per gli amici che venivano a trovarla. Anche le foto di quell'incredibile periodo le tiene nascoste insieme ad altri cimeli in qualche cassa dimenticata, e mente a chiunque le chieda di pubblicarle per ricostruire la sua carriera di fotografa in qualche articolo elogiativo. Lee afferma dispiaciuta che il materiale è andato perso insieme alla sua memoria. La versione che più la diverte è quella di un incendio che ha devastato tutto durante i bombardamenti di Londra, all'inizio della guerra: un colpo di teatro che annienta ogni insistenza.

Scavare nel passato non è uno dei suoi hobby. Non zappetta neanche nel giardino, che preferisce guardare dalla finestra della cucina mentre frulla salse per le sue richiestissime cene. Ma ora che è costretta a rimanere a letto quasi tutto il giorno a causa di una malattia che definiscono terminale, i ricordi si ribellano e come *revenants* tornano in superficie, scomposti e invadenti, e Lee non sa più contenere la marea che si presenta con insolenza ai suoi occhi stanchi.

Eppure ancora una volta si sta mettendo il rossetto, un gesto familiare che ha ripetuto all'infinito per prepararsi a una sessione fotografica o a una serata mondana, tanto che non ha bisogno di guardarsi allo specchio per compiere quel rito. Anche al fronte era l'unico vezzo che si concedeva: non si pettinava nemmeno, ma a quella pennellata di colore non rinunciava. Non era proprio Man Ray a dire: «Il rossetto è il distintivo rosso del coraggio»? Passa e ripassa a memoria il suo rosso preferito senza mai uscire dai contorni e immagina le sue labbra gigantesche fluttuare nei cieli di Parigi, dove Ray le aveva dipinte nel quadro *À l'heure de l'observatoire. Les amoureux.* Ultimo atto d'amore e nostalgia per la donna che aveva sperato restasse la sua musa in eterno.

«Se le guardi con attenzione, quelle labbra enormi che vagano tra le nuvole possono sembrare due amanti avvolti in un abbraccio erotico e carnale», raccontava Lee agli amici con malcelato orgoglio, e si divertiva a immaginare che all'interno dell'osservatorio di Montparnasse ritratto all'orizzonte scienziati scrupolosi fossero stati costretti a includere nelle carte celesti quell'amplesso volante.

Chissà se Roland si è innamorato di Lee dopo aver visto le sue labbra dipinte da Ray all'esposizione surrealista londinese? Per il fotografo americano quel dipinto rappresentava una vendetta sottile: lei se n'era andata, ma le sue labbra sarebbero rimaste per sempre in suo possesso. Per Roland, invece, il quadro è stata un'epifania. L'aveva conosciuta prima come un'opera d'arte, e quando infine l'aveva incontrata era stato inevitabile che da collezionista appassionato qual era volesse possederla. Come tutti, del resto.

– Sei pronta, Lee? La luce è bellissima, voglio scattare ora.

Ha acconsentito a farsi fotografare dall'amico Bruce Bolton, venuto per il week-end a Farley Farm. Non ha potuto accoglierlo con uno dei suoi proverbiali menu, ma hanno improvvisato un picnic in camera da letto dove lei ormai trascorre la maggior parte del tempo.

– Ti avrei fatto assaggiare la mia ultima specialità, un gelato ai fiori di sambuco, ma avrai soltanto panini. Niente paura, però: nella migliore tradizione della fattoria, non mancherà da bere.

Si è pettinata con cura e ha annodato un foulard al collo dandosi un tocco mondano, ma soprattutto ha deciso di

sfoggiare il sorriso smaliziato e noncurante che è la sua firma, un modo per rassicurare e far credere agli amici che
non sta poi cosí male. Se vuole, Elizabeth Miller è ancora
in grado di evocare il suo proverbiale *esprit*.

– Sicuro di volermi fotografare? Lo sai che a questa età si
possono solo contemplare in solitudine gli effetti del tempo,
e non è il caso di lasciare testimonianze ai posteri.

– Sei luminosa come sempre, Lee. Sarebbe un peccato
perdere quest'occasione.

Parigi, 1929

La camera oscura di rue Campagne-Première è piccola come il tappetino di un bagno, ma tutto è sistemato con precisione maniacale da Ray, che si dedica alle fasi di sviluppo e stampa con una meticolosità che non ammette errori.
Lee apprende le tecniche del maestro con rapidità stupefacente e diviene presto una risorsa indispensabile per il fotografo, sempre piú incantato dalla donna enigmatica e libera precipitata nella sua vita come un fulmine. Proprio come
era accaduto ad André Breton con Nadja, musa ispiratrice
del suo romanzo appena pubblicato, a cui Ray ha collaborato per la parte fotografica. «La bellezza sarà convulsa o
non sarà», cosí si conclude il libro, e Lee sembra incarnare
questa frase in ogni scatto che Ray le dedica. Una sequenza
infinita di immagini esalta il loro sodalizio privato e lavo-
rativo, ormai un intreccio inestricabile che ispira le opere
piú significative del fotografo americano. Il busto nudo di
Lee solcato dai riflessi di luce che filtrano da una finestra
è quasi radioattivo; il collo bianco della modella deformato
dall'ingrandimento sovrasta i contorni sfocati del viso e diviene una macchia candida; il suo fondoschiena è fotografato in primo piano senza pudore mentre il resto del corpo
scompare piegato in avanti in totale sottomissione, quasi a
simulare la preghiera di un rito sconosciuto. Non a caso la

foto si chiama proprio cosí, *La preghiera*, ma piú che a un santo sembra una supplica al marchese De Sade, unico protettore riconosciuto dai surrealisti.

Il nuovo è spesso invisibile e va cercato indossando uno sguardo che superi i confini conosciuti per offrire visioni inedite. Come la poesia e la letteratura, anche la fotografia diventa uno strumento per indagare l'animo umano e le sue inquietudini. Il corpo di Lee è sezionato in mille pezzi, fotografato nei dettagli piú intimi, trasfigurato in un caleidoscopio di frammenti femminili messi in luce dal desiderio dell'artista. Ma non c'è voyerismo, non c'è oscenità. Le chiamano *images trouvées*, come gli oggetti decontestualizzati cari al surrealismo, che assumono significati insoliti fuori dal tempo e dal luogo dove si è abituati a collocarli. Il seno di una donna, la ruota di una bicicletta, un vecchio souvenir: ogni cosa può conquistare un'altra vita grazie all'immaginazione. «Il fotografo è un meraviglioso esploratore degli aspetti che la nostra retina non registra», scrive Man Ray in un articolo su «Paris-Soir», e ogni giorno che passa l'allieva osserva, assimila e mette in pratica la lezione.

È un'occasione straordinaria per Lee, che ha deciso di compiere il passo che la porta finalmente dietro l'obiettivo. Una distanza che agli occhi di noi donne emancipate del terzo millennio può sembrare irrilevante, ma che in realtà è un percorso piú lungo dell'intero giro del mondo per una ragazza degli anni Venti del Novecento. Sono pochissime le pioniere che tentano l'impresa e ancora oggi pochi le ricordano: professioniste d'acciaio come Margaret Bourke-White, artiste fragili come Dora Maar, che non sopravvisse all'abbraccio del suo Minotauro Pablo Picasso; oppure coraggiose reporter di guerra come Gerda Taro, che perse la vita sul fronte spagnolo, ma anche antesignane della *street photography* come Tina Modotti o visionarie come Claude

Cahun, che attraverso la fotografia esplorò i ruoli di genere tramutandosi, al pari di un camaleonte, in mille persone
diverse. Tutte hanno abbracciato la macchina fotografica
come un'arma per esprimere la propria visione del mondo,
avventurandosi in un campo ancora libero dall'ingombrante
tradizione dei grandi padri dell'arte. Invece di essere solo
scrutate, esaminate, dipinte e ritratte, anche loro osservano
e soprattutto decidono come rappresentare l'universo in cui
vivono, regalandoci un punto di vista inedito.

«Preferisco fare una fotografia che essere una fotografia»,
ha dichiarato Lee con orgoglio. Nello studio di rue Campagne-Première non è piú una docile modella sotto i riflettori
dei servizi di moda: ora ha imparato a prendere il comando
e scatta in prima persona. Lavora insieme a Ray, posa per
lui, ma il suo è ormai un contributo attivo: si scambiano
spesso la macchina fotografica, si contendono il controllo
dell'obiettivo, la musa si confonde con il maestro e vicever-
sa, in un avvicendamento di ruoli talmente interscambiabili
che alcune foto di quel periodo sono di difficile attribuzio-
ne: «Eravamo cosí vicini, come fossimo la stessa persona»,
racconterà Lee anni dopo ricordando la complicità artistica
e sentimentale che le ha permesso di conquistare il proprio
sguardo da fotografa. Anche nella camera oscura l'accordo
è totale. Lee ha appreso i segreti del mestiere e Ray ripone
assoluta fiducia nella sua assistente, che lascia da sola allo
sviluppo delle lastre. Ed è proprio durante una di queste
sedute che, grazie a ciò che sembra un imprevisto, Lee scopre la solarizzazione, una delle tecniche che diventerà un
tratto distintivo dei due artisti.

Di nuovo entra in scena il caso, e questa volta ha le sem-
bianze di un topo che nel buio della camera oscura cammina sui piedi di Lee, o almeno lei ne è convinta. Terrorizzata
da quel contatto, caccia un urlo e accende la luce mettendo

a repentaglio il lavoro. È soltanto un attimo, ma è sicura di aver rovinato il prezioso materiale di Ray. Invece ha appena scoperto un nuovo procedimento di sviluppo che dona alle immagini una suggestione pittorica. Grazie all'esposizione accidentale, il nero di fondo sfuma nel grigio lasciando un profilo piú marcato intorno ai soggetti, i quali acquistano un effetto tridimensionale che richiama gli antichi bassorilievi. Quel risultato stupefacente entusiasma la coppia, che si lancia nella sperimentazione e realizza una serie di fotografie che passeranno alla storia. La piú significativa e poetica è il profilo di Lee, che con la magia della solarizzazione diviene un raffinato cameo d'altri tempi. Ray la sceglierà come copertina del libro *Portraits*, una raccolta dei suoi ritratti piú noti.

Dipingere con la luce è sempre stato il suo sogno, ma avere accanto una donna tanto sorprendente va al di là di ogni spericolata immaginazione surrealista. Lee è anche la compagna ideale per condividere la mondanità parigina di quegli anni effervescenti, in cui le migliori idee nascono per strada, al ristorante, a teatro e in locali come *Le Bœuf sur le toit*, animato dal poliedrico Jean Cocteau per il quale quel ritrovo non è un bar o un cabaret, bensí l'espressione della giovinezza, una pausa, un'unione prestigiosa di forze e cose meravigliose, «uno di quei saloon dove si riunivano i cercatori d'oro. L'oro di cui parlo è l'oro dello spirito, un oro leggero e incalcolabile». È in queste serate affollate che Lee incontra quelli che diventeranno i suoi amici parigini: Pablo Picasso, Max Ernst, Paul Éluard, André Breton, Louis Aragon… insieme alle loro compagne, sono soltanto alcuni dei cercatori d'oro che Lee immortalerà con la sua macchina fotografica, regalandoci una galleria di immagini intime significative quanto le sue foto professionali, perché tracciano una mappa amorosa delle complicate trame sentimentali

e delle ardite geometrie del desiderio che hanno animato i
protagonisti di quegli anni. Ma è di giorno, quando gira da
sola per la città, che si sente finalmente libera di esprimersi
e realizza le prime fotografie: sono lavori che già denotano
un punto di vista audace e rivelano l'istinto della fotografa
di razza, che intuisce subito l'inquadratura migliore: il famoso *decisive moment* teorizzato da Henri Cartier-Bresson.
È l'immediatezza che le interessa, ogni dettaglio, anche il
piú casuale, può stimolarla e Parigi è lo scenario ideale per
il suo apprendistato. Le piace camminare senza meta come
una *flâneuse*, lontana dalle luci impostate degli studi di posa, pronta a farsi stupire da ogni suggestione e a immergersi
nella realtà alla ricerca dello straordinario nel quotidiano.
«Ci sono tante meraviglie in un bicchiere di vino quante
nel fondo del mare», le ha insegnato Man Ray, e anche le
code di quattro topolini sospesi su un'asticella in un angolo
di strada diventano un soggetto che Lee inquadra con humour e maestria nelle sue scorribande. Il suo volto riflesso
come un fantasma nella vetrina di profumi di Jean Patou o
il dettaglio di una mano femminile dalle unghie laccate che
accarezza dei riccioli biondi divengono sotto il suo obiettivo attraenti giochi visivi.

È sorprendente guardare le sue prime foto parigine in
bianco e nero: una collezione di scatti insoliti che denotano
un pensiero, una scelta, la voglia di andare oltre l'ordinario.
La qualità colpisce ancora il nostro sguardo contemporaneo
ormai assuefatto alle istantanee digitali che si riversano sui
social. Oggi possiamo riprendere tutto senza il minimo sforzo, conserviamo centinaia di immagini negli smartphone, le
modifichiamo grazie a filtri ed effetti. Immagino invece l'eccitazione nascosta dietro ogni clic dei fotografi dell'epoca, che
scoprivano il risultato solo quando appariva nelle vaschette

di sviluppo; e penso al desiderio di esplorare nuovi territori con le poche tecniche allora disponibili. Di quegli anni mi viene in mente in particolare una foto di Lee che mantiene intatta una grande forza espressiva e simbolica: è il ritratto dell'amica Tanya Ramm, di cui riprende solo la testa e grazie a un lavoro di sovrapposizione ce la mostra dentro una campana di vetro, di quelle usate per conservare le reliquie religiose o gli uccelli impagliati. Tanya, occhi chiusi e volto sognante, è un oggetto da collezionare, una donna imprigionata sottoteca come un animale raro. È il destino delle muse: incarnano una femminilità fragile, indispensabile agli artisti che le eleggono a custodi della loro ispirazione, taumaturghe capaci di connetterli all'inconscio piú segreto ma anche amanti docili e fantasiose di cui possono fare dono agli amici. Dora Maar, Leonora Carrington, Jacqueline Lamba, compagne rispettivamente di Picasso, Max Ernst e André Breton, solo per citarne alcune, faranno fatica come tante a uscire dal sortilegio che le vuole confinate in una gabbia dorata che ne ostacola il talento. Sono autrici di foto e tele importanti, ma dovranno lottare per imporsi. In poche emergeranno, sottraendosi ai cliché che le rappresentano come delle *femmes poupées*, instabili e tendenti alla follia come la vera Nadja di Breton, nella vita Léona Delcourt, la quale, poco dopo la pubblicazione del romanzo a lei dedicato, finirà rinchiusa nell'istituto psichiatrico di Bailleul e morirà a soli trentanove anni.

Lee, che ha ingaggiato una lotta senza tregua contro i propri demoni, attraversa senza paura questo nuovo mondo preparandosi a diventare la persona che ha sempre desiderato essere. Sa già che non permetterà a nessuno di rinchiuderla in una teca di vetro, ma è possibile per una donna rimanere «un genio libero» e «uno spirito dell'aria» senza pagare nessuna conseguenza?

L'abito perfetto, quello che non passerà mai di moda, è soltanto uno: l'abito della libertà.

ELSA SCHIAPARELLI

Parigi, 1930

Laetitia Pecci-Blunt, per gli amici Mimí, aspetta i bozzetti dell'abito che ha commissionato alla sua stilista di riferimento, Elsa Schiaparelli, per gli amici Schiap, una fuo-
riclasse delle creazioni piú folli dell'*haute couture*. Mimí ha
bisogno di qualcosa di sfavillante e sofisticato per essere
all'altezza della festa che sta organizzando, ed è sicura che
quel geniaccio di Schiap non la deluderà.

Come anticipato dalle cronache mondane di «Frogue»
– cosí gli addetti ai lavori chiamano l'edizione francese di
«Vogue» – la festa all'Hôtel de Cassini in rue de Babylone,
dimora sontuosa dei conti Pecci-Blunt, si preannuncia l'e-
vento dell'anno. Mimí ha ragionato a lungo sul tema da asse-
gnare alla serata: ogni idea originale è già stata sperimentata
ed è sempre piú difficile inventare nuovi spunti per stupire
gli ospiti e primeggiare nell'alta società parigina. Non prende neanche in considerazione le trovate piú assurde messe
in atto solo per far parlare di sé. Che dire della richiesta di
presentarsi a un ballo vestiti esattamente come si era nell'attimo in cui si è ricevuto l'invito? Un espediente ridicolo che
aveva ridotto la festa in questione a un'adunata di derelitti
in vestaglia e pigiama, qualcuno era addirittura arrivato con
la schiuma da barba sul viso o la spazzola infilata nei capelli.
Un orrore! Per il resto, le strade interessanti sono già state
esplorate. Come uguagliare i balli di casa Beaumont? Dopo

anni, si magnificava ancora il loro *Bal de la Mer*: il palazzo
dei conti era diventato un mondo sottomarino popolato di
strane meduse, sinuose sirene e tritoni scintillanti. Per non
dire delle serate di Marie-Laure de Noailles, la rinomata *vi-
comtesse du bizarre*: anche lei al pari di Mimí era appassionata delle nuove avanguardie, mecenate e amica di molti
artisti che ingaggiava con generosità per trasformare le sue
numerose feste in eventi spettacolari che gareggiavano con
i celebrati Balletti Russi. Con *Le Bal des Matières* aveva superato sé stessa chiedendo agli invitati di creare dei costumi
utilizzando materiali non convenzionali. Tutto era concesso: cartone, metallo, piume e qualsiasi diavoleria venisse in
mente, e il risultato finale era stato consegnato alla leggenda
da un reportage di Man Ray.

Forse l'intuizione del *Bal Blanc* è venuta in mente proprio
al fotografo americano. O invece l'ha suggerita Schiap? Magari consigliata dall'amica Gabrièle, moglie di Francis Picabia, famosa per il suo intuito da rabdomante per il successo.
Se Schiaparelli è ora la regina dell'alta moda francese il me-
rito va di sicuro al continuo incoraggiamento di Gabrièle,
che l'ha convinta a mettere in commercio i primi abiti fatti a mano come l'ormai iconica blusa di maglia bianca con
una cravatta nera stilizzata sulla scollatura: un capo definito
dagli esperti «un capolavoro assoluto», che ha subito fatto
breccia nel cuore delle clienti desiderose di qualcosa di piú
stuzzicante della sobria eleganza di Coco Chanel. Chiunque
sia stato, alla fine Mimí aveva trovato l'idea del *Bal Blanc*
perfetta nella sua semplicità. Il bianco è l'assenza di colori,
ma anche l'origine dello spettro luminoso che li comprende
tutti. Una distesa di neve, una collana di perle, la purezza
del latte, la visione macabra di uno scheletro o il brivido
dell'apparizione di un fantasma... Le suggestioni sono infinite. Non ha piú dubbi: che bianco sia! Ora Mimí può com-

pilare la lunga lista degli inviti, operazione complessa che accompagna con abbondanti boccate dalle sue inseparabili sigarette. Per la buona riuscita della festa è indispensabile il tocco di Man Ray, che la contessa arruola insieme alla sua nuova assistente, l'americana bionda con i capelli alla garçon: ormai fanno ditta, e oltre a essere la coppia piú ricercata del momento, sono degli straordinari professionisti. Se di un ballo non resta una raffinata documentazione fotografica è come se non fosse mai avvenuto, e Ray le ha promesso una sorpresa per rendere unica la serata.

Anche se i conti Pecci-Blunt sembrano reggere l'impatto della crisi economica che ha messo in ginocchio l'America, l'onda lunga della recessione è arrivata pure a Parigi. Dopo il crollo del '29, parecchi collezionisti sono stati costretti a chiudere il portafoglio e non investono piú negli artisti delle avanguardie: preferiscono spostare i capitali sull'arte classica, al massimo comprano gli espressionisti che sul mercato sono sempre una sicurezza, e mostre già annunciate vengono sospese ancor prima di aprire. Persino l'attesa esposizione di Magritte, nome consolidato del firmamento artistico, è stata annullata dalla galleria *Goemans*, e molti americani che avevano scelto la Francia come seconda patria adesso, senza piú rendite da scialacquare nella bella vita parigina, sono obbligati a fare le valigie e rientrare negli Stati Uniti. Perfino Man Ray vede diminuire la facoltosa clientela che nei mesi precedenti faceva la fila per ottenere uno dei suoi ritratti, e Lee si è decisa a bussare alla porta di «Frogue» per contribuire al ménage della coppia. Tornare a fare la modella per la rivista dei suoi esordi ora che si è lanciata nella professione di fotografa è l'ultima cosa che desidera, ma è una ragazza pratica, e la lettera di presentazione firmata da Condé Nast è un ottimo lasciapassare per entrare dalla porta principale.

Quando il fotografo George Hoyningen-Huene, barone russo dal carattere irascibile e arbitro della moda parigina, incontra per la prima volta Elizabeth Miller, rimane colpito dal suo fascino cosí mutevole, capace di incarnare la sensualità di una vamp o il candore di un'adolescente che si affaccia alla vita: è la modella ideale che ha già ammirato nelle foto newyorchesi di Steichen e negli scatti surrealisti di Man Ray. Ma a intrigarlo è il talento di questa giovane donna che non si cura del proprio aspetto fuori del comune ed è determinata a nascondere la sua bellezza dietro l'obiettivo. La ingaggia anche come assistente – o meglio «schiava», ricorderà Lee anni dopo con soddisfazione – per allestire i set in cui prendono forma le sue immagini patinate. A soli ventitre anni, miss Miller si ritrova a interpretare il ruolo di «ragazzo di bottega» e quello di *femme fatale* senza trascurare la collaborazione con Man Ray, il quale accetta a malincuore la nuova libertà della donna che ha eletto a musa esclusiva della propria arte. La presenza di Lee gli è indispensabile ed è sempre piú insofferente e possessivo. Nei caffè di Montparnasse si bisbiglia che qualcuno li abbia visti passeggiare mano nella mano per boulevard Saint-Germain legati insieme da una catenella d'oro: una piccola provocazione che rispecchia lo spirito dei surrealisti, amanti di questi giochi erotici in omaggio al loro nume tutelare, il marchese De Sade. Ma al di là delle esplorazioni sadomaso, è evidente chi sia il padrone tra i due. Che parlino pure: Man non si cura delle apparenze, desidera solo legarla a sé piú strettamente, ma sa che non sarà facile sottomettere Lee al suo disperato bisogno di possesso: «Sei cosí giovane e bella e libera e odio i miei tentativi di soffocare quello che ammiro di piú in te», le scrive in un momento di lucidità, ma la passione lascia poco spazio ai ragionamenti. Si sente senza via d'uscita e, come il Minotauro nel labirinto, non

vuole arrendersi e si ribella con furia all'idea di perderla. Per
Lee l'*Amour fou* è solo un bel romanzo di André Breton, e
nonostante la venerazione che nutre per il suo maestro, del
quale è davvero innamorata, non vuole rinunciare all'autonomia che ha conquistato a fatica. La sensazione di essere
pienamente sé stessi produce un'euforia piú forte di una
droga, e anche se mette i brividi, è uno stimolante di cui
Lee non può piú fare a meno. «L'uomo è ancora libero di
credere alla sua libertà. Ed è il padrone di sé stesso», afferma il fondatore del surrealismo. Perché anche la donna
non può esserlo?

Man Ray è stato categorico. Tutto deve essere bianco,
senza eccezioni. La pista da ballo è stata ridipinta per l'occasione, e le tavole apparecchiate con tovaglie e scodelle can-
dide brillano sotto le luminarie sistemate come ricami sugli
alberi del parco. Anche ai musicisti di colore viene chiesto
gentilmente di dipingersi il volto di bianco. Mimí si scusa,
spiegando che non ha nulla da ridire riguardo al colore della
loro pelle, ma l'imperativo della serata non prevede deroghe.
D'altronde con una mancia generosa si può ottenere quasi
tutto. Schiap le ha appena recapitato l'abito e la contessa lo
sta osservando con soddisfazione, attenta per la prima volta a non far cadere nessun granello di cenere dalla sua eterna sigaretta accesa. È di un'eleganza mozzafiato, originale
ma non troppo per non cadere nel tranello dell'eccentrici-
tà a tutti i costi. L'unico tocco irriverente è la modernissi-
ma zip che Schiap ha ormai adottato al posto dei bottoni,
suscitando uno dei tanti scandali che accompagnano le sue
creazioni. Mimí estrae l'abito dalla scatola in cui è adagiato
in una nuvola di carta velina, e lo accosta con delicatezza
al corpo. Quello che vede davanti allo specchio supera ogni
aspettativa: un trionfo di morbide piume bianche forma un

corpetto vaporoso che si stringe in vita con una fusciacca di soffice voile allacciata sul fianco, da cui sboccia un'ampia gonna in *cady* tempestata da un firmamento di paillette che riflettono bagliori simili all'arcobaleno. Un sogno degno di Anna Pavlova e la sua *Morte del cigno*, senza dubbio una delle fonti d'ispirazione per l'eclettica Schiap. La leggendaria ballerina russa si era appena esibita in una *rentrée* a Parigi al teatro degli Champs-Élysées, e sebbene non fosse piú un cigno «di prima piuma», riusciva ancora a emozionare il pubblico con la sua grazia fragile, almeno cosí aveva riferito Schiap che era accorsa ad applaudirla. Ma con quel capolavoro di vestito, Mimí avrebbe danzato al ritmo di ben altre musiche.

L'orchestra prova in giardino, e le note di Cole Porter arrivano fino all'ultimo piano del palazzo accompagnando la sua preparazione. La contessa ha voluto compilare di proprio pugno la lista delle canzoni da eseguire, le è bastato riproporre i brani piú ascoltati da *Chez Bricktop*, il night-club di Montmartre che detta lo stile musicale in città. Mimí è un'assidua frequentatrice del locale e amica della sua fondatrice, una formidabile cantante e ballerina di charleston che Cole Porter aveva soprannominato *bricktop* per via della capigliatura fiammeggiante. Il musicista ha sempre un tavolo riservato al *Brick*, frequentato da quella che si chiama *café society*: un'onda che si muove all'unisono scegliendo i posti piú ricercati e alla moda e che di sicuro non vede l'ora di partecipare al ballo della contessa Pecci-Blunt, dopo aver passato l'ultima settimana a lambiccarsi il cervello per scovare il costume piú stravagante con cui presentarsi alla serata.

Mimí viene interrotta nei preparativi dall'arrivo di Man Ray, che ha deciso di sistemare un proiettore cinematografico sul balcone del primo piano per inondare di immagini la pista da ballo; l'idea è quella di trasformare gli invitati del *Bal Blanc* in un candido schermo in movimento su cui proiettare i suoi giochi di luce. Un lampo di genio che farà sensazione, pensa Mimí accendendosi l'ennesima sigaretta.

Il Marché aux puces di Parigi è un'istituzione. Ancora oggi, rovistando tra i banchi, è possibile scoprire chincaglierie e astrusità che, con un po' di fantasia, possono divenire nuove meraviglie da collezionare per il piacere futile dell'*objet trouvé*. Lo confesso: anch'io sono piena di conchiglie, bottoni, vecchie fotografie e statuette africane. Li ho raccolti nel tempo, e fanno parte di un bizzarro pantheon che ormai affolla la mia libreria. Ma non sapevo di condividere questa innocente passione con una schiera di grandi artisti, setacciatori di mercatini di *trouvailles* in cerca di tesori che collezionavano con lo stesso impegno con cui si dedicavano alle loro opere. Picasso aveva l'atelier cosí stipato delle proprie scoperte che i visitatori si muovevano a stento nelle stanze, e lo studio di André Breton sembrava una *grotte des merveilles* piú che il pensatoio di un intellettuale. Lo sanno tutti quelli che al Centre Pompidou hanno ammirato l'antro dell'artista ricostruito nei minimi particolari in una sala del museo, corredato dell'incredibile quantità di «reperti» che Breton aveva messo insieme con amore. Una scritta spiega ai visitatori che il suo insaziabile desiderio di possesso nasceva dal bisogno di appropriarsi del potere degli oggetti. L'energia esoterica che i surrealisti attribuiscono alle cose anche all'apparenza inutili e non piú utilizzabili è una magnifica ossessione che li incoraggia a produrre i *ready made*: installazioni artistiche che regalano nuova vita e un senso imprevedibile a quelle che di solito vengono considerate cianfrusaglie. Man Ray li chiama «oggetti d'affezione», e spesso gira tra i negozietti del Marché aux puces curiosando tra i banchi alla ricerca di qualcosa che colpisca la sua immaginazione. È lí che trova quel vecchio ferro da stiro che oggi tutti conoscono come *Cadeau:* gli è bastato incollare una serie di chiodi appuntiti nella parte liscia del ferro per ricavare da quell'arnese arrugginito un'originale opera d'arte.

Anche quella mattina Ray è a caccia d'ispirazione per il *Bal Blanc,* e tra le pellicole cinematografiche abbandonate in una cassa spunta una sorpresa. Osservando il reperto controluce, fotogramma dopo fotogramma, intravede la sagoma di una strana Luna dal volto umano e subito riconosce un film di Georges Méliès, il pioniere del cinema francese da poco restituito alla fama proprio dai surrealisti dopo un colpevole oblio. Il regista aveva sperimentato per primo innovativi effetti speciali, e il suo *Viaggio nella Luna* del 1902 era riconosciuto come l'antesignano dei film di fantascienza. Ancora una volta, grazie alla magia del caso, il fotografo ha individuato «l'oggetto d'affezione» che renderà memorabile il ricevimento di Mimí.

La prima ad arrivare è la baronessa Von Goldschmidt-Rothschild insieme alla sua amica, la baronessa Becker-Rémy, vestite da damigelle alla corte dell'imperatrice Eugenia. Schiap arriccia il naso e Mimí le definisce «due meringhe dell'Ottocento», ma almeno l'abito è candido come richiesto. I Pecci-Blunt hanno dato ordine di fermare all'ingresso chiunque si fosse permesso di disobbedire al diktat della serata, e un cartello scritto a caratteri d'oro ricorda: «Pas des couleurs». Si bisbiglia che qualche trasgressore sia stato rimandato a casa tra proteste vibranti e la minaccia di rivolgersi alla polizia. Ma sono delle eccezioni, nessuno se ne cura, e si continuano a stappare bottiglie di champagne con un ritmo che sembra far parte delle partiture sfrenate dell'orchestra.

La marea bianca degli invitati ha invaso il giardino e già
si possono contare svariati fantasmi, alcuni angeli con diversi tipi di ali, ancelle virginali, un pupazzo di neve e molti frac *total white* che non brillano certo per originalità, ma
almeno si mimetizzano nel quadro generale.

Lee e Ray, scegliendo due completi da tennisti, hanno
optato per un'elegante semplicità: per lui pantalone lungo e
maglione, per lei un ensemble della collezione sportiva pri-
mavera-estate della stilista Madeleine Vionnet, che esalta la
sua aria da maschietta impertinente. Ma piú di qualsiasi toilette preziosa, sono i pantaloncini corti che svelano gambe
perfette a consacrarla attrazione della festa.

L'entrata in scena del pianista Arthur Rubinstein, mascherato con un elaborato costume da principe orientale tem-
pestato di perle, fa scattare un applauso che allegramente si
confonde con le note del primo charleston.

Lee è eccitata come una bambina al luna park. Ha pre-
parato il set per i ritratti in posa previsti per ogni ospite, si-
stemando le luci come ha imparato nei lunghi tirocini. Ma
è distratta dall'atmosfera elettrica della serata e abbandona
flash e cavalletti per tuffarsi nella pista da ballo, trascina-
ta da affascinanti cavalieri che fanno la fila per invitarla.
Quando Ray fa partire il vecchio film di Méliès, l'orchestra
attacca *Let's Do It (Let's Fall in Love)*, un successo di Cole
Porter malizioso e romantico. È la colonna sonora ideale
per le immagini che fluttuano sugli abiti degli invitati come
in un paesaggio surrealista. Vista dall'alto, la scena sembra
appartenere a un quadro di René Magritte, in cui sogno e
realtà si confondono in un'atmosfera senza tempo. Sono
tutti estasiati, a parte Man, che vede la sua donna divertirsi
senza di lui, una visione straziante emersa tra i fasci di luce
proiettati sul giardino. Lee è bella come non mai quando è
illuminata dal fascino della libertà, un incanto che nessun

maquillage può eguagliare. E in quel preciso istante il fotografo capisce di aver perso la partita, è inutile fare scenate o addirittura implorarla fino a chiedere di sposarlo, come ha azzardato in un ultimo gesto disperato solo pochi giorni prima. Da esperto giocatore di scacchi qual è, sa quando bisogna rassegnarsi alla sconfitta. Proverà ad accettare l'indipendenza della sua amante, l'aiuterà a cercare lo studio che desidera da tanto. In cambio lei gli ha promesso che tra loro tutto rimarrà come sempre. Ma riuscirà il Minotauro a sopportare lunghe notti senza il corpo rassicurante di Lee accanto? Una sera l'ha fotografata mentre dormiva, quasi di nascosto come un ladro, facendo piano per non svegliarla: sembrava una bambina innocente, il mignolo vicino alla bocca, un lattante bisognoso di protezione, e a dispetto delle sperimentazioni audaci con cui ha immortalato la sensualità della sua amante, è quella la foto che rappresenta piú di ogni altra la donna che Ray desidera per sé. Solo abbandonata nell'oblio del sonno la può possedere, ma sa che è un'aspirazione perversa e purtroppo irrealizzabile, e conserva quello scatto come un feticcio da non mostrare a nessuno.

Queste amare elucubrazioni sono interrotte dall'entrata in scena piú spettacolare della serata, un *tableau vivant* ispirato al *Risveglio d'Arianna* creato dall'estro di Jean Cocteau per la mecenate Marie-Laure de Noailles, che interpreta per l'occasione una marmorea statua greca insieme alla cerchia dei fedelissimi amici. Portato dentro da un carrello traballante, il gruppo mitologico irrompe come un'apparizione teatrale che lascia senza parole, e anche la musica per un attimo sembra fermarsi facendo spazio alla meraviglia generale. Mimí è costretta ad ammettere che il vulcanico Cocteau ancora una volta ha fatto centro. L'amica Marie-Laure da tempo ha fiutato il talento del poeta parigino e ha deciso di produrre il suo primo lungometraggio. La viscontessa ama il cinema d'avanguardia quasi quanto l'arte, e contro il parere di tutti ha già finanziato *L'Âge d'or*, il secondo lavoro di Luis Buñuel che si preannuncia piú rivoluzionario del precedente. L'anteprima del film è prevista per l'autunno successivo, ma dalle indiscrezioni trapelate già se ne parla come del nuovo scandalo della stagione. Si vocifera addirittura che gli estremisti di destra della Lega antiebraica e della Lega dei patrioti stiano preparando delle rappresaglie per impedirne la visione, notizie che vengono commentate con leggerezza e sono archiviate come colore mondano. Mimí invece è preoccupata, ha già dovuto combattere contro l'ignoranza e l'ottusità del regime fascista che ormai detta legge in Italia. Torna sempre piú a malincuore a Roma, amata città d'origine, dove ogni iniziativa culturale che prova ad animare con entusiasmo viene osteggiata dai gerarchi al potere. E mentre osserva la nuvola bianca che ha gioiosamente invaso il giardino, riflette con preoccupazione sulla minacciosa ondata nera che ha conquistato come un cancro il suo paese e sta dilagando nell'intera Europa.

Ma Parigi stasera è piú che mai la capitale delle «illusioni felici», e con un'intensa boccata dalla sigaretta Mimí scaccia via quei pensieri velenosi come serpenti. L'orchestra le viene incontro intonando una versione scoppiettante di *Get Happy,* e un coro festante si leva dalla pista da ballo: un inno scaramantico in grado di allontanare qualsiasi avversità.

Forget your troubles and just get happy... Ya better chase all your cares away...

Quando scrivo dò fastidio, quando mostro un mio film dò fastidio, quando esibisco
i miei quadri dò fastidio e dò fastidio se non
lo faccio. Ho un'abilità per dare fastidio.

JEAN COCTEAU

Roma, anni Settanta

Il *Filmstudio* è un piccolo cinema d'essai in una viuzza di
Trastevere, alle pendici del Gianicolo. Negli anni Settanta
rappresentava per il giovane pubblico romano una camera
delle meraviglie, perché proiettava i film che non sarebbero mai arrivati in una sala normale. È lí, come ho già ricor-
dato, che ho visto *Un Chien andalou* di Luis Buñuel, ma
quello che non ho detto è che faceva parte di una marato-
na che comprendeva anche *L'Âge d'or* dello stesso Buñuel
e *Le Sang d'un poète* di Jean Cocteau. Era una specie di piacere masochista consegnarsi per ore alla visione di pellicole
d'avanguardia che ci bersagliavano di immagini oniriche e
fuori dell'ordinario seguite da interminabili dibattiti post-
proiezione, con l'unica consolazione che in sala si poteva
ancora fumare una sigaretta dietro l'altra.

All'epoca ero una ginnasiale un po' naïve attratta piú
dalla musica rock che dal cinema d'autore, ma ero innamorata di un giovane intellettuale belloccio che mi trascina-
va a quelle serate di immersione totale e non volevo certo
deluderlo, anche se avrei preferito un concerto di Mal e i
Primitives all'inquietante scena dell'occhio di Buñuel. Ma
oggi lo ringrazio perché, anche se non capivo nulla – e nulla si doveva capire, come ho intuito dopo – lo sconcerto e a
volte il fastidio che quei film suscitavano mi hanno aiutato

ad allargare il mio modesto orizzonte, facendomi intuire il
potere dell'immaginazione. Una lezione preziosa che l'au-
stera scuola che frequentavo non era in grado di impartire.

Non c'era bisogno di comprendere la trama che i registi
allegramente ignoravano: bastava lasciarsi andare al flusso
di follia creato apposta per provocare il pubblico e spinger-
lo in un universo di pensieri che nessuno avrebbe mai osato
confessare, prima di quelle immersioni piú potenti di una
seduta psicoanalitica. Forse oggi quei film hanno perso la
carica eversiva che faceva effetto alla nostra generazione
che si affacciava timida in un mondo nuovo; eravamo figli degli anni Cinquanta, e le immagini piú effervescenti a
cui avevamo accesso giungevano solo dal cinema o da rari
e sfocati spezzoni di qualche concerto d'oltreoceano. Vive-
vamo rinchiusi in una stanza senza porte né finestre dove
non s'intravedeva un'uscita, proprio come quella in cui si
ritrova il poeta del film di Jean Cocteau che tasta agitato le
pareti in cerca di una via di fuga: ci sono soltanto un grande
specchio e una strana statua parlante in marmo, una specie
di Venere di Milo che lo esorta ad avere coraggio e ad attraversare la lastra di vetro.

«Hai scritto che si potevano attraversare gli specchi e
non ci hai mai creduto... prova ora!»

E il poeta obbedisce, tuffandosi nell'ignoto.

La statua vivente sorride beffarda e il suo sorriso ora lo
riconosco: è quello di Lee Miller nella sua unica partecipa-
zione cinematografica.

Parigi, 1930

Sotto la luce intensa dei riflettori che illuminano il set, il trucco casalingo per ricoprirla di marmo è diventato un impiastro maleodorante. Il fetore del burro rancido impastato con la farina le sale alle narici facendola quasi svenire, ma Lee resiste e si diverte come una bambina in quello strano circo chiamato cinema. Non le interessa fare l'attrice, per lei è piú eccitante recitare nella vita reale, quando mette in scena l'infinito repertorio di donne che interpreta secondo la necessità e l'umore della giornata. Ma questa è un'occasione unica, ed è stata proprio lei a proporsi a Jean Cocteau in una serata alcolica al *Le Boeuf sur le toit*. Quando l'artista piú poliedrico della capitale ha chiesto agli amici chi potesse interpretare la parte della statua, Lee ha esclamato elettrizzata: «Io, sono io!», suscitando l'ira di Ray, che ormai prende l'insubordinazione della sua Musa come un affronto personale. Soltanto lui può plasmarla ai propri voleri artistici: come si permette quella libellula irritante di Cocteau di invadere un territorio che non gli appartiene? Pur riconoscendogli un certo talento, Ray, al pari di molti intellettuali, è irritato dal presenzialismo mondano di Cocteau, e considera il suo ecclettismo bulimico che non tralascia alcuna forma espressiva come un segno di superficialità e opportunismo. Ora si lancia anche nel cinema, territorio che Ray ha esplo-

rato anni prima, e a finanziarlo sono proprio i suoi mece-
nati, i visconti di Noailles. Gli aristocratici hanno appena
stanziato un milione di franchi per realizzare *Le Sang d'un
poète*, dopo aver concesso la stessa cifra a Luis Buñuel per
produrre *L'Âge d'or*.

Cocteau è estasiato dall'offerta di Lee, che è subito scrit-
turata. E Ray abbandona la serata, furioso. Questa volta
non sfogherà la collera nella solita scenata di gelosia, ma
in una raffinata vendetta artistica. Lee rimane con gli amici per brindare all'avventura cinematografica, e quando a
notte fonda torna a casa trova una nuova foto alla parete
dello studio. La sua immagine con il collo in evidenza, che
lei stessa aveva stampato giocando con esposizione e chiaroscuri, è ora il fotogramma di un film horror: la gola candida
è solcata da una ferita da cui zampilla sangue d'inchiostro
rosso. È cosí che il suo amante sublima la violenza che lo
assale ogni volta che si sente impotente davanti alla totale
libertà d'azione di questa donna che, non accontentando-
si del ruolo prezioso che le è stato assegnato, pretende di
muoversi come un uomo. Lui l'ha aiutata, le ha insegnato i
segreti del mestiere, l'ha introdotta nella scintillante società
delle persone che contano; e lei, ingrata, vuole gettare tutto
al vento per decidere di testa propria, non soltanto con chi
lavorare ma perfino con chi allacciare relazioni sentimentali
e sessuali al di fuori del rapporto di coppia. Il libero amore
è per Lee un'opportunità meravigliosa solo se professato da
ambedue i sessi, ma anche nel circolo piú avanguardista di
quegli uomini che sognano di rivoluzionare il mondo questa
possibilità non è contemplata.

La fotografia del suo collo sgozzato sarà la prima di una
serie di lavori in cui Ray decide di tramutare il corpo di Lee
in un bersaglio da fare a pezzi. L'arte è per il fotografo americano un'ancora di salvezza, un mezzo per esorcizzare do-

lore e solitudine, e questa pratica psicoanalitica culminerà nell'*Objet à détruire*, l'opera che sancirà l'addio definitivo al suo amore impossibile.

L'oggetto in questione è un semplice metronomo, ma sul peso oscillante Ray ha applicato l'ingrandimento della foto di un occhio di Lee. Le istruzioni per l'uso non lasciano dubbi sulle intenzioni dell'artista.

> Legenda: ritagliare l'occhio dal ritratto di una persona che si è amata ma non si vede piú. Attaccare l'occhio al pendolo di un metronomo e regolare il peso secondo il tempo desiderato. Farlo andare fino al limite di resistenza meccanica. Con una martellata ben assestata, cercare di distruggere il tutto in un solo colpo.

Nuovi esemplari del metronomo, ricostruiti dopo ogni distruzione, oggi sono esposti all'ammirazione del pubblico; ma quando Lee vede per la prima volta quello strano aggeggio con il suo occhio come bersaglio deve sentirsi come una strega condannata al rogo. A me è successo soltanto una volta di provare qualcosa di simile, il giorno in cui, alla fine di una storia d'amore, ho trovato una mia foto tagliuzzata in mille pezzi davanti alla porta di casa. Un nonnulla rispetto alla furia di Man Ray, ma un nonnulla che non mi ha fatto dormire la notte. Non esiste una corretta cerimonia del distacco, e ognuno naviga in balia del proprio dolore cercando di sopportare come può l'affronto della perdita. Eppure trovo la pratica artistica di Man Ray un'auspicabile alternativa alla violenza fisica che prende il sopravvento in certi malaugurati casi. Pare che Ray avesse realizzato il suo *Objet à détruire* diversi anni prima, e dunque l'occhio non era quello di Lee ma forse quello di Kiki de Montparnasse, sua musa dell'epoca. Gli è bastato sostituire la fotografia per rinnovare quel rito scaramantico che consiglierei di adottare a chi ancora oggi non è in grado di elaborare civilmente la fine di un legame amoro-

so. È sempre meglio prendere a martellate un metronomo
che un'ex fidanzata.

Non vorrei che le mie considerazioni poco ortodosse of-
fuschino il genio dell'artista e la lettura del suo importante
lavoro. Ma quando, sprofondata nella scomoda poltrona in
legno del mio cinemino d'essai, ammiravo lo sguardo bef-
fardo di Lee Miller nella sua metamorfosi in statua vivente,
tutto questo ancora non lo sapevo. Cercavo di dissimulare la
mia ignoranza sforzandomi di scoprire i significati reconditi
delle impenetrabili sequenze in bianco e nero che mi scorre-
vano davanti. Sarebbe stato bellissimo se ci fosse stato Jean
Cocteau seduto con noi, perché alla domanda che tutti in
segreto ci ponevamo: «Ma cosa stai raccontando con questo
film, Jean?», lui avrebbe risposto serafico: «Chiedere a un
artista di parlare del proprio lavoro è come chiedere a una
pianta di discutere di orticoltura». Semplice e perfetto. Infatti Lee, nel suo entusiasmo naïf, non si pone troppe domande, e nonostante gli esorcismi messi in atto dal suo amante è
euforica di farsi dirigere dall'estro di Cocteau, partecipando
a quello che anni dopo sarà considerato un capolavoro. Durante le riprese, però, nessuno se la sente di scommettere
sulla riuscita del film, che procede lentamente tra mille difficoltà e imprevisti. Per insonorizzare lo studio di posa sono
stati incollati alle pareti vecchi materassi infestati da pulci,
lo scoprono presto tecnici e attori vittime delle fastidiose
punture: «Siamo stati divorati, sopportando stoicamente il
prurito», ricorda Lee divertita, e svela anche l'arcano della
stella nera disegnata sulla spalla del poeta, simbolo oscuro
che ha scatenato innumerevoli interpretazioni fra gli esege-
ti della pellicola. In realtà non era prevista, l'ha dovuta disegnare Cocteau all'ultimo momento per coprire una grossa
cicatrice dell'attore Enrique Riveros: lo sfregio era il brutto
ricordo di un proiettile sparato dal marito della sua amante.

Il regista non si perde mai d'animo e vede ogni contrattempo come un'opportunità, sempre pronto a riscrivere all'istante il copione. A chi gli chiede lumi sui cambiamenti repentini, risponde con uno dei suoi motti: «Il poeta prima trova e poi cerca». Ed è questa creatività dirompente a essergli rimproverata dai detrattori, in testa a tutti André Breton, il pontefice dei surrealisti, che non sopporta la presenza di un altro genio con cui dividere la sua chiesa. Sarà tra i primi a fischiare *Le Sang d'un poète* all'apparizione in sala. Ma Cocteau si nutre di scandali, non nasconde la propria omosessualità né la dipendenza dall'oppio, si diverte a infrangere le regole e sforna cinema, letteratura, poesia e disegni in una quantità esagerata per una sola vita. C'è un ritratto che lo racconta piú di qualsiasi definizione: l'ha scattato Philippe Halsman, straordinario talento della fotografia, il quale, grazie a un particolare effetto tecnico, lo immortala dotato di numerose braccia come un'insolita dea Kālī. In ogni mano Cocteau stringe uno strumento di lavoro: una penna, un libro, un pennello, delle forbici e l'immancabile sigaretta. Lee lo ammira: riconosce nel regista quell'anelito di libertà che lei stessa insegue, e sente che partecipare al film è un'occasione unica per «assistere alla creazione di un poema». Ma soprattutto, è la prima volta che non è bella.

In questo documentario realistico di avvenimenti irreali – cosí lo definisce Cocteau – l'avvenenza di Lee non è affatto esaltata dal pesante maquillage a cui l'attrice si deve sottoporre per diventare quell'inconsueta Venere di Milo; in piú, è costretta a tenere le braccia dietro la schiena legate insieme da una scomoda bardatura necessaria a celare il trucco. Ma nascondere i lineamenti perfetti per Lee è una vacanza dai servizi di moda, in cui appare sempre inappuntabile e seducente. Come nella foto a piena pagina realizzata nello stesso periodo dal barone Hoyningen-Huene per «Frogue», che celebra una delle versioni piú scintillanti di Lee. La modella appare in un abito da sera di Jean Patou dal nome evocativo di *Tulipe Noir*: un vestito sottoveste in chiffon leggero, che ogni donna vorrebbe possedere ma soprattutto indossare con lo stesso charme di miss Miller. All'epoca non esistevano ancora le agenzie di top model, le ragazze venivano ingaggiate per caso e non erano certo pagate come le nostre *cover girls* piú famose. Lee invece, quasi senza volerlo, è diventata una star in questo campo, gli stilisti se la contendono per valorizzare le loro collezioni piú importanti e – cosa rara per quegli anni – il suo nome compare addirittura nei crediti dopo quelli del fotografo e della casa di moda. Le varie personalità di Elizabeth ora convivono, e nella stessa rivista è possibile leggere la sua firma anche quale fotografa dei primi servizi che realizza da sola nello studio che è riuscita finalmente ad affittare, a due passi da rue Campagne-Première. Uno spazio minuscolo che ha arredato incollando alle pareti vecchi dischi che le ha procurato Man durante le sue scorribande nei mercatini dell'usato, e dietro il letto, al posto della spalliera, ha appeso un enorme arazzo con un disegno di Jean Cocteau. È la casa di una ragazza piena di cianfrusaglie e di chimere, ma è la sua tana, «la stanza tutta per sé» che ogni donna, ha spiegato Virginia Woolf soltanto un anno prima, sogna per emanciparsi e realizzare le proprie aspirazioni lavorative. È qui che Lee riceve i clienti, e nella camera oscura sviluppa le foto che le vengono commissionate. Sono ritratti di nobildonne dai nomi altisonanti che sembrano usciti da una favola: la maharani di Koch-Bihar e la duchessa d'Alba; ma anche attori famosi come Charlie Chaplin, immortalato in uno scatto che lo ritrae dal basso quasi reggesse con la testa un pesante lampadario. Appena può, Lee scatena il suo estro e realizza immagini inconsuete; ma è una ragazza concreta e non rifiuta nessun incarico, accetta persino ritratti di cani e gatti, che non ama particolarmente, e addirittura fotografa una lucertola che una signora dell'alta società tiene come animale domestico. L'importante è farsi pagare per sostenere la sua piccola impresa che la riempie d'orgoglio.

Sono i lavori che realizza per «Vogue» e altre riviste di moda a darle maggiore soddisfazione, perché riesce a mettere a frutto la lezione surrealista del suo maestro. Quando viene ingaggiata per le pubblicità dei profumi di Coco Chanel ed Elizabeth Arden, esplora soluzioni non convenzionali e li fotografa insieme a oggetti insoliti: maschere africane, o una scacchiera pronta per una partita.

Pur di non perderla, Ray è costretto a benedire questa nuova indipendenza. Ma non allenta la presa e alterna scenate di gelosia ad artistici riti vudú. Alla fine, esausto, si abbandona ad appassionate lettere d'amore in cui confessa la propria fragilità.

> Nonostante tutto, il mio amore per te va al di là delle parole... Ho avuto soltanto una paura negli ultimi mesi: che i tuoi vagabondaggi potessero attenuare quello che provi per me, mentre quello che io provo per te è cresciuto... Cercherò di essere tutto ciò che tu vuoi io sia, perché mi rendo conto che è l'unico modo per tenerti.

Una resa senza condizioni, ma neanche il sortilegio poetico delle parole di Ray avrà la forza di trattenerla.

Nessuno sa di cosa è fatto davvero un amore, né perché alcune persone sono cosí necessarie alla nostra sopravvivenza. Il fotografo è un uomo ombroso, diffidente, irritabile, e forse ha trovato in Lee il suo raggio di luce, la scintilla vitale indispensabile per mettere in moto il proprio processo creativo e l'intera esistenza.

C'è una fotografia di Man Ray del 1924 che mi ha molto colpito. Si intitola *Séance de rêve éveillé* e mostra un gruppo di artisti fra cui Giorgio de Chirico, Robert Desnos, André Breton e Paul Éluard: tutti si rivolgono ispirati, quasi in trance, verso l'unica donna del gruppo, seduta davanti a una macchina da scrivere. Aspettano che l'essere femminile interpreti e trascriva i pensieri che scaturiscono dal loro inconscio collettivo, stimolato da questa seduta di «sogno da svegli»: un metodo praticato dalla psicoanalisi che i surrealisti adottano per abbandonare la ragione e indagare la surrealtà. Potevano rimanere svegli e digiuni per ore allo scopo di stimolare questa forma di creatività che li aiuta a superare regole e convenzioni sociali, dando libero sfogo alle riflessioni piú recondite. Mentre alla donna, in virtú della sua natura considerata da sempre vicina all'irrazionalità emotiva, tocca l'indispensabile compito di medium, un tramite passivo per captare e tradurre le intuizioni altolocate dei compagni d'avventura. Di sicuro un passo avanti rispetto al ruolo di madre e moglie, ma che – mi si perdoni il paragone – non si allontana tanto da un incarico di segretaria del subconscio; invece di trascrivere gli appunti del capufficio, deve annotare i sogni dei surrealisti, ma non le è permesso di mettere nero su bianco le proprie considerazioni.

Eppure queste ragazze di un secolo fa di cose da dire ne avrebbero parecchie. Per la cronaca, la donna nella foto è Simone Kahn, la prima moglie di Breton, che lo scrittore definisce «un'enciclopedia vivente, l'unica in tutto il gruppo ad aver letto *Il capitale* di Marx per intero!», che per il fondatore del surrealismo è un complimento assoluto. In poche sapranno affrancarsi dalla posizione subordinata che le relega ad angeli custodi, muse silenziose pronte a compiacere l'estro del genio di turno. Meret Oppenheim è un esempio per tutte: artista originale, autrice di innumerevoli opere e oggetti di design, celebre per il suo *Le Déjeuner en fourrure*, una tazzina di caffè completa di piatto e cucchiaino rivestiti di morbida pelliccia, oggi esposto al MoMa di New

York insieme all'incredibile *Tavolo con zampe d'uccello*, un arredo ancora modernissimo e ricercato. Potrei elencare all'infinito le sue gesta, ma nonostante la formidabile carriera, Meret ha fatto fatica a scrollarsi di dosso l'immagine di musa del movimento a cui ha partecipato da protagonista. Solo perché è stata fotografata piú volte da Man Ray e ha avuto una breve e turbolenta relazione con Max Ernst (Meret confessa di averlo lasciato in un bar affollato per evitare scenate e conseguenze) ogni volta che veniva intervistata invece di parlare dei suoi lavori i giornalisti le chiedevano del suo ruolo di ispiratrice di questi grandi uomini. E a nulla serviva il lapidario commento con cui tentava di porre fine all'argomento: «Non ero la musa di nessuno. Non ne avrei avuto il tempo. Ero troppo occupata a ribellarmi contro la mia famiglia e a imparare a essere un'artista».

È difficile crescere e conquistare credibilità professionale se si è costrette a seguire le regole di un club per soli uomini. Se ne accorge anche Lee, quando la rivista americana «Time» pubblica un servizio sull'arte di Man Ray arricchito da un ritratto del fotografo firmato Elizabeth Miller. L'unico commento che la riguarda si riferisce al suo ombelico, considerato «il piú bello di Parigi». A indignarsi piú di chiunque per questa evidente professione di maschilismo è il padre Theodore, che invia una lettera furibonda a «Time» accusando il cronista di affermazioni offensive e inesatte. Il direttore si vede costretto a pubblicarla con tanto di scuse. Lee può ringraziare il padre di persona quando Theodore arriva in Europa nel dicembre del 1930 per un viaggio d'affari, e naturalmente passa da Parigi per abbracciare la sua Li-Li. Una foto di Ray celebra l'occasione: padre e figlia nello studio di Lee, riuniti in un quadretto familiare che svela la profondità del loro rapporto. Elizabeth appoggia tenera il viso sulla spalla del padre, e sembra una bambina che ha trovato un riparo sicuro dopo una tempesta: solo rifugiandosi tra le braccia dell'unico uomo che è certa di amare si sente protetta e felice. Lee e Theodore trascorrono il Natale insieme in Svezia, e l'ingegnere approfitta di quella nuova intimità per fotografare la figlia come faceva a Poughkeepsie. È sempre lei il suo soggetto preferito, e Lee si abbandona alle velleità artistiche del padre che la ritrae nuda nella vasca da bagno del *Grand Hôtel* di Stoccolma. È ancora una volta una mattina di dicembre, ma è ormai una donna quella che intravediamo fra i riflessi dell'acqua, e anche se non c'è niente di osceno nel suo corpo quasi adolescenziale, l'immagine continua a turbarmi e ho difficoltà a incasellarla in qualcosa che conosco. Ma pensando al rapporto conflittuale che ho avuto con mio padre, dovuto al suo carattere prepotente e irascibile, provo verso questa insolita sintonia ai confini del lecito piú invidia che repulsione. Invece di scandalizzarmi, sono quasi ammirata dalla totale libertà che lega Theodore e la figlia; nessuno sa cosa si nasconda sul serio nelle vite degli altri, ed è inutile cercare delle risposte; osservandole come in uno specchio, possiamo al massimo intravedere la nostra esperienza messa in luce dalle diversità. Pur essendo nata piú di cinquant'anni dopo Elizabeth Miller, io ho vissuto con i miei genitori un Medioevo di rapporti che escludevano per principio qualsiasi vera intimità, e non posso che guardare con una vena di malinconia e rimpianto quelle fotografie che ispirano un'armonia sentimentale a me sconosciuta.

Qualunque sia la nostra relazione con la figura paterna, si sa, i conti non tornano mai, e neanche per Lee deve essere stato facile coniugare altri amori con un padre cosí imponente e illuminato. Theodore è orgoglioso dei progressi di Lee e ammira Man Ray, con cui condivide l'approccio scientifico per le sperimentazioni della nuova arte fotografica. È un padre curioso, aperto e vitale: una montagna invalicabile che rischia di offuscare qualsiasi tentativo amoroso al di fuori di questo legame assoluto.

«Per tutta la vita ebbe una fondamentale incapacità di costruire relazioni stabili con gli uomini che amava», scriverà anni dopo Antony, il figlio di Lee, pure lui come tutti noi alla ricerca della misteriosa connessione che ci unisce e ci allontana dai genitori. Che sia proprio Theodore l'«inspiegabile inibizione» che impedisce a Lee di lasciarsi andare in una relazione? Se Ray avesse osservato meglio la fotografia che ha scattato alla sua Musa, abbandonata fra le braccia del padre, avrebbe capito che forse non c'era spazio per altri uomini nel suo cuore.

Ma invece di arrendersi, il Minotauro si procura una pistola e la tiene nascosta in un cassetto dello studio.

Parigi, 1932

Ci sono pochi minuti a piedi tra rue Campagne-Première e rue Victor Considérant, dove si trova lo studio di Lee. È una bella camminata che costeggia il cimitero di Montparnasse, una delle mie mete parigine preferite. Nonostante le apparenze, vi assicuro che il luogo non evoca il dolore della morte, piuttosto invita ad abbandonare la confusione della città per lasciarsi andare a un tempo sospeso tra il verde dei tigli e le architetture eclettiche delle lapidi storiche.

Lo confesso: mi sono sempre piaciuti i cimiteri, ma sono in buona compagnia. Anche la regista Agnès Varda approfittava spesso di questa oasi cittadina per portarci a passeggio i bambini: lo considerava il giardino di quartiere e ora riposa qui accanto all'adorato marito Jacques Demy, a qualche passo dal poeta Charles Baudelaire, che per ironia beffarda della sorte è costretto a rimanere in eterno nella stessa tomba con la madre e l'odiato patrigno.

Tutti gli abitanti illustri di questo bel quartiere ambiscono a una sepoltura nel glorioso parco: è un privilegio abitare a Montparnasse da vivi, figuriamoci da morti. C'è una lunga lista d'attesa per conquistare un posto vicino a Guy de Maupassant o a Jean-Paul Sartre, che è unito alla sua Simone de Beauvoir in una tomba essenziale proprio come il loro stile di vita. Se però preferite piú movimento, è meglio allora posizionarsi dalle parti del sulfureo Serge Gainsbourg: la sua lapide è visitata da frotte di fan adoranti che depongono disegni, biglietti del métro, Gitanes e interi cavoli freschi per celebrare l'autore di L'*Homme à tête de chou*. Mentre c'è solo un grande vaso sulla tomba di Marguerite Duras: nessuna pianta spunta dalla terra, ma decine di penne colorate che i lettori appassionati vi conficcano come fiori per omaggiare il suo immenso talento.

Serge e Marguerite sono ancora bambini quando, in un piovoso dicembre del 1932, Man Ray attraversa furioso il cimitero di Montparnasse per raggiungere lo studio di Lee. È notte fonda e ci chiediamo come mai il cimitero sia ancora aperto, ma a raccontare l'episodio è una testimone oculare, l'amica del cuore di Ray, Jacqueline Barsotti Goddard, l'unica modella con cui il fotografo non è andato a letto: non possiamo che prendere per buono il suo avvincente racconto. Jacqueline è un'incredibile bionda che sembra uscita da un quadro preraffaellita, ma al contrario delle esangui ispiratrici dei pittori inglesi è esuberante e piena di carattere. Eppure quella notte il piglio autoritario e la statura imponente della donna non bastano a quietare la furia del fotografo, che alle tre del mattino prende la pistola nascosta nel cassetto dello studio e si dirige come un indemoniato verso casa di Lee. È convinto che lei abbia mentito. Non è possibile che sia partita davvero per New York come dicono tutti: andarsene senza avvertirlo sarebbe l'ultimo affronto al suo orgoglio ferito e deve scoprire la verità. Lee l'avrà detto in giro per spaventarlo, o forse è uno dei soliti trucchetti per tenerlo lontano e intrattenersi indisturbata con uno dei tanti amanti, anzi, è di sicuro cosí e stanotte lo saprà con certezza.

Man ormai parla da solo, non ascolta le preghiere dell'amica che prova a fargli cambiare strada e lo implora di andare a bere qualcosa al *Sélect* che è sempre aperto, non è meglio far sbollire la collera con un whisky? Ma il fotografo cammina come un ossesso posseduto da una rabbia oscura e Jacqueline è costretta a seguirlo barcollando sui tacchi, fra i sentieri costellati di lapidi che in quella notte tormentata non ispirano nessuna quiete. È la scena piú surrealista che Man e i suoi amici abbiano mai immaginato per i loro film onirici, ma stavolta non si tratta di un sogno. Jacqueline conosce il carattere impetuoso di Ray ed è davvero impaurita, quando è in balia dei propri incubi l'americano è capace di tutto. Uccidere o uccidersi? O tutte e due le cose insieme, nella consueta, lugubre sequenza? Una volta arrivati sotto casa di Lee, la realtà prende il sopravvento. È inutile suonare, chiamare, tirare calci al muro: l'elegante architettura industriale del palazzo non risponde alle disperate sollecitazioni del Minotauro, che si accascia fissando le finestre senza vita dell'amata. È partita. In fondo l'ha sempre saputo, ma aveva bisogno di toccare con mano l'evidenza del vuoto.

In quel momento Lee è sul ponte di una nave che la riporta a casa. L'ha deciso e l'ha fatto. Aprirà uno studio a New York. Se è riuscita a Parigi sarà in grado di ricominciare anche lí, dove la sua fama, ombelico a parte, le permetterà di avviare una nuova attività. Il suo lavoro è già apprezzato in America, e il collezionista Julien Levy, che ha conosciuto a Parigi, le ha proposto una personale nella sua galleria per la primavera successiva. Ma è soprattutto il groviglio sentimentale in cui si sente imprigionata a non lasciarle via d'uscita. Man non le dà tregua, e da quando Lee ha conosciuto l'affascinante miliardario egiziano Aziz Eloui Bey le cose sono precipitate. Sembrava un'avventura come un'altra, ma quell'uomo di vent'anni piú grande di lei emana un fascino diverso e la fa sentire preziosa e amata come non le era mai successo. Possibile che anche Lee sia vittima di un banale colpo di fulmine? C'è sempre un momento nella vita di una donna nel quale ciò per cui ha lottato rischia di squagliarsi come neve al sole al cospetto di un fenomeno oscuro che si presenta sotto il nome di «grande amore». Può colpire le piú toste e determinate, e non importa quanta fatica abbiano fatto per conquistare emancipazione e indipendenza: appena all'orizzonte spunta l'antica figura nota come Principe azzurro, ogni determinazione vacilla. Non c'è bisogno di essere Biancaneve per cedere alla narrazione romantica in cui siamo cresciute, ci vorranno ancora molte generazioni di ragazze intrepide per acquisire la necessaria lucidità e non perdere la bussola del proprio destino. Ma quanto è dolce smettere i faticosi abiti delle guerriere e consegnarsi docili al flusso delle emozioni? Lee è combattuta, e soprattutto spaventata dalle reazioni degli uomini in campo: Aziz è pazzo di lei, ma è sposato o almeno lo era, perché ha appena chiesto il divorzio alla moglie Nimet, considerata una bellezza esotica pari soltanto alla divina Nefertiti. Di classe, statuaria, truccata alla perfezione sin dalla mattina presto, Nimet passa le ore davanti allo specchio a prepararsi per i numerosi eventi mondani che costellano le sue giornate. Lee l'ha fotografata con un turbante di velluto e una collana di perle per un servizio su «Vogue», quando la relazione con Aziz sembrava ancora solo un semplice divertissement e non c'era certo bisogno di spifferare ai quattro venti quella innocente storiella, specie a Man, che ormai dà in escandescenze per un nonnulla e non aspetta che l'occasione per dare sfogo alla rabbia repressa.

L'ultimo biglietto che le scrive la impaurisce piú di ogni metronomo da prendere a martellate. Pare arrivare dall'oltretomba: un foglietto bianco in cui si intravedono la bocca e gli occhi di Lee disegnati a matita e nascosti dalla grafia del fotografo, che ha ricoperto ogni centimetro della carta con il suo nome, riga dopo riga, ossessivamente, all'infinito.

«Elizabeth, Lee, Elizabeth, Lee, Elizabeth, Lee, Elizabeth, Lee, Elizabeth, Lee, Elizabeth, Lee...»

Sul retro, un messaggio laconico e definitivo:

> Con un occhio sempre di riserva
> materiale indistruttibile...
> messo via per sempre
> preso in giro
> messo in disparte...
> L'esperienza deve continuare –
> Io sono sempre di riserva.
>
> M. R.

La presa soffocante del dolore di Man non fa che allontanarla ogni giorno di piú, mentre il fascino discreto del gentiluomo egiziano sta aprendo una breccia nel suo cuore. Ma Lee non sopporta di sentirsi l'eroina di un romanzetto rosa, e c'è un unico modo per uscire da quell'intricata situazione: prenotare un biglietto di sola andata per New York. È quando il transatlantico *Île-de-France* molla gli ormeggi e dirige la prua verso l'America che Elizabeth Miller detta Lee torna a respirare, e lo fa comodamente seduta in una elegante poltrona in stile *art déco*, parte dell'arredo esclusivo e modernissimo della nave che la allontana dall'intreccio amoroso che non riesce a fronteggiare. È un atto di egoismo? Sí. Ma l'egoismo è un sentimento essenziale per sopravvivere, una sana attitudine che ogni ragazza dovrebbe praticare per non soccombere. Ancora oggi sarebbe opportuno istituire dei corsi che insegnino a sostituire il classico «Io ti salverò» con un piú pratico «Io mi salverò», campo in cui Lee è per tutte noi un'indispensabile cattiva maestra. Anche solo per questo la sua storia vale la pena di essere narrata.

Intanto, nella notte parigina, Jacqueline Barsotti Goddard cerca di raccogliere quel che resta di Ray, accasciato come un sacco di rifiuti sul marciapiede davanti allo studio di Lee. Non si fida a lasciarlo solo perché ha una pistola carica in tasca, e Man, come i suoi amici surrealisti, ha un'attrazione letale per il suicidio, accarezzato come un gesto estremo di libertà artistica. «Pare che ci si uccida nello stesso modo in cui si sogna, non è una questione morale che poniamo: il suicidio è una soluzione?» scriveva André Breton sul primo numero di «La Révolution surréaliste» aprendo un vivace dibattito fra gli intellettuali appassionati al tema, ma qualcuno non si accontenta delle teorie. Come Jacques Rigaut, che si definisce «l'uomo che viaggia con il suicidio all'occhiello»: amico fraterno di Man Ray, dandy impenitente e amante di ogni eccesso, dopo aver inseguito la morte come unica, possibile poetica della vita, sceglie di andare sino in fondo e si spara al cuore ad appena trent'anni, calcolando freddamente con un righello la traiettoria del proiettile per non sbagliare il colpo.

Man non supererà mai il trauma di quella perdita, e Jacqueline, in questa notte disperata, sa che deve proteggerlo da un istinto che potrebbe essergli fatale.

Quando tornano nello studio di rue Campagne-Première, Ray deposita la pistola sul tavolo e ancora una volta il miracolo dell'ispirazione – come un angelo protettore – lo salva da progetti piú sciagurati. Il desiderio di porre fine alla propria vita perché non può avere la donna che ama si sublima in un'opera, *Suicide*: in una performance che è quasi un'anticipazione della body art, Man si fotografa a torso nudo con un cappio al collo, la rivoltella puntata alla tempia, mentre guarda il tempo scorrere su una sveglia poggiata sul tavolo insieme a una bottiglia di veleno. Soltanto l'amica che è presente sa quanto sia andato vicino al gesto finale. A confermare la credibilità della nostra testimone è un'altra foto della sequenza, che ci mostra una Jacqueline sorridente in abito da sera e cappio al collo che impugna lo stesso revolver come una coppa di champagne. È la preparazione della messinscena che porterà all'autoscatto decisivo: un lavoro che sarà per il fotografo la catarsi conclusiva. Inscenando il proprio suicidio, l'artista esorcizza l'amore per Lee, liberandosi del suo fantasma.

La vita continuerà a procedere per Man Ray, che negli anni saprà mutarsi in un uomo «incurante ma non indifferente»: un'espressione che amava usare cosí spesso che l'ultima moglie, Juliet, l'ha scelta come epitaffio per la sua tomba che potrete visitare nel cimitero di Montparnasse, dove Ray riposa dal 1976.

Farley Farm, Sussex, 1977

Non ricorda i dettagli di un amore, figuriamoci quelli di un addio. Tuttavia può ancora elencare a memoria il menu completo della brasserie *La Coupole* di Parigi, compreso il leggendario *Curry d'agneau à l'indienne* che oggi sarebbe in grado di cucinare a occhi chiusi. Se solo avesse la forza di alzarsi e scendere in cucina, ma l'unico orizzonte che le è rimasto consiste nelle quattro pareti della camera da letto, che conosce in ogni dettaglio come un prigioniero la sua cella. Roland le ha consigliato una passeggiata in giardino, però non ce la fa o non ne ha voglia, che nella sua condizione sono un po' la stessa cosa.

Lee non è mai stata una ragazza di campagna, e del verde le interessano piú che altro le erbe aromatiche che utilizza copiosamente nelle proprie ricette. Di tanto in tanto getta uno sguardo distratto dalla finestra, solo per incrociare la scultura di Henry Moore piantata all'ingresso come una corpulenta padrona di casa in attesa degli ospiti. Le sembra ancora di scorgere l'artista abbracciare l'opera in marmo come un innamorato, in realtà cercava di posizionarla nel verso giusto, ma nella fotografia che Lee aveva scattato per eternare l'evento sembra appunto un incontro amoroso. Chissà dov'è finita quella foto? Forse in soffitta, a prendere polvere in compagnia di centinaia di negativi che spera siano diventati finalmente cibo per topi. Sono passati piú di vent'anni e neanche ricorda cosa è sepolto lassú, però ha

presente ogni portata del pranzo memorabile che aveva cucinato per l'occasione. Henry andava pazzo per il *Gold chi-
cken*, uno dei cavalli di battaglia piú richiesti dell'arte culinaria di Lee: un pollo imbottito con ogni meraviglia compresi noci, mandorle e pistacchi, servito in tavola rivestito
di leggere foglie d'oro. L'importante è non esagerare con
la farcitura, perché quando si taglia a fette sottili la propor-
zione tra la carne e il ripieno deve rimanere equilibrata per
evitare che degeneri in un pasticcio informe.

Ma adesso non ha piú fame, e all'idea di cucinare le viene
la nausea: segno inequivocabile della malattia. E pensare che
il suo appetito era proverbiale. Suscitava stupore che una
donna cosí longilinea non fosse a dieta: «Mangia come un
maialino», aveva detto Ray a suo padre Theodore la prima
volta che si erano incontrati. Ed era di certo un complimento.

Man le aveva insegnato il piacere del cibo. A Parigi an-
davano ogni giorno nei migliori ristoranti ordinando vini di
marca e piatti raffinati, e i pranzi potevano durare fino alle
sette di sera sfociando senza soluzione di continuità in altrettante cene succulente. Lee aveva imparato ad apprezzare
la cucina francese e ora sapeva riprodurre tutte le sfumature
di maionese indispensabili per guarnire una pietanza. Anzi,
ne aveva create di nuove, per esempio la famosa salsa rosa
con cui ricopriva un'insalata di cavolfiori da servire fredda,
d'estate. Ma il colpo di genio della cuoca surrealista era la
presentazione: dopo aver adagiato i cavolfiori in un vassoio
ovale, li divideva in due colline che, cosparse di salsa color
carne, sembravano un paio di enormi tette tremolanti. L'a-
veva ovviamente chiamata *Cauliflower breasts*, ma quando
le avevano chiesto di scrivere la ricetta per «House & Gar-
den» era stata costretta a cambiarla in *Cauliflower mayon-
naise*, per non urtare la pruderie della rivista per famiglie.
Se gli affezionati lettori avessero saputo che, nei trascorsi

parigini, Lee aveva trafugato due tette vere dall'ospedale specializzato in mastectomia dove stava realizzando un reportage e, dopo averle portate nello studio di «Vogue», le aveva fotografate in un piatto su una tavola apparecchiata di tutto punto, avrebbero di sicuro disdetto l'abbonamento. All'epoca, grazie a quella bravata, Lee aveva rischiato il licenziamento e il barone Hoyningen-Huene le aveva tolto la parola per una settimana, ma la messinscena di dubbio gusto nascondeva un intento artistico. Il corpo della donna, il suo per primo, non è sempre stato vivisezionato e dato in pasto al pubblico? Da oggetto del desiderio a oggetto senza vita il passo è breve, e alla modella, che aveva una certa esperienza in quel campo, non era parso un gesto cosí scandaloso. Anzi, le veniva ancora da ridere ripensando alle reazioni orripilate dei colleghi: inutile ricordare loro che anche Magritte aveva dipinto una fetta di prosciutto servita con un occhio umano al centro.

Il marito Roland non fa che ripetere che il surrealismo non è solo una scuola artistica ma è uno stile di vita, quindi anche la cucina e i rinomati *Cauliflower breasts* di Lee rientrano a pieno titolo nel movimento. Nel caso voleste provare anche voi questa scenografica ricetta, la salsa rosa è ottenuta mescolando alla maionese un po' di estratto di pomodoro, e come decorazione finale vanno aggiunte uova sode tagliate a metà guarnite da una spruzzatina di caviale.

Se invece nutrite dei dubbi sulle reazioni dei vostri ospiti o non vi piacciono i cavolfiori, potrete scegliere fra le centinaia di ricette che Lee ha inventato e messo a punto nella lunga carriera culinaria. Dopo aver buttato in soffitta il passato e abbandonato in un cassetto la macchina fotografica, tra lo stupore generale ha impugnato i mestoli cominciando a cucinare in maniera compulsiva. «Ho scelto il cibo perché una volta cucinato si mangia e sparisce per sempre». Se avesse optato per la scultura, ora sarebbe circondata da statue ingombranti che le impedirebbero di uscire in giardino.

Lo spirito sarcastico di Lee offre sempre una risposta semplice e piena di humour a problemi complicati, dietro cui si nascondono sofferenze irrisolte che lei ha deciso da tempo di non affrontare. È piú salutare accendersi una sigaretta, sorseggiare un bicchiere di vino e ideare un nuovo menu per stupire la fitta schiera di amici affamati in arrivo a ogni week-end. Colleziona in modo ossessivo una miriade di ricette che, come una predatrice seriale, strappa dalle riviste a disposizione dal parrucchiere o nella sala d'attesa di un medico, servendosi di un coltello che porta nella borsetta quasi fosse una pericolosa delinquente.

Roland asseconda quell'infatuazione. Preferisce che la moglie si concentri su quei passatempi inoffensivi, gli unici che hanno il potere di distrarla dai frequenti malumori che nessuno osa chiamare con il nome appropriato: depressione. Le fa addirittura costruire uno studio in fondo alla fattoria, per ospitare i numerosi libri di gastronomia – piú di duemila – che Lee colleziona con frenesia maniacale, consultandoli come antichi codici segreti per scoprire suggestioni da sperimentare nelle sue cene. Poi butta tutto all'aria e improvvisa come ha sempre fatto. Cosí ha inventato i *Penroses*, antipasto a base di funghi ricoperti di foie gras, spruzzati di paprica e serviti su toast imburrati appena abbrustoliti: delizia che le ha fatto conquistare il primo premio al Norwegian Open Sandwiches Competition, un'onorificenza che l'ha riempita d'orgoglio piú di qualsiasi servizio di moda su «Vogue». Ogni esperienza vissuta e ogni paese visitato sono fonte d'ispirazione per la sua inesauribile creatività ai fornelli: dall'hummus ricco di sapori orientali al gelato alla Coca-Cola che onora le sue radici,

sotto le sue mani sapienti i menu diventano interminabili
giri del mondo. Gli amici piú cari sono invitati a cimentarsi nelle loro specialità; il piú apprezzato è Renato Guttuso:
la sua impareggiabile pasta al sugo diventa un classico delle
cene di Farley Farm.

La vita di Lee nella fattoria del Sussex ruota tutta intorno alla cucina, la stanza piú calda quando ancora la casa non
aveva il riscaldamento, un regno dove lei è sovrana e può
architettare indisturbata i piatti che costruisce al pari di installazioni artistiche: gustosi e splendidi da vedere, perché
il cibo, come una bella donna, si apprezza ancor prima con
gli occhi. Dietro ogni portata c'è uno studio di sapori e colori, e una lunga preparazione culminante in un'eccentrica
mise en place che rende ogni pietanza un'opera d'arte. Non
ha mai pensato di dipingere o di scolpire come i suoi amici,
né ha dato poi grande peso alla carriera di fotografa; ma in
cucina si sente un'artista e si sbizzarrisce in creazioni sempre piú azzardate.

Racconta David Scherman, il fotoreporter che ha affrontato con lei la discesa agli inferi nei campi di concentramento tedeschi, che la passione gastronomica è per Lee
un'ancora di salvezza, l'unica terapia per affrontare quello
che oggi conosciamo come Ptsd, ovvero *Post-traumatic stress
disorder*: una condizione acuta di stress che si manifesta a
seguito dell'esposizione a eventi traumatici. Una malattia
adesso riconosciuta e curata, ma che allora non era stata
neppure diagnosticata. A Lee e a tanti altri testimoni degli
orrori della Seconda guerra mondiale non resta che arran-
giarsi per non soccombere ai demoni che non lasciano tregua. La notte le appaiono in sogno paurose figure filiformi
dagli occhi sbarrati, corpi eterei ammassati in un tunnel
buio e senza uscita, un'umanità muta che trasuda terrore.
Lee sa chi sono ma non ha mai voluto parlarne con Henry

Moore, il quale insieme a lei ha trascorso intere notti sottoterra nell'underground di Holborn con decine di londinesi, ammassati come topi, chiusi in trappola in attesa dei
bombardamenti della Luftwaffe. Moore ha realizzato diversi
disegni inquietanti per scacciare quegli spettri; Lee invece
si è messa a cucinare. Gli incubi non si placano, ma almeno
durante il giorno le immagini piú insistenti perdono i contorni e si confondono con la realtà.

Non tutte, però. Lee non riesce a sfuggire alla condanna
di una particolare sfumatura di blu, una tonalità scura e pol-
verosa, quasi nera. Aveva letto che l'insidia principale dei
traumi si nasconde nei dettagli, proprio come il diavolo che
pare abbia la stessa predilezione per annidarsi nei particolari
all'apparenza insignificanti. Le basta scorgere quella grada-
zione di colore in una stoffa, un quadro o una carta da parati,
per avvertire la consueta ondata di brividi salire lentamente
e poi impadronirsi dell'intero corpo. È il colore del bambino morente nell'ospedale degli orfani di guerra di Vienna,
dove non mancavano letti e dottori ma gli armadi dei medicinali erano vuoti, e non si poteva far altro che guardare
i piccoli pazienti morire. Non lo avrebbe dimenticato mai,
come aveva scritto in un cablogramma che aveva trafitto il
cuore della direttrice di «British Vogue», Audrey Withers.

> Per un'ora ho guardato morire un bambino. Era blu, il blu scu-
> ro e opaco di queste notti viennesi piene di valzer, lo stesso colore
> delle divise a strisce degli scheletri di Dachau, lo stesso blu imma-
> ginario del Danubio di Strauss.

Sempre quel dannato blu livido che la perseguita.

Per eliminare il passato bisogna concentrarsi sul presente
ed esercitare la preziosa arte della rimozione, che risponde
a regole ben precise.

La prima cosa da fare è sgombrare la mente da ogni pensiero e occuparla con molti dettagli pratici: lavare il basilico

e asciugarlo delicatamente con uno straccio pulito tampo-
nando le foglie; montare a neve le uova a un ritmo regola-
re; sbucciare i piselli e, dopo averli bolliti, passarli subito
in acqua fredda per mantenerne il colore. Un susseguirsi di
azioni precise, schematiche, il cui ritmo cadenzato riempie
le ore e mette in fuga i fantasmi. Poi non resta che affidarsi
alla dolcezza del vino che si fa strada piano piano nel corpo. L'alcol sa sempre dove deve arrivare per quietare tutto.

Ora che da tempo ha spento i fornelli, le sono rimasti solo il vino e una serie di barattoli con dentro pilloline colorate; basta mandarle giú come le ha prescritto il dottore e può
allontanare ancora per un po' l'ultimo appuntamento. Ma
a Elizabeth Miller i cambiamenti non hanno mai fatto paura: in fondo si tratta di un altro viaggio in una terra sconosciuta, e cambiare scenario è sempre stata la sua passione.

Chissà. Anche morire può riservare qualche sorpresa.

Per qualche ragione, vorrei essere sempre da un'altra parte. È solo la mia inquietudine, il fuoco che ho sotto il culo.

LEE MILLER

New York, 1932-34

Mia nonna mi raccontava l'emozione travolgente del suo arrivo al porto di New York a bordo di un transatlantico, negli anni Trenta. Nessun esponente della mia generazione, per quanto ne so, ha provato niente di simile. Di quell'èra oggi piú che mai esotica sono rimasti vecchi film e foto sgranate: guardandoli, ci sentiamo come i protagonisti di *Amarcord* di Federico Fellini, quando in lontananza avvistano stupefatti il *Rex* in tutta la sua maestosità. Ora che monumentali navi da crociera deturpano il fragile paesaggio veneziano, abbiamo perso un po' di quell'incanto. Ma l'apparizione della Statua della libertà fra le nebbie del porto newyorchese era stata per nonna una tale folgorazione che ha continuato a descriverci l'episodio in molteplici e colorite varianti come l'esperienza piú esaltante della sua vita. Senza dubbio aveva condotto un'esistenza molto meno movimentata di quella di Elizabeth Miller, ma se immagino lo sbarco di Lee a New York non posso che pensare a mia nonna, anche perché – incredibilmente – all'arrivo sulla banchina americana lei e Lee sono vestite uguali. Ho le foto appaiate sulla scrivania, e deduco che il completo da viaggio di moda in quegli anni per la stagione autunnale prevedesse un cappotto a sacchetto con folto collo di pelliccia, accompagnato da una cloche a tre quarti meglio se provvista di una piuma o di una veletta leggera, quel tanto per aggraziare il volto e non imbarcare vento; e naturalmente, guanti in tinta e pochette. Lee e mia nonna facevano parte della fortunata schiera dei passeggeri di prima classe che non aveva bisogno di caricarsi di inestetici fagotti, come gli immigrati che affollavano le navi verso una vita migliore. È per questo che, con le mani libere, tutte e due salutano sorridendo qualcuno che le aspetta sulla banchina. Le somiglianze finiscono qui, perché Lee ora appartiene a un'altra categoria: quella delle celebrità. E ad attenderla al molo, oltre alla mamma Florence e al fratello Erik, c'è una discreta pattuglia di giornalisti a caccia di gossip per le rubriche mondane. Il «New York World Telegram» riporta l'arrivo della signorina Elizabeth Miller descrivendola come «la viaggiatrice piú fotogenica a bordo», e al malcapitato cronista che le chiede come ci si senta a essere una delle ragazze piú fotografate di Manhattan, Lee risponde sbrigativa che preferisce di gran lunga essere una fotografa piuttosto che una fotografia. Una frase d'ordinanza che ama ripetere per stupire gli interlocutori, ostentando la solita spavalderia che l'aiuta a proteggersi dall'esterno.

La realtà, come sempre, è piú complicata. Alla partenza per la Francia, poco piú di tre anni prima, era una ragazzina ingenua che inseguiva un sogno. Adesso, dopo aver abbandonato l'ala protettiva del suo maestro, le sembra di aver già consumato tutte le vite possibili. Quante esistenze abbiamo in dotazione alla nascita? E quanta energia ci è concessa per portarle a compimento? Alcune sono destinate a rimanere incompiute, come ingenui disegni a matita che ritroviamo fra le pagine di un libro e ci ricordano le pretese e le velleità che nutrivamo da giovani. Lee, invece, vorrebbe viverle tutte fino in fondo, ma a soli venticinque anni si sente già consumata. Appena mette piede sul molo, l'eccitazione del

viaggio si esaurisce al pari di un'ubriacatura troppo leggera
e vorrebbe subito ripartire, spinta dall'irrequietezza che non
l'abbandona mai. Ormai riconosce quel brivido che l'assale
nei momenti di indecisione, una vocina interiore che la incoraggia a cambiare rotta per esplorare orizzonti diversi e
ricominciare daccapo. Di sicuro c'è un altrove dove è possibile scoprire una vita migliore o comunque differente, in cui
magari spariscono ricordi e dolori e si può sfuggire alla noia
delle cose già note, e allora perché fermarsi? Ma stavolta deve resistere: osserva lo sguardo gioioso del fratello Erik al
quale ha promesso un ruolo di assistente nel nuovo studio, e
sa che non può deluderlo. È ancora un cucciolo, ma sembra
un uomo fatto nel completo elegante che ha indossato per
venire a prenderla. Le somiglia, ha i colori e i lineamenti di
famiglia, saranno una coppia formidabile. Basta mettere in
campo forza, risolutezza, intraprendenza, spirito d'iniziativa... Parole d'ordine che Lee si ripete come una formula
magica, tanto che ha l'impressione di vederle apparire a caratteri cubitali nel bel cielo autunnale di New York, la città
che le ha dato la spinta iniziale e che come tutti si aspetta
molto da lei. Non può arrendersi proprio ora che un raggio
di sole si è fatto strada fra le nuvole, illuminando la punta
d'argento di un grattacielo che non aveva mai visto prima.
Lo prende come un segno. «Il destino continua a succedere»: dovrà fidarsi ancora di Anita Loos e lasciarsi andare.

– Che strana costruzione! Sembra una penna stilografica
con un pennino d'acciaio, – dice Lee a Erik, che è impaziente
di portarla in giro per mostrarle le grandi novità cittadine.

– È il Chrysler, è stato il piú alto grattacielo di New York
ma solo per pochi mesi. Poi hanno costruito l'Empire State
Building, che l'ha superato e ha conquistato il record. Mister Chrysler non voleva piú pagare l'architetto, che gli ha
fatto causa.

– Be', spero che la vinca, perché ha fatto un gran bel lavoro.

Lee è rapita dal fascino della sua New York, che ha sempre in serbo qualche inedito gioco di prestigio per stupire gli ammiratori.

– Se vedessi il *Cloud Club* al sessantottesimo piano! È un luogo esclusivo, ma ora che sei una celebrità ti inviteranno di sicuro, – le risponde eccitato Erik, prendendola a braccetto come un fidanzato.

Florence rimane indietro e protesta. Anche lei pretende l'attenzione della figlia bella e famosa, e ogni volta deve combattere per guadagnarsi almeno un riflesso di quell'aura che Lee irradia e di cui tutti vogliono godere.

– C'è un nuovo musical con Fred Astaire, dobbiamo assolutamente comprare i biglietti, – incalza la mamma scommettendo sulla vecchia carta di Broadway che ha sempre fatto presa su Lee. – Ancora non hanno debuttato, ma è già difficile trovare due posti decenti. De Liagre, che ha assistito alle prove, mi ha detto che la nuova canzone di Cole Porter, *Night and Day*, potrebbe diventare il successo dell'anno.

– Mah, secondo me sarà un fiasco. Non c'è piú la sorella Adele a ballare con Fred, – interviene Erik a guastare la festa.

– Nooo! Si è rotta la coppia? – Lee si diverte a partecipare a quel rassicurante chiacchiericcio familiare.

– Sí, sí, lei si è sposata con Lord Charles Cavendish, secondogenito del nono duca del Devonshire, e ha deciso di lasciare la danza. Non l'hai letto?

Florence è aggiornatissima sulle cronache mondane dello spettacolo. Ma Erik non demorde.

– E adesso che fine farà quel poveraccio di Fred Astaire? Era Adele la vera ballerina, in famiglia.

– Troverà qualcun'altra, vedrai. Gli uomini non si arrendono mai, – chiosa Lee, che sull'argomento ha molto da dire.

Intanto sono arrivati al *Park Avenue Hotel*, l'albergo dove ha deciso di abitare in attesa di individuare l'appartamento giusto per ospitare i *Lee Miller Studios*. La diverte pensare che il nome Lee può trarre in inganno: in parecchi crederanno che si tratti di un uomo, ha scelto apposta quel soprannome «neutro» quando ha deciso di spiccare il volo da Poughkeepsie. Meglio, cosí avrà piú clienti. È incredibile, ma c'è ancora chi ha delle remore a farsi fotografare da una donna. Un'assurdità in un'èra in cui l'aviatrice Amelia Earhart ha trasvolato l'Atlantico da sola con il suo bimotore: la prima donna a compiere l'impresa, e in assoluto la seconda persona dopo il volo di Lindbergh. Una bionda bella e spavalda come Lee che, non contenta di quel primato, sta preparando il volo in solitaria intorno al mondo.

Cos'altro deve dimostrare il genere femminile per essere preso in considerazione senza discriminazioni né pregiudizi? Le pioniere dell'aviazione e le dive del cinema sono però delle eccezioni privilegiate: nella realtà le donne sono state le principali vittime della crisi, e a causa della crescente disoccupazione hanno dovuto fare un passo indietro, spesso rinunciando al lavoro che avevano a fatica conquistato per tornare a occuparsi dei doveri familiari, lasciando agli uomini i pochi impieghi disponibili. Sfogliando il numero di «Vogue America» del novembre 1932, nella rubrica *Portfolio of Smart Economics* lo scenario non appare cosí cupo, e con rosea leggerezza si invitano le lettrici a non buttarsi giú.

> Anche se dal punto di vista finanziario sei costretta a rimboccarti le maniche, non è poco oculato lasciare che questo ti privi del bello dell'esistenza, impedendoti di vivere con dignità e grazia?

Poi si consiglia loro di non rinunciare agli sport invernali, perché peggio della povertà economica c'è solo la povertà di spirito. Dopo questi utili suggerimenti e la pubblicità di una miracolosa crema idratante, appare a piena pagina una foto di Lee piú elegante che mai, fasciata da un abito da sera di Lanvin

che va indossato senza nessun gioiello, proprio come ci mostra nella fotografia Elizabeth Miller, appena tornata in patria per aprire il suo nuovo studio fotografico.

Lee non ha perso tempo e, dopo aver archiviato dubbi e titubanze, sfrutta ogni occasione per pubblicizzare l'impresa nascente. Fra le varie personalità, ha scelto di indossare i panni della scaltra imprenditrice e approfitta della curiosità suscitata dal suo ritorno in America per lanciare sul mercato la nuova Elizabeth Miller. Rilascia interviste a raffica, in cui espone le proprie tecniche di ritrattista spiegando che per lei è piú facile fotografare le donne, abituate da sempre a farsi guardare, mentre gli uomini sono piú impacciati e spesso arrivano con delle strane idee in testa.

I giovani non sanno mai se assomigliare a un pugile o a Clark Gable, e gli uomini maturi invece pretendono che tu catturi un certo scintillio nel loro sguardo o una particolare angolazione del loro mento volitivo alla Mussolini, solo perché qualche ragazza gli ha detto che le piace.

Questa dichiarazione categorica e scanzonata racchiude lo spirito di Lee, ma nonostante la grinta che ostenta in pubblico e al di là degli occhiali con le lenti rosa suggeriti dalla sua rivista, sa bene che la strada che ha scelto è parecchio in salita. Il contraccolpo del *big crash* della borsa nell'ottobre 1929 ha generato una lunga scia di crolli e fallimenti, e non è certo il momento migliore per intraprendere un'attività cosí rischiosa. Anche se può contare su molte amicizie influenti, il mercato è in forte crisi e Lee si rende conto che dovrà combattere con tutte le forze per farsi largo come fotografa. Potrebbe accontentarsi della vecchia carriera, è ancora richiestissima dalle case di moda, ma ha deciso di approfittarne solo per arrotondare le entrate dello studio. Le barzellette che circolano a Manhattan sugli ex miliardari che fanno la fila davanti al *Ritz* per prenotare una camera con vista dove suicidarsi, le fanno venire i brividi. Ma non intende rinunciare alla sfida che si è preposta lasciando Parigi, e ha trovato degli investitori pronti a scommettere sul suo talento.

La finanziano con diecimila dollari, e con questo capitale prende in affitto due appartamenti contigui uniti da una cucinetta sulla East 48 Street, a due passi dal *Radio City Music Hall*: una perfetta rampa di lancio per spiccare il volo in città. In uno sistema l'abitazione, nell'altro lo studio che arreda con divani e stoffe colorate ricreando il calore di una casa, perché i clienti che vengono per farsi fotografare devono sentirsi a proprio agio. Per fare un ritratto degno di questo nome ci vuole tempo e Lee segue delle regole precise: non accetta mai piú di un appuntamento al giorno e non permette a visitatori e amici di assistere alle sedute, potrebbero turbare l'intimità che le è necessaria per entrare in contatto con il soggetto e catturare il momento magico con la macchina fotografica.

Per creare questa atmosfera di familiarità e relax invita i clienti a riposarsi su una comoda *chaise-longue* tra uno scatto e l'altro, e se lo desiderano possono anche mangiare degli spuntini preparati da una cuoca assunta per l'occasione. Miss Miller non lascia niente al caso, ama curare il lavoro nei dettagli e al giornalista che le chiede se la carriera di fotografa sia adatta a una donna risponde convinta:

> Le donne sono di sicuro piú portate degli uomini, [...] sono piú pronte e adattabili. E penso che abbiano un intuito che le aiuta a capire la personalità piú rapidamente degli uomini.

In pratica, un manifesto programmatico.

Ma è la camera oscura a renderla fiera. La progetta minuziosamente, e grazie alla dedizione di Erik, che addirittura costruisce delle vaschette in frassino per le operazioni di sviluppo, ottiene il «santuario» che ha sempre desiderato. Amelia l'aviatrice, con una delle numerose frasi di incitamento alle donne che vogliono buttare il cuore oltre l'ostacolo, diceva: «La cosa piú difficile è decidersi ad agire. Il resto è pura tenacia». E Lee, anche se si considera una ragazza pigra e indolente, quando serve sfodera una forza di volontà che quasi la spaventa. Lavora notte e giorno insieme al fratello, a cui insegna i trucchi del mestiere, e per rendere ancora piú attraente il proprio biglietto da visita aggiunge all'intestazione dello studio *The Man Ray School of Photography*. Una scelta di certo non gradita all'ex amante, ma che male c'è a rivendicare il suo apprendistato? Per fortuna i critici cominciano ad accorgersi di lei e non sono colpiti solo dal famoso ombelico. Le recensioni della personale allestita da Julien Levy sono lusinghiere e la presentazione dell'evento fatta dal critico d'arte Francis Welch Crowninshield la incorona ufficialmente: «Lee Miller, partita per la Francia poco piú che ventenne. Ora è tornata artista compiuta e fotografa versatile».

Per Lee è un momento di gloria che il padre Theodore annota con orgoglio nel diario. Ma nonostante la soddisfazione che prova nel vedere il proprio lavoro finalmente riconosciuto, non vende neanche una fotografia. Non c'è da farne un dramma, la nuova forma d'arte non è ancora affermata e i collezionisti non investono in quella che considerano soltanto un'interessante curiosità. Sono ancora i ritratti, le foto di moda e dei prodotti commerciali a farle pagare l'affitto, e pure se nei suoi lavori inserisce le tecniche apprese negli anni parigini, Lee perde gusto a scattare foto solo per il proprio piacere come quando camminava

in cerca di ispirazione per le strade di Montparnasse. La
pressione per tenere in piedi la sua traballante impresa la
divora, e non c'è piú spazio per le sperimentazioni creati-
ve del periodo surrealista. Le sembra trascorsa un'èra da
allora, ma il passato si ripresenta piacevolmente con la pre-
mière di *Le Sang d'un poète* a New York: il foyer del cinema è tappezzato di foto di Lee e la serata raduna la crema
dell'intellighenzia cittadina, accorsa a conoscere la musa di
Jean Cocteau. È un vero trionfo personale. In una scena del
film la statua vivente interpretata da Lee cammina a occhi
chiusi, ma sulle palpebre appaiono due nuovi occhi dipinti
con un guizzo dal regista. Uno stratagemma per renderne
l'andatura simile a quella di una sonnambula animata da
un misterioso istinto interiore. Lee aveva amichevolmente maledetto Cocteau per averla messa in quella scomoda
situazione; muovendosi sul set praticamente cieca e con le
braccia legate, a ogni passo temeva di andare a sbattere o
di cadere; ma nel riguardarsi ora, si riconosce nei panni di
quella Venere di Milo inconsapevole che avanza sospinta
da un'inerzia inspiegabile. Alla pari del suo personaggio
di cartapesta, Lee sente che sta procedendo alla cieca solo per dimostrare a sé stessa che può farcela, anche se in
realtà non sa piú bene dove vuole arrivare e la sua tenacia
sta venendo meno, proprio adesso che le cose si mettono
al meglio e lo studio sta per decollare.

Sono le star del cinema e del teatro a far partire le richieste
dei nuovi clienti attirati dal privilegio di essere fotografati
da Elizabeth Miller in persona, la fotografa che annovera
nel portfolio i ritratti di Mary Pickford e Claire Luce, l'attrice che ha sostituito la sorella di Fred Astaire nel musical
Gay Divorce, per la cronaca nient'affatto il fiasco previsto
da Erik, bensí un clamoroso successo al botteghino che polverizza per sempre il ricordo di Adele Astaire.

Per soddisfare le nuove commissioni capita che Lee ed Erik facciano le notti, e al fratello vengono le unghie marroni a forza di usare gli acidi dello sviluppo. Lee è esigente, capace di fargli ristampare innumerevoli volte lo stesso soggetto fino a ottenere la foto impeccabile. I risultati, però, ripagano la fatica, i ritratti firmati *Lee Miller Studios* del periodo newyorchese sono capolavori di perfezione: per esempio quello di Gertrude Lawrence, un'acclamata diva di Broadway che Lee riprende con un abito nero che si confonde nello sfondo buio da cui emergono soltanto un vaso bianco con dei fiori metallici e il volto della star, simile a una bambola di porcellana dallo sguardo assassino di una dark lady.

Lee fotografa senza sosta rossetti, profumi, teatranti, scrittori, artisti e signore dell'alta società che vogliono sentirsi dive almeno in una foto da mostrare agli amici; realizza servizi di moda e, se serve, posa lei stessa come modella facendo ricorso all'autoscatto. Si cimenta con le prime immagini a colori sperimentando le nuove tecniche per una lussuosa linea di make-up di Helena Rubinstein. Ma è l'ambiente del teatro a darle piú soddisfazioni: le piace respirare il backstage in compagnia di tecnici e attori, ed è sempre disponibile quando la chiamano per pubblicizzare uno spettacolo. È la fotografa ufficiale dell'opera d'avanguardia *Four Saints in Three Acts*, con libretto di Gertrude Stein e un cast di colore che sarà d'ispirazione per *Porgy and Bess* di George Gershwin. Come al solito, Lee si ritrova al centro degli avvenimenti piú stimolanti, ma questo turbine che dovrebbe esaltarla la fa sentire in gabbia come un topolino che corre all'impazzata dentro una ruota che gira a vuoto; o meglio, prigioniera con le braccia legate dietro la schiena come la Venere di Cocteau. Tiene questo malessere dentro di sé, nella solita scatola chiusa a chiave dei brut-

ti ricordi. Ma malinconie inspiegabili arrivano sempre piú
spesso a farle visita.

Nel maggio del 1934, «Vanity Fair» la include insieme
a Cecil Beaton e a George Hoyningen-Huene fra «i piú illustri fotografi viventi». Vivente sí, ma non esattamente
in salute, come nota il padre quando la va a trovare a New
York. Theodore si preoccupa per la sua Li-Li e la obbliga
a concedersi una pausa dallo stress del lavoro e dalla vita
troppo disordinata che conduce. L'ingegnere, appassionato
di rimedi naturali e di pratiche salutiste, la convince a sog-
giornare con la famiglia nella clinica del dottor Hayes, un
medico che ha messo a punto una dieta rivoluzionaria che
disintossica il corpo e la mente. Lee accontenta i genitori,
che venerano il dottor Hayes; e quando torna, la pelle è di
sicuro piú luminosa. Ma l'aver separato le proteine dai car-
boidrati non ha migliorato il suo umore. Lee lascia sempre
piú spesso il fratello a disbrigare le pratiche dello studio,
e passa le nottate a bere e giocare a carte con una comitiva variegata di autori e registi teatrali. Qualcuno è un suo
amante e qualcuno no, ma sono tutti amici brillanti con cui
scaccia il malumore e la noia: è questo l'unico metodo infal-
libile che conosce per recuperare un po' di *joi de vivre*, una
cura certo piú efficace delle prescrizioni del dottor Hayes.

Anche se il telefono squilla in continuazione e l'agenda
degli appuntamenti si riempie ogni giorno di piú, Lee perde
interesse per i lavori piú commerciali. È soprattutto la routine ad annoiarla. Proprio ora che le cose marciano a pieno
ritmo e si intravede un futuro piú stabile per l'azienda, sente scemare l'entusiasmo che l'aveva galvanizzata all'inizio,
quando gli ostacoli sembravano insormontabili. Un meccanismo che la spinge a cercare nuove sfide per mettere in
circolo l'adrenalina che le serve per andare avanti, rischiando però di lasciare tutto a metà, amori e imprese. «È molto

piú facile iniziare una cosa che portarla a termine», ricorda
Amelia Earhart in un'intervista in cui annuncia baldanzo-
sa la prossima impresa. È uno strano presentimento, come
un déjà-vu al contrario: né Lee né Amelia sanno ancora che
la storica trasvolata dell'aviatrice intorno al mondo non si
concluderà mai. Una volta spiccato il volo, l'eroina delle
mille avventure si perderà nel cielo insieme all'aereo e non
sarà mai piú ritrovata. Anche a Lee piacerebbe nascondersi tra le nuvole e non lasciare traccia, un pensiero proibito
che non osa confessare. Chissà, magari Amelia è atterrata
in qualche isola sperduta e ha inaugurato una nuova esistenza, libera da ogni responsabilità. Una prospettiva eccitante,
quella di sottrarsi una volta per tutte alle pesanti aspettative che la società nutre nei nostri confronti e tornare legge-
ri come bambini per ricominciare daccapo. Ci vogliono un
pizzico di follia, una buona dose di egoismo e tanta incoscienza per compiere questo incredibile salto acrobatico. E
Lee, sull'orlo della sua vecchia vita, decide che è arrivato il
momento di lanciarsi.
    – Pronto, mamma? Ti ricordi di Aziz?
    – Lee, tesoro... chi?
    – L'amico che ho portato a Poughkeepsie qualche week-
end fa.
    – Ah, sí, l'egiziano.
    – Ti piace?
    – Be', sí, è un signore molto elegante.
    – Meglio cosí.
    – Perché?
    – L'ho sposato stamattina.

Il Cairo, 1934-37

Il *Long Bar* dello *Shepheard's Hotel* è il rifugio ideale per riordinare i pensieri nei caldi pomeriggi d'estate davanti al miglior Martini dell'intero Egitto. Non a caso è tappa obbligata dei *grand tour* e meta di pellegrinaggi della variegata tribú di stranieri che vive al Cairo. Una serata non decolla se prima non si fa una sosta al *Long*, e grazie alle discrete confidenze del barman Max, che parla tutte le lingue necessarie a ogni tipo di conversazione, è facile restare aggiornati sugli avvenimenti in città. In realtà, la vita locale ruota intorno a pochi eventi: qualche arrivo di rilievo, partenze per le ville al mare ad Alessandria per catturare un po' di fresco e la miriade di feste mondane che prevede sempre una serata a casa del barone Jean Empain, al Palais Hindou, una dimora principesca costruita nello stile di un tempio indiano e arredata quasi fosse un set cinematografico, ma da un regista indeciso se girare un film su Versailles o *Le mille e una notte*. Per il resto, un'interminabile sequenza di partite a tennis e a bridge scandisce le ore delle pigre giornate della *high society* egiziana, in cui Lee è stata catapultata come un oggetto estraneo con l'etichetta di moglie americana di Aziz Eloui Bey. Qualifica che le concede un lasciapassare esclusivo per girare indisturbata nei vicoli del Cairo alla guida di una Packard, indossare i pantaloni e sedersi sullo sgabello del *Long Bar* ordinando qualsiasi genere di bevanda alcolica. Ora, per esempio, sta sorseggiando un intruglio a base di menta, lime e soprattutto gin, che il fidato barman le ha consigliato per combattere il forte mal di testa dovuto alla sbornia della notte precedente.

– Solo l'alcol scaccia l'alcol, – le assicura Max in un inglese colorito da tutti gli accenti del suo ricco vocabolario.

In cambio vuole conoscere i dettagli della grande festa al Palais Hindou: si dice che la ballerina di burlesque di cui si è invaghito il barone si sia esibita nuda, coperta solo di una splendente vernice d'oro. Lee annuisce e rivela che dopo quel numero le hanno affibbiato il nomignolo di Goldie, soprannome che manterrà anche una volta divenuta la baronessa Empain. E già sa che non si parlerà d'altro per settimane, visto che nella ristretta cerchia del jet set, a parte le variazioni della temperatura e l'invasione delle zanzare, non succede mai nulla.

Aziz è un alto funzionario del ministero delle Ferrovie, del telegrafo e dei telefoni, e sta creando una nuova attività per portare l'aria condizionata nei piú importanti palazzi pubblici. Per fortuna l'ha subito installata nella loro villa nel quartiere residenziale del Cairo: un regalo per la bella e giovane moglie che, da quando è arrivata, ha visto sfiorire lentamente, come una rosa costretta sotto una cappa di vetro. Non è facile abituarsi a tante novità: Aziz sa bene che il suo paese può provocare uno shock al primo impatto, quando si viene travolti da un eccesso di colori, sapori e odori penetranti che dànno alla testa come una droga.

È preoccupato per Elizabeth e, come il Piccolo Principe della favola, vuole prendersi cura del fiore esotico che è riuscito a cogliere e portare via con sé contro il parere di chiunque. Ricorda ancora la scenata di Lee contro l'impiegato del municipio di New York, che le sconsigliava di unirsi in matrimonio con un uomo «di colore» dalla cultura tanto diversa dalla sua. La furia di Elizabeth nei confronti del malcapitato in realtà nascondeva una sottile inquietudine, la stessa che Aziz aveva letto negli occhi dei genitori della futura moglie, che a malapena avevano dissimulato lo sconcerto per la decisione cosí estrema della loro Li-Li. Proprio adesso che aveva trovato la sua strada e Theodore poteva enumerare con orgoglio i successi conquistati sul campo dalla giovane fotografa, di punto in bianco la figlia decideva di sbaraccare lo studio messo su con tanti sacrifici e andare a vivere dall'altra parte del mondo in un paese cosí insolito. Aziz si sente responsabile per quel rapimento romantico e scrive ai Miller lunghe lettere affettuose cercando di rassicurarli, ma a leggerle ora sembrano la corrispondenza di un medico che ha in cura una convalescente dalla salute delicata. «Lee è felice. Certo, non è facile per lei trovare un assetto sereno, vista la sua natura inquieta. Alcune reazioni sono inevitabili». Ma è soprattutto la noia a non darle tregua. «Il suo cervello deve lavorare per occupare il tempo, – continua Aziz. – Quando si sarà ripresa dalla vita frenetica di New York, starà molto meglio». Alla fine li rassicura che avrà sempre cura di lei.

Lee aggiunge poche parole in fondo alla lettera. Non ha tempo per scrivere, non si sente bene per via del vaccino contro il tifo o per l'attacco di zanzare dopo la piena del Nilo, subito seguita da un'ondata di caldo soffocante che le toglie le forze. Ma la verità è che non ha cuore di scrivere a Erik. Nell'impeto della sua scelta non ha pensato al fratello, e l'ha lasciato senza occupazione dopo che lui si era votato anima e corpo alla sua impresa.

Aveva provato ad affidare lo studio – Erik compreso – a Man Ray, confidando nel suo vecchio desiderio di tornare in America. Gli aveva fatto arrivare la proposta attraverso un amico comune. Ma la reazione era stata implacabile: «Togliti da sola le castagne dal fuoco». Ora, l'unica speranza per quietare il senso di colpa è riposta in Aziz: magari, in virtú delle conoscenze altolocate, potrebbe trovare un buon impiego a Erik e convincerlo a trasferirsi al Cairo con la giovane moglie Mafy. Per Lee sarebbe un sogno averlo accanto, un antidoto alla solitudine che, nonostante le attenzioni del premuroso marito, comincia ad avvertire ogni giorno piú intensa. Quando Lee ha deciso di buttarsi nella nuova avventura non immaginava certo un destino da reginetta della mondanità egiziana. Non ha niente in comune con la corte di donne che definisce con ironia «tutte perle e satin» e la sua irrequietezza non si placa con un tè e una torta da *Groppi*, la raffinata pasticceria dove le sue amiche si dànno appuntamento tutti i giorni per chiacchierare del nulla. Era sicura che sposando Aziz avrebbe trovato la medicina definitiva per ogni turbamento; sperava che la magnifica sensazione di sentirsi amata e sollevata da ogni lotta per la sopravvivenza bastasse a renderla felice. Invece eccola aggirarsi come una tigre in gabbia tra le decine di stanze del bel palazzo che il marito le ha messo a disposizione, insieme a una cameriera personale, un cuoco e quindici persone di servitú.

Io non ho mai sposato un miliardario e non me ne rincresce. Ma di tanto in tanto ho visto come una liberazione una vita alleggerita dalle responsabilità materiali. Una volta un ragazzo molto ricco si è innamorato di me e ho sfiorato l'idea, però non era affascinante e tenebroso come Aziz: somigliava piuttosto a un pacioso nerd con le guance da bulldog, e soprattutto detestava i Rolling Stones. Non è scattata la scintilla. Mentre Lee si è innamorata senza riserve di Aziz, uomo intelligente e raffinato che promette di lasciarla libera e di proteggerla senza minacciarne l'autonomia con le micidiali armi della gelosia e del possesso. In cambio vuole soltanto il suo amore: un patto a cui è difficile resistere. Negli

anni Trenta del Novecento il sentiero era ancora piú ripido
e in salita per le ragazze che coltivavano passioni e talenti, e
scartando le carriere di musa, quieta casalinga, prostituta o
suora rimanevano ben poche strade per conquistare l'emancipazione: non restava che buttarsi in un mare in tempesta
senza scialuppa di salvataggio, con il pericolo di finire molto
male come tutte le cattive dei film hollywoodiani.

Lee si è aggrappata a un sogno che rischia di degenerare
nel peggiore degli incubi, e in piú ha perso gusto per la fotografia. L'inseparabile Rolleiflex giace in un angolo dello
studio con i rullini intatti, quando finalmente incontra un
nuovo amore. Non è un amante a risvegliarla dal torpore in
cui rischia di assopirsi, ma la scoperta del deserto. Le è bastato uscire una sola volta dal caos cittadino per rimanere
abbagliata dall'immensità delle distese di sabbia che cam-
biano forma disegnate dal vento: una visione che può ammirare per ore nel silenzio piú assoluto, e che asseconda il
suo bisogno di evasione dalla claustrofobica vita mondana
del Cairo.

Al pari di tanti prima e dopo di lei, Lee è fatalmente attratta dalla maestosità del deserto. Non è soltanto un paesaggio, ma un luogo dell'anima con l'incredibile potere di
rispecchiare i nostri sentimenti piú intimi e affrancarci dalle
costrizioni che ci opprimono. Una terapia senza dubbio piú
efficace delle cure ormonali per uscire dalla prostrazione
da cui è afflitta, e che Aziz, preoccupato per lei, non può
che benedire. Le escursioni che madame Bey organizza con
entusiasmo coinvolgendo amici e conoscenti sono assai cri-
ticate dal circolo piú snob della società egiziana, però Lee
se ne infischia dei pettegolezzi: ha trovato un antidoto al
malumore e alla noia delle giornate scandite da tornei di
bridge e aperitivi, e a contatto con la natura di questi luoghi carichi di mistero il suo spirito nomade, unico motore

che la fa sentire viva, rinasce. Organizzare una spedizione nel deserto è un'arte raffinata a cui Lee si dedica con
impegno e precisione, come sempre quando è assorbita da
una nuova passione. E per incanto, l'adrenalina che le è
necessaria per rendere sopportabile l'esistenza ricomincia
a scorrerle nelle vene.

Passa interi pomeriggi a studiare itinerari, prepara vetto-
vaglie e rifornimenti, sceglie con attenzione i membri dell'e-
quipaggio: sono esclusi lamentosi e attaccabrighe, che non
sanno adattarsi all'assenza di comodità di un accampamento all'aperto. Aziz, molto impegnato nel lavoro, non la può
seguire, ma la affida a una guida esperta: un'assicurazione
per quei progetti temerari. Per il resto, con il cuore in subbuglio, osserva la sua vagabonda allontanarsi intrepida alla
testa della carovana. Grazie alla generosità del suo amore,
Lee sembra tornata la ragazza spericolata di cui si è invaghito quando l'ha vista la prima volta a Parigi. Non sa se
l'avventura del deserto basterà a placare «l'anima inquieta»
della moglie, ma si rende conto, proprio come Man Ray, che
se prova a fermarla la perderà. La donna che è stata modella raffinata, fotografa amata dai surrealisti e Venere per
Cocteau, indossa pantaloni larghi e sformati e controlla con
occhi esperti la complicata mappa in cui spera di scorgere
l'ennesima via di fuga.

> Ora piú che mai capisco che non potrò essere felice costretta in
> una vita sedentaria, e che sarò sempre ossessionata dal desiderio
> di un altrove assoluto.

Potrebbe essere una tipica frase di Lee, colta in uno dei
momenti di frenesia nervosa. Invece a pronunciarla alla fine dell'Ottocento è Isabelle Eberhardt, giovane viaggiatrice
amante del deserto che a poco piú di vent'anni attraversò il
Sahara a cavallo, da sola e vestita da beduino, frequentando

sceicchi, legionari e vagabondi come lei in aperta sfida alle
regole imposte al suo sesso. È soltanto una delle tante av-
venturiere, perlopiú sconosciute, che nei secoli hanno scelto
la libertà di viaggiare nei modi piú rocamboleschi, osando
stili di vita impensabili per una donna. La natura indomi-
ta di Isabelle mi ricorda quella di Lee durante le escursioni
nel deserto che scandalizzano i benpensanti pronti a croci-
figgerla. La sua amica Gertie Wissa è lapidaria: «Lee andava presa per quello che era, inutile cercare di cambiarla,
si comportava esattamente come un uomo». E non credo
lo considerasse un complimento. Senza nascondere lo sgo-
mento, Gertie riferisce anche questa candida dichiarazione
di madame Bey: «Se devo fare pipí, la faccio in strada. Se
sbavo dietro a qualcuno, semplicemente gli salto nel letto!»
Un audace manifesto d'intenti che non lascia spazio a nessuna ipocrisia, ma non passa inosservato nei salotti delle
signore bene del Cairo.

Tutti, però, sono deliziati dall'ospitalità con cui Lee intrattiene i complici di queste scorribande. Da vera padrona di casa, allestisce fra le dune appetitosi picnic che pre-
annunciano il suo futuro talento culinario. Regola numero
uno: non far mai mancare gli alcolici, a costo di riempire le
taniche disponibili con litri di Martini, lasciando per l'acqua poche borracce. Le esplorazioni la portano a scoprire
luoghi meravigliosi: i monasteri copti sul mar Rosso, oasi
segrete, villaggi sperduti nel nulla. E la macchina fotografica torna a essere fedele compagna di viaggio. Non c'è iti-
nerario che la spaventi: il desiderio di oltrepassare i limiti
la spinge in territori considerati sempre meno sicuri, visti i
venti di guerra che cominciano a soffiare sul mondo. Degli
anni egiziani restano quelli che per me sono gli scatti piú
belli della carriera fotografica di Lee Miller. L'obiettivo coglie la vastità senza fine degli spazi che rispecchiano la sua

solitudine interiore, e di rado appare il folclore colonialista tipico dei viaggiatori occidentali. Nelle sue foto non ci sono quasi mai soggetti umani: Lee predilige l'immensità del vuoto, catturato con inquadrature in cui si riconosce la militanza nella scuola surrealista. Sono dettagli, o schegge di paesaggio come in *Sand Tracks*: una fotografia della sabbia pettinata dal vento, ripresa senza soluzione di continuità in un susseguirsi infinito di onde che ricordano la sensualità dei corpi frammentati delle prime sperimentazioni. L'isolamento che si è quasi imposta con il matrimonio egiziano sta dando inconsapevolmente i suoi frutti; con questi scatti, Lee raggiunge una maturità artistica che non avrebbe sviluppato nel fragore della vita newyorchese.

Una riproduzione di *Portrait of Space* è appesa nel mio studio e attira il mio sguardo ogni volta che alzo gli occhi dal computer per rincorrere qualche pensiero: è la classica foto che scatena un'attrazione fatale. Impossibile non fissarsi sullo spazio sconfinato che si scorge dalla finestra di una capanna abbandonata nel deserto, oscurata dai brandelli di una zanzariera a cui è appesa una piccola cornice che rivela un pezzetto di cielo solcato dalla pennellata di una nuvola. Non è un'immagine triste o desolata come potrebbe sembrare, perché racchiude come un segreto la promessa di un altrove assolato pronto ad accoglierci. L'orizzonte smisurato davanti ai nostri occhi annuncia la possibilità di un'evasione, e solo intravedere un simile miraggio ci fa sentire piú forti e speranzosi. Almeno a me ha sempre restituito questa rassicurante suggestione, ma ognuno potrà cogliere qualcosa di personale che gli parla direttamente. Una fotografia è davvero riuscita quando possiede la forza di uno specchio: ti vedi riflesso e scopri che appartiene alla tua vita, anche se è stata scattata nel deserto piú di settant'anni prima. Solo da poco, rovistando tra le mille connessioni che hanno

avuto nel tempo le immagini di Lee Miller, ho scoperto che
Portrait of Space è stata scelta come copertina di *Il paziente
inglese*, il romanzo di Michael Ondaatje che abbiamo tutti amato grazie anche al film di Anthony Minghella. In effetti, una combinazione perfetta. Chissà se Lee ne sarebbe
stata orgogliosa.

– È proprio il momento di un Martini, Max.
– Olive a parte e molto gin come piace a lei, madame Bey.
– Il tuo è il miglior Martini di tutto il Nordafrica, mi
mancherà...
– Ha deciso di partire?
Lee è piú raggiante del solito. Ripensa alle valigie che
l'aspettano aperte sul letto della sua bella casa: le ha prepa-
rate minuziosamente, ma ha sempre paura di dimenticare
qualcosa di indispensabile e ricomincia daccapo a elencare
scarpe e vestiti, di sicuro deve prendere il costume da bagno, non si sa mai, non rimarrà di certo in città per tutto il
tempo. Ancora non ha deciso se portare la Rolleiflex o soltanto la piccola Leica, piú comoda per viaggiare.
– Sí, Max, parto domani.
– Per sempre?
– No, non ti preoccupare, a fine estate sarò ancora qui
seduta al tuo bancone. Vado in vacanza a Parigi, non ci torno da anni, chissà cosa mi aspetta.
– Monsieur Aziz viene con lei?
– Sei curioso, eh, Max? No, vado da sola, ma ho come
guardia del corpo Elda, la mia governante. Può bastare?
– Non ha paura della guerra, madame? Sento brutte vo-
ci, qui al bar.
– I due gangster non aspettano altro. Ma non credo che
succederà.
– Hitler e Mussolini, li chiama cosí?

– E come altro vorresti chiamarli? Hai visto che hanno fatto a Guernica?

– Sí, madame, le foto erano su tutti i giornali. Ha ragione lei, due gangster.

– Fammene un altro, Max, cosí non lo dimentico piú il tuo Martini. Lo sai che è uno dei pochi motivi per rimpiangere il Cairo.

– Ma non tornerà neanche per il torneo estivo di golf?

– No, Max, credo proprio che quest'anno me lo perderò.

Parigi, 1937

Elda non è mai stata a Parigi e sembra ancora piú eccitata
di madame Bey alla vista del porto di Marsiglia, che appare
all'orizzonte sotto un cielo limpido da cartolina: il miglior
benvenuto alle due passeggere appena arrivate in Francia.
In verità Lee, piú che una compagna di viaggio, considera
Elda un peso morto, e non aveva nessuna intenzione di farsi
scortare da un cane da guardia durante quella tanto sospirata
vacanza da «single». L'idea di muoversi con una cameriera personale al seguito la riempie d'imbarazzo, e anche se
ha instaurato con la domestica un rapporto molto familiare – contravvenendo alle regole del galateo che consigliano
sempre le debite distanze dalla servitú – quella convivenza
forzata non è nel suo stile. Ma è stata l'unica, inderogabile
condizione imposta da Aziz per lasciarla partire, e Lee ha
accettato. Ha appena compiuto trent'anni e non vede l'ora
di tornare in pista: avrebbe attraversato a nuoto il braccio di
mare che la separa dalla sua terra promessa, pur di non passare un'altra estate a gingillarsi tra gli ozi mondani dell'a-
sfissiante circolo delle signore «tutte perle e satin». Prova
un'intensa nostalgia per le conversazioni brillanti coi vecchi amici artisti, e ha bisogno come l'aria di quell'atmosfera
elettrica che soltanto Parigi sa offrire. «Strappatemi il cuore,
ci vedrete Parigi», le ha detto una volta Louis Aragon: Lee

l'aveva considerata un'esagerazione poetica, invece adesso
le appare piú che mai autentica.

Mi riconosco in questa frenesia parigina. Pure per me la
città ha sempre rappresentato lo scrigno di tutte le meraviglie, da quando a diciott'anni sono sbarcata per la prima
volta alla Gare de Lyon. E anche se dormivo in una specie di cantina prestatami con generosità da un amico italia-
no, mi sentivo una regina proprio perché potevo respirare
quell'aria benefica che a ogni boccata mi avvicinava di piú
alla donna che sognavo di diventare. O almeno ne ero convinta, come tutti quelli che provano la stessa vertigine appena mettono piede a Parigi.

Aziz ha prenotato per la moglie al *Prince de Galles*, un albergo austero ed elegante vicino agli Champs-Élysées: il piú
adeguato a una signora del suo rango. Lee avrebbe preferito
l'*Hôtel Istria* o un qualsiasi altro alberghetto a Montparnasse, ma non è lei a farsi carico delle spese e non valeva la pena
di contraddirlo rischiando una discussione che avrebbe potuto fargli cambiare idea. Sa bene di camminare sul filo del
rasoio: è un azzardo che un marito, per giunta egiziano e di
religione musulmana, la lasci libera di godersi le vacanze in
totale autonomia, non può certo chiedere di piú. In quanto
moglie «straniera», ha già conquistato una condizione pri-
vilegiata al Cairo e può permettersi licenze impensabili per
le donne del posto, che vivono isolate negli *haramlek* e osservano il mondo da dietro le grate delle finestre, spiando
in silenzio le feste in cui sono ammessi solo gli uomini. Lee,
incuriosita, le va a trovare e, in esclusiva per quel pubblico
femminile affamato di novità, si trasforma in una sorta di
Shahrazād, narrando storie per loro incredibili quanto per
lei le *Arabian nights*. Vogliono sapere tutto della sua vita cosí
diversa: «Com'è stare in compagnia degli uomini? E viaggiare insieme a loro?» Ma soprattutto: «Che sensazione si

prova a lavorare per vivere?» Chissà cosa avrebbe raccontato
Lee al suo ritorno? Ma è un altro il quesito che la tormenta:
per quanto ancora sarebbe stata in grado di essere leale con
il marito? Lee non vuole offendere la dignità di Aziz, ma la
sua predisposizione a una vita indipendente è in piena contraddizione con quel matrimonio. Anche se adesso è lontana dalla sua prigione dorata, si sente sempre piú incatenata
in una relazione che le impedisce di essere sé stessa: nonostante la generosa tolleranza di Bey, la sua situazione non le
appare poi cosí diversa da quella delle amiche dell'harem.

Perché, però, rovinarsi la vacanza con quei pensieri funesti, visto che dopo un breve giro di telefonate è già stata
invitata al ballo delle sorelle Rochas che si tiene proprio la
sera del suo arrivo? L'ennesima coincidenza che il destino
le offre come un amico benevolo.

Elda non fa in tempo a chiederle a che ora tornerà che
madame Bey ha già chiamato un taxi e si è inabissata con
l'eccitazione di un'adolescente nella calda notte parigina.
È una delle tante feste mascherate della stagione mondana,
ma stavolta Lee tarda a inventarsi un costume adeguato e
indossa un semplice abito da sera dello stesso azzurro cielo dei suoi occhi: è l'unica ospite senza maschera, e forse
anche per questo è la ragazza che si nota di piú nel grande
salone affollato di sceicchi, pirati, dame settecentesche e
provocanti signorine che, ispirandosi al giardino dell'Eden,
si sono a malapena coperte con scenografici tralci d'edera.

Il primo che incontra è Man Ray. Si annusano a distanza
come due felini nella giungla, e senza parlarsi decidono di cedere le armi: è inutile serbare troppo a lungo il rancore, specie quando al posto di un amore si può conquistare una profonda amicizia. E i due ex amanti hanno troppe passioni in
comune per sprecare la promettente opportunità che li terrà
uniti tutta la vita. Man è sopravvissuto al trauma dell'addio

anche grazie all'arrivo di Ady, una scoppiettante ballerina della Martinica con cui Lee fa subito amicizia. Non poteva augurarsi serata migliore per la *rentrée* parigina. Ad attirare la sua attenzione è uno strano personaggio arrivato in compagnia di Max Ernst: l'artista e l'amico hanno deciso di mascherarsi da banditi, ma in un'eccentrica versione surrealista che prevede capelli tinti di un assurdo verde brillante, mani blu cobalto, camicie sgargianti e pantaloni arcobaleno macchiati da pennellate di ogni colore. Guardandoli arrivare, Lee non trattiene una risata fragorosa. Appena Roland Penrose la riconosce vorrebbe sprofondare per l'imbarazzo: è timido, riservato, le sue origini quacchere e l'educazione da gentleman inglese sono lontane anni luce dall'eccentrico travestimento con cui si presenta, ma sta facendo di tutto per cambiare pelle inseguendo la passione per le nuove avanguardie che sono in totale contrasto con lo stile accademico del padre, noto pittore classico con una predilezione per i soggetti religiosi. Pure lui, come Lee, è venuto a Parigi per immergersi nell'unica atmosfera che gli è congeniale: non ha ancora deciso se vuole essere un pittore, un collezionista o tutte e due le cose insieme, ma quello che sa di sicuro è che dedicherà l'esistenza a conoscere e divulgare le opere geniali di quel circolo di artisti divenuti la sua vera famiglia. Mentre Lee ride, Roland è già innamorato pazzo di lei. Ma lo era ancor prima di conoscerla, quando la ammirava incantato negli scatti solarizzati di Man Ray, e prima ancora di baciarla aveva sognato le sue labbra nel grande quadro del fotografo americano in mostra l'anno prima a Londra, all'Esposizione internazionale del surrealismo, che Penrose ha organizzato creando il solito scandalo nella sua terra sonnolenta e legata alle tradizioni. Lee rappresenta per Roland la regina di ogni ispirazione, una divinità maestosa che illumina la vita e l'arte delle persone con cui viene a contatto, e quando le porge la mano blu cobalto per presentarsi, le sta già consegnando il suo cuore. L'abissale differenza tra la raffinata eleganza di Lee e l'aspetto folle di Roland non fa che suggellare quell'incontro casuale che subito scatena un allineamento planetario.

Elda si è addormentata sulla poltrona damascata nella suite del *Prince de Galles* aspettando il ritorno di madame Bey, che si palesa all'alba ma già si prepara per uscire di nuovo. Lee non ha tempo da perdere, è troppo occupata a rincorrere la propria vita che sta andando sempre piú veloce, come la pellicola di un film che accelera di colpo e non è piú possibile distinguere una scena dall'altra. Dopo una cena propiziatoria organizzata da Max Ernst, che ha assistito come a un'epifania al *coup de foudre* che ha investito i suoi amici, Lee e Roland diventano inseparabili. E come avviene all'inizio di ogni storia d'amore, non c'è piú spazio per gli altri. Specie per Elda, che da quel momento vedrà Madame soltanto di sfuggita nelle brevi soste in albergo per cambiarsi d'abito: la cameriera personale non avrà piú nessuno da accudire, e passerà le notti parigine da sola nel lussuoso albergo scelto da Aziz. Lee, invece, si è in pratica trasferita all'*Hôtel de la Paix*, il modesto albergo in cui alloggia Roland, e accanto a lui si dimentica di ogni turbamento: oltre che la profonda intesa erotica, a unirli è quella immediata complicità che si verifica di rado fra due estranei. Lee e Roland, seppure cosí diversi, sono due animali della stessa specie, e guardandosi negli occhi si sono subito riconosciuti quasi avessero vissuto insieme in un'infanzia lontana, giocando nello stesso cortile e scambiandosi la merenda. Sono incontri fenomenali che capitano poche volte in una vita, ed è impossibile non approfittarne.

È la prima volta che Elizabeth Miller si sente alla pari con un uomo, condividendo con lui passioni, ideali e il sottile *sense of humour* che anima come un fuoco d'artificio le loro conversazioni. Un inglese compassato e colto che nasconde uno spirito avventuroso sotto le giacche di tweed, e un'americana dalla voce roca e la risata potente che incidentalmente è anche la ragazza piú bella del mondo, si ritrovano come due superstiti scampati a un naufragio e non possono piú separarsi. La realtà è un po' piú complicata, ma ci sarà tempo per affrontarla. Parigi è la città del presente, e in quell'estate del 1937 è piú vitale che mai: è stata appena inaugurata l'*Exposition internationale des Arts et des Techniques* al Palais de Chaillot, costruito per l'occasione, e Roland non vede l'ora di andarci insieme a Lee per visitare il padiglione spagnolo dove è esposta *Guernica*, l'opera piú discussa di Pablo Picasso. L'Esposizione dovrebbe celebrare le moderne tecnologie che promettono un futuro di progresso e civiltà, ma all'apertura molti edifici non sono ancora pronti a causa degli scioperi che ormai sono una costante in tutta la Francia. Il governo socialista di Léon Blum ha deluso le aspettative, la crisi economica non accenna a finire e il malumore serpeggia tra la popolazione: un vento di malcontento su cui soffiano i soliti sobillatori, che ne approfittano per reclamare come soluzione l'avvento di un uomo forte. Uno schema politico che tende a ripetersi ancora oggi, quasi la storia sia passata invano. Persino i democratici piú insospettabili cominciano ad augurarsi una nuova guida per il paese, qualcuno capace di ristabilire l'ordine con fermezza – come è avvenuto in Germania – e soprattutto in grado di stroncare le simpatie per il comunismo di Stalin, pericolosamente in via di diffusione nella classe operaia. Sono sempre di piú quelli che in tutta Europa guardano a Hitler come all'eroe che ha restituito al popolo tedesco l'orgoglio nazionale, sedotti dalle immagini trasmesse dalla propaganda nazista grazie al talento della regista Leni Riefenstahl. Il suo documentario *Il trionfo della volontà* vince il gran premio all'Esposizione di

Parigi di quell'anno, e mostra al pubblico in un montaggio enfatico la gioiosa energia delle folle che omaggiano il capo del Terzo Reich, fra il rombo degli aerei e le sfilate militari. Ma non c'è traccia del volto spietato della violenza che si prepara a esplodere.

Gli ammiratori del Reich non dovranno attendere molto per esaudire il loro macabro sogno: in poco meno di due anni, le stesse SS che li avevano cosí affascinati con le loro parate maestose marceranno trionfanti sugli Champs-Élysées, e il Führer, dall'alto della terrazza del Palais de Chaillot, osserverà soddisfatto la città finalmente occupata e sottomessa.

Nell'Esposizione del 1937 si nasconde l'oscuro presagio di questo futuro. A preannunciare la minaccia incombente della guerra sono per ora soltanto le opere architettoniche che si fronteggiano nella loro provocante grandiosità: il padiglione della Germania si erge con in cima l'aquila e l'enorme svastica in acciaio, che sembra sfidare i due proletari armati di falce e martello in cima all'altrettanto monumentale padiglione dell'Unione Sovietica. Mentre camminano allacciati come due innamorati tra quelle costruzioni imponenti, Roland e Lee avvertono un lugubre presentimento che la visione di *Guernica* non fa che confermare: ciò che appare ai loro occhi non è solo un quadro, ma un grido di dolore che rivela l'atrocità di un massacro; e le pennellate di Picasso sono piú eloquenti di qualsiasi discorso politico. Roland è cosí colpito dalla forza dell'opera che subito progetta di mostrarla al mondo intero: è l'unico modo per trasmettere a chi ancora non l'avesse capito l'infernale pericolo nazista, che in Spagna ha fatto le prove generali della sua ferocia. Il 26 aprile dello stesso anno, l'aviazione tedesca della Luftwaffe, insieme agli alleati fascisti al servizio di Francisco Franco, ha bombardato per tre ore di seguito l'inerme villaggio basco di Guernica: i pochi sopravvissuti raccontano di intere famiglie che correvano per cercare un rifugio con i corpi in fiamme, mentre i caccia scendevano a bassa quota per finire il lavoro con le mitragliatrici. È la prima volta nella storia militare che un centro abitato da civili viene raso al suolo con questa brutalità da un bombardamento aereo. Guernica, purtroppo, sarà il triste esordio di una prassi sempre piú consolidata nelle nostre guerre cosiddette moderne.

Si dice che quella strage degli innocenti sia stata un regalo per il compleanno di Hitler, avvenuto pochi giorni prima: un pensiero che il Führer avrà certo gradito. La legittima Repubblica spagnola commissiona subito il quadro a Picasso, che in due mesi dà vita a una tela gigantesca usando solo tre colori: il bianco, il nero e il grigio. Il risultato è impressionante, lascia gli osservatori esterrefatti: è un affresco potente che trasmette l'orrore attraverso figure stilizzate di animali morenti e donne disperate in lacrime. Unico segno di speranza: un piccolo fiore bianco che nasce dalla mano di un uomo colpito a morte. La genesi di *Guernica* è documentata in tutte le sue fasi da un eccezionale servizio fotografico di Dora Marr che, spinta dalla stessa indignazione di Picasso, ha ripreso in mano la sua Leica scattando immagini uniche della nascita del quadro. La forza del dipinto trascende l'attualità per divenire un manifesto contro ogni violenza. Non tutti, però, lo trovano un capolavoro. C'è addirittura chi s'indigna con Picasso per il suo aperto impegno politico: un artista deve pensare alle tele e ai pennelli, e non interessarsi ai destini dell'umanità. Ma l'arte possiede una forza eversiva che va al di là delle sue stesse intenzioni. Non a caso il ministro della Propaganda del Terzo Reich, Joseph Goebbels, ha organizzato quella mostra «d'arte degenerata» che ha messo all'indice i capolavori di tante menti geniali, Picasso incluso. Le loro opere rappresentano per il regime nazista un'estetica decadente e malata e in piú esaltano impunemente l'impurità razziale: ovvero, sono un'inaccettabile espressione di libertà che va stroncata a tutti i costi. Anche Vasilij Kandinskij è presente nella lista di proscrizione: l'artista russo si è rifugiato a Parigi per sfuggire al dispotismo di Stalin, che lo ha bollato come nemico del popolo con le stesse insensate accuse. Quando il potere vuole imporre i propri canoni estetici e decidere cos'è la bellezza, è il momento di intervenire. Se l'arte diventa un campo di battaglia, non si può restare indifferenti. E Roland è pronto a combattere questa guerra in prima persona convincendo Picasso a organizzare una mostra itinerante di *Guernica*, per usare l'opera come una micidiale arma di propaganda a favore della pace. Tutto può servire a scuotere chi ancora sottovaluta la minaccia nazista e considera irreale l'eventualità di un nuovo conflitto globale.

– Basterebbe leggere i libri messi al rogo, guardare i quadri mandati al macero dai totalitarismi e dalle inquisizioni di ogni epoca per non perdere mai la bussola della libertà, – afferma Roland convinto, con un impeto che contrasta con l'aspetto gioviale da eterno studente di Cambridge.

A Lee piace sempre di piú quell'eccentrico gentiluomo inglese che le racconta con le guance arrossate dalla passione i mille sogni che insegue: ha aperto una galleria a Londra per far conoscere i nuovi movimenti artistici, e ora deve tornare in patria per allestire una personale dell'amico Max Ernst di cui ammira non solo i quadri, ma anche i collage e i lavori eseguiti con la tecnica del *frottage*, con cui lo stesso Roland sta realizzando delle opere che le vorrebbe tanto mostrare.

– Perché non mi raggiungi in Cornovaglia? – chiede a bruciapelo a Lee mentre si godono l'ultimo sole in un bistrot vicino alla Senna. – Ho affittato una casa bellissima per un mese a Lamb Creek, c'è un fiume dove si può fare il bagno proprio in mezzo al bosco. E mi raggiungono anche Éluard e Nusch, e Eileen Agar... Devi incontrarla, ti piacerebbe. È un'artista incredibile, l'unica donna surrealista inglese, fa delle opere piccole e poetiche mettendo insieme conchiglie, fotografie, piume e altri reperti che solo lei riesce a trovare... – Roland non dà tempo a Lee di rispondere, la incalza con il suo entusiasmo contagioso, offrendole quell'altrove assolato al quale lei non ha mai saputo resistere. – Non puoi mancare, verrà anche Henry Moore, ho appena comprato una sua scultura che ho messo nel giardino a Hampstead e non ci crederai, ma un comitato degli abitanti del quartiere ha raccolto le firme per farmela togliere.

– La propaganda di Goebbels è arrivata pure nel cuore di Londra? – nota Lee divertita, illuminandosi con uno dei suoi migliori sorrisi.

– Viene da ridere, ma è tutto vero. La considerano oscena: ti rendi conto? Una scultura astratta... Che fra l'altro si chiama *Mother and Child*... Ho deciso di fondare un giornale per far capire a tutti il valore dell'arte moderna.

– Quante vite hai intenzione di vivere, Roland Penrose?

– Intanto vorrei prolungare questa vacanza all'infinito. Potremmo raggiungere Picasso a Mougins, nel Sud della Francia. È lí con Dora, ad agosto.

– Dora Maar? Mi piacerebbe conoscerla, ho visto delle sue foto su «Vogue», ha uno sguardo interessante.

– Purtroppo ha smesso di fotografare, innamorarsi di Pablo può essere una dannazione. Ma se fossi una donna, perderei subito la testa per lui.

Penrose ha un'ammirazione quasi mistica per il maestro catalano ed è pronto a perdonargli il piglio dittatoriale con cui organizza la sua corte di amici, figli e amanti varie. Su invito di Picasso, ha già prenotato una stanza all'hotel *Vaste Horizon* dove il maestro riunisce per le vacanze il suo gruppetto di *aficionados*, e adesso non vede l'ora di dividerla con Lee.

– *Vaste Horizon*? Che nome promettente... Ma ti ricordo che sono una donna sposata.

– Non sono geloso.

– Neanch'io, – sussurra Lee accendendo l'ultima Lucky Strike.

Quando torna all'austero *Prince de Galles* dopo aver accompagnato Roland al treno per Londra, Lee trova un biglietto del suo nuovo amore con questa semplice frase: «Ho dormito, e finalmente mi sono svegliato da un sogno. Sognerò mai piú qualcosa di cosí meraviglioso?»

Pochi giorni piú tardi madame Bey fa i bagagli e rispedisce Elda in Egitto, ma solo dopo averle regalato una preziosa bottiglietta di *Shocking*, l'ultimo profumo di Elsa Schiaparelli: un dono che la domestica conserverà come il ricordo piú caro del suo strano soggiorno a Parigi. La lettera che Lee scrive ad Aziz è molto breve, perché può raccontare soltanto quello che il marito vuol sentire e deve omettere tutto ciò che potrebbe ferirlo. Sono poche righe affettuose per comunicare che sta bene, si diverte con i vecchi amici e ha deciso di allungare il viaggio in Cornovaglia e nel Sud della Francia, ma lo raggiungerà ad Alessandria per non perdere le entusiasmanti gite in motoscafo di fine stagione.

Aziz sembra contento di risparmiare le spese del lussuoso albergo. Anche se ha intuito il pericolo, non fa trapelare nessuna inquietudine.

> Sei come un purosangue che è stato chiuso nella stalla troppo a lungo. [...] Divertiti, amore mio, ma non troppo. [...] Il Cairo, come puoi immaginare, è abbastanza noioso, il che mi fa sopportare l'idea che tu debba rimanere via nel tuo interesse, anche se questo mi fa sentire solo e abbandonato.

Una risposta che è un capolavoro di diplomazia.

Non abbiamo cominciato mai
ci siamo amati sempre
e poiché noi ci amiamo
vogliamo liberare gli altri
dal gelo della loro solitudine.

PAUL ÉLUARD

Farley Farm, Sussex, 1977

Le è rimasta in mente come l'estate dell'amore.

La bella casa georgiana affittata da Roland a Lamb Creek era divenuta un libero accampamento di surrealisti. Per quella comitiva gaudente il tempo non seguiva piú le ore regolari dei comuni mortali, piuttosto quelle scandite dagli orologi squagliati dei quadri di Dalí, che obbedivano al ritmo del piacere e del desiderio.

Sono passati quarant'anni da quella stagione infuocata, e anche se Lee tende ad archiviare il passato e a non pensarci piú, alcuni dettagli di quella vacanza tornano a trovarla come raggi di sole inattesi che la raggiungono sul letto della casa a Farley Farm, divenuto una scialuppa di salvataggio durante la malattia. Sono cartoline dai colori sgargianti come quelle usate da Roland per i suoi collage fantasiosi, e prendono la forma di ricordi: uccelli selvatici in volo; cieli azzurri; castelli diroccati; scorribande nei sentieri sterrati del bosco con la vecchia Ford che si lamenta a ogni buca, ed Éluard che declama versi improvvisati per sovrastare la prepotenza del motore; gli schizzi d'acqua gelata dei bagni nel fiume Truro, con i loro corpi nudi illuminati dal tramonto; la fresca oscurità dei bookshop visitati per scovare qualche libro prezioso; e la giovanissima Leonora Carrington che traccia figure irreali sui tovaglioli di carta di un pub di campagna. Ma soprattutto una qualità densa e tangibile di felicità, cosí prorompente da mozzare il fiato, tanto da alzarsi di soprassalto in piena notte per sincerarsi che non sia solo un sogno, o tenere gli occhi chiusi da svegli per paura di veder svanire l'incantesimo. Di quei giorni lontani le resta nella memoria una foto scattata da Roland che la ritrae insieme a Leonora, Ady e Nusch: sono tutte e quattro con le palpebre abbassate, fanno finta di dormire, rapite da un sortilegio che ha fermato il tempo mentre bevevano un caffè come educate signorine in un assolato pomeriggio d'estate. La trovo un'immagine struggente che mi commuove: un gruppo di amiche che giocano alle belle addormentate senza sapere che stanno cogliendo gli ultimi riflessi di una stagione irripetibile, in cui sembra ancora possibile disegnare scenari artistici e amorosi in totale libertà.

I vacanzieri della Cornovaglia erano un piccolo esercito internazionale di artisti in bilico sul burrone della storia: tutto stava per precipitare, ma loro continuavano con ostinazione a essere idealisti, innovatori, anticonformisti, pacifisti e romantici. Sempre appassionati di qualcosa o innamorati di qualcuno, pronti a provare con slancio qualsiasi esperienza culturale o erotica, professando un'audacia a noi oggi sconosciuta. Anche nei momenti piú arditi degli anni Settanta, quando cercavamo maldestre di mettere in pratica i dettami della coppia aperta, non abbiamo mai osato tanto, e i nostri valorosi tentativi di portare «l'immaginazione al potere», anche se non lo sappiamo, nascono dai quei cattivi maestri allergici a ogni moralismo e per questo ritenuti pericolosi da ogni ideologia.

Lee è scesa a fatica in salotto. Si sente debole perché mangia pochissimo, e mangia pochissimo perché si sente debole. Ha perso l'appetito, nonostante Patsy faccia i salti mortali per invogliarla, riproducendo alla lettera le ricette piú gustose che ha imparato dopo averla assistita per anni nelle gloriose scorribande in cucina. Patsy ora si prende cura di lei come si è presa cura di suo figlio Antony e della fattoria, visto che i coniugi Penrose erano troppo impegnati nei loro giri intorno al mondo. A Lee i bambini non sono mai piaciuti tanto, la annoiano: in loro compagnia non si possono fare battutacce sarcastiche, né fumare sigarette a ripetizione. E non si è offesa la volta che Antony le ha detto, non solo per provocarla, che considerava Patsy la sua vera mamma. Aveva tutte le ragioni. C'era Patsy quando lui aveva paura del buio, sapeva quietare i suoi capricci con paroline dolci che Lee non era capace di pronunciare. Ognuno vuole bene a modo proprio, e il senso materno non è per forza la favoletta narrata nei libri di scuola. In cuor suo, Lee sa di essere stata dura col figlio: forse non gli ha perdonato di essere la causa della sua resa definitiva. Non si aspettava di rimanere incinta; e chissà, senza quell'evento inaspettato avvenuto a quarant'anni, forse sarebbe ripartita e non si sarebbe piú fermata. Invece è rimasta. Si è dedicata alla carriera di Roland e si è messa a cucinare.

Ma è sempre come uno se la racconta. Piú che a vivere, siamo bravi a riscrivere la nostra vita come piú ci piace. E Lee ha addirittura strappato intere pagine dal suo romanzo personale per semplificare la trama. In realtà si è fermata perché Roland era l'unico porto sicuro in cui approdare dopo l'uragano della guerra. La terra le tremava sotto i piedi: se avesse perso anche lui, avrebbe perso sé stessa. Roland era casa e radici. Per sopravvivere, si è arresa.

A passi insicuri arriva in sala da pranzo, dove troneggia il ritratto che le ha fatto Roland quando era incinta di Antony, con la pancia e i seni blu cobalto e un feto simile a una lucertola che s'intravede nel ventre: qualunque donna si sarebbe spaventata nel vedere rispecchiata la propria maternità in quell'immagine, invece Lee l'ha sempre considerata la perfetta fotografia della sua gravidanza. Ma le piace anche l'altro quadro di Penrose, che la ritrae con delle colombe al posto delle mani: una è bianca e l'altra è nera, come le sue due personalità. Roland l'ha intitolato *Night and Day*; le ha dipinto pantaloni solidi di mattoni e una maglia di cielo limpido solcato da nuvole passeggere: l'altrove assolato dei suoi miraggi tatuato sul corpo. Se non avesse dedicato l'intera vita a divulgare l'arte dei propri amici, sarebbe diventato un grande artista; nonostante le velenose dichiarazioni di Peggy Guggenheim, che lo giudicava mediocre come pittore e di certo migliore come amante. C'era bisogno che quella pettegola, nella sua autobiografia, rivelasse come avevano fatto l'amore? Fra l'altro si era trattato di una fugace storiella mai divenuta un romanzo. Aveva scritto che a mister Penrose piaceva legare le amanti per sentirle sottomesse, e che male c'è? Il piú bel regalo di Roland per Lee sono state delle manette d'oro realizzate su misura da Cartier, un gioiello che ha sempre indossato con orgoglio. Ma il tempo delle passioni è un ricordo sfocato; dacché Lady Penrose è diventata un'ombra silenziosa, può solo scivolare tra le pareti colorate della casa e godersi il panorama offerto dai quadri dei suoi piú cari amici: l'unica visione che le regala ancora un'emozione.

La fattoria è uno scrigno pieno di incredibili opere d'arte che farebbero la felicità del direttore di un museo, ma i Penrose non amano esporle come i dipinti mummificati di una pinacoteca. Vogliono viverle insieme agli oggetti piú astrusi che in casa affollano scaffali e tavolini, in un'allegra confusione. Un quadro di Miró è appeso sopra il camino decorato da un murale di Roland: ogni inverno è minacciato dal fumo e dalle scintille dei barbecue, ma non l'hanno mai spostato. Una lampada di Man Ray è ora un rifugio per le zanzare, e i vasi e le brocche realizzati da Picasso vengono usati per si-

stemarci i fiori. Un dipinto di Max Ernst è appeso in corridoio accanto a un quadro di Leonora Carrington: un accosta-
mento sentimentale che Lee non si stanca mai di guardare.

Proprio in quell'estate stregata di tanti anni prima, Max
e Leonora si innamorano pazzamente. Lei, appena ventenne, ha già conosciuto tutti i fantasmi che si agitano nella sua
mente e, con un'abilità sorprendente per l'età, ha preso a
dipingerli in quadri che lasciano senza fiato. Max Ernst ha
subito riconosciuto in quelle tele le proprie visioni popolate
di animali fantastici e simboli oscuri, ed è rimasto soggioga-
to da Leonora e dai suoi incantesimi. L'amico Breton l'ha
definita «il cervello piú magnificamente ossessionato dei
nostri giorni». E tutti si chiedono come possa una giovane
donna dipingere con tale potenza, sfoderando una naturale percezione surrealista e un talento smisurato. La coppia
è un azzardo: Leonora è minuta, con occhi fiammeggian-
ti di furetto selvatico e corona di ricci corvini, vivi come i
serpenti della Medusa; mentre Max a quarantasei anni ha
già i capelli bianchi che contrastano con il fisico atletico e
flessuoso, e due occhi azzurri che sembrano pennellati con
l'acquerello.

Lee scatta foto bellissime dei due amanti felici in Cornovaglia: Leonora a torso nudo al sole, con Max che le copre
i seni con le mani giganteschi che fanno sembrare la figura
adolescenziale della compagna una delicata miniatura. Lei
è strega-bambina-bambola, incarnazione perfetta dei mo-
delli femminili vagheggiati dai surrealisti, ma non si lascia
intimorire dalle fantasticherie erotiche dei grandi maestri:
non ha tempo da perdere per divertirli giocando alla musa
folle e sensuale, vuole solo immergersi anima e corpo nella propria arte. Lee prova un affetto naturale per Leonora,
riconosce nella giovane il proprio desiderio di indipenden-

za, quello che nessuna imposizione è in grado di soffocare. Nei suoi quadri Leonora si raffigura come un cavallo bianco che scalpita indomito; con la furia di un puledro selvaggio, si è ribellata ai genitori che avevano già deciso per la figlia il solito destino da brava ragazza: un matrimonio decoroso e tanti bambini. Trovano riprovevole la sua passione per la pittura e la vita cosiddetta bohémienne, che certo non si addice alle fanciulle del suo rango. Il padre, un ricco industriale tessile, ha fatto di tutto per dissuaderla con parole di fuoco: «Non sei una vera artista, altrimenti saresti stata povera o omosessuale, che come crimini si equivalgono». Leonora ripete a Lee quella frase incriminata imitando la voce tonante del genitore. Poi, quando era venuto a conoscenza della scandalosa relazione con Max, il padre aveva smesso di insultarla e non le aveva piú rivolto la parola. Se avesse visitato il rifugio dei due innamorati – una casetta di campagna quasi primitiva invasa dalle loro opere – sarebbe morto stecchito. Mentre Roland ha subito riconosciuto il talento di Leonora e l'ha voluta alla mostra surrealista di Londra insieme a Dalí, Picasso e Magritte.

Mister Penrose ha un fiuto da segugio. Con l'eredità del padre ha comprato intere collezioni dell'avanguardia, facendo disperare il fratello che avrebbe preferito investimenti piú sicuri. Ma Roland deve respirare l'arte che ammira, e in ogni casa che abita si circonda di quella linfa vitale. La fattoria di Farley Farm, nel Sussex, rispecchia la sua personalità: un cottage inglese solido e austero che dentro nasconde una girandola di colori, oggetti insoliti recuperati nei tanti viaggi, affreschi, mobili dagli stili diversi e quadri, tanti quadri attaccati fitti fitti alle pareti dipinte con le tonalità piú vivaci. Proprio come la sua casa, anche Roland rivela dietro l'aspetto sobrio e compassato un fuoco d'artificio di creatività e follia: per questo Picasso – sempre attratto dal fascino dei contrasti – lo ama tanto. Roland è un amico leale e generoso, e il maestro catalano nel tempo si è affidato alla sua sensibilità estetica, creando con lui un sodalizio fraterno che vedrà nascere mostre memorabili e una monumentale biografia, a cui Penrose lavora per anni.

Con un'andatura leggera piú simile a quella di uno spettro, Lady Penrose raggiunge il salotto dove una volta intratteneva con conversazioni scoppiettanti i suoi ospiti. Adesso è stremata dalla fatica, ridotta a una presenza vaporosa e impalpabile; è incredibile come la sua proverbiale energia si sia dileguata, lasciando il posto a una febbriciattola che produce intenzioni irrilevanti con cui non vale la pena di riempire la giornata, figurarsi la vita. Nonostante la debolezza, cerca di rincorrere i pochi stimoli che, vincendo l'effetto della morfina, hanno ancora presa sulla sua flebile volontà. La musica classica è diventata una nuova strategia di sopravvivenza, un nutrimento necessario. Lee è stata la prima a girare per Londra con un mangianastri portatile, la recente invenzione che ti permette di camminare e inebriarti di note con le cuffie nelle orecchie; ora che è costretta a casa, ascolta Mozart e Beethoven a tutto volume per spazzare via i pensieri ed evitare le domande importune di quelli che vogliono prendersi cura di lei. Sta morendo ma non è malata, almeno questa è la sua versione dei fatti. Wagner, però, è severamente vietato: da quando è tornata dalla guerra è allergica alle composizioni del maestro tedesco, le ricordano troppo il trionfalismo dei crucchi per cui nutre un'avversione quasi violenta, e a Farley nessuno osa contraddire le sue regole musicali.

Alle prime note di *Cosí fan tutte*, siede sulla sua poltrona preferita e ammira indisturbata il ritratto che Picasso le ha dipinto in quell'estate che non sembrava finire mai.

Dopo la Cornovaglia, l'intera comitiva si trasferisce a
Mougins, un paesino nell'entroterra di Cannes baciato dal
sole e invaso da una vegetazione ricca di piante aromatiche
dal profumo cosí intenso da pizzicare le narici. A dirigere
le danze adesso è Picasso, l'*artiste soleil*, che insieme alla sua
compagna Dora Maar ha occupato l'intero hotel *Vaste Horizon* per ospitare gli amici. Lui si è insediato nella stanza
piú grande dell'albergo, dove dipinge con gioia quadri che
risplendono dei colori del Mediterraneo: gialli fiammanti e
rosa intensi che contrastano con le tonalità accese dei verdi
brillanti, e tutta la gamma dei blu che solo il cielo del Sud
della Francia può ispirare. Il ritratto che Lee stava osservando cullata dall'aura amorosa di Mozart fa parte di questa
serie smagliante di lavori soprannominati *Les Arlésiennes* in
omaggio alle donne di Arles, famose per la loro misteriosa
bellezza. Picasso ritrae i suoi amici senza farli posare, lavora a istinto e, come dice lui, *par cœur*, e nelle geometrie
scomposte dei volti si riconoscono sempre le somiglianze. Il
quadro di Lee è un trionfo di sensualità e follia.

> Due occhi sorridenti e una bocca verde sono disegnati tutti in-
> sieme nello stesso profilo e i seni sembrano le vele di una nave ri-
> gonfie di una brezza gioiosa. Stupefacente!

Cosí lo descrive Roland, ed è talmente esaltato dalla felicità che sprizza dalla tela da decidere di comprarla subito
per farne dono al suo nuovo amore. Picasso ha ritrovato la
pace a Mougins, il mare è per lui un elemento naturale e
la compagnia delle persone che ama alimenta l'ispirazione
piú giocosa e leggera. Quando non dipinge è sempre a torso
nudo sotto il sole, ama arrostire il corpo solido e scattante
come quello di un torello di razza e al tramonto perlustra le
spiagge alla ricerca di conchiglie e reperti, che le onde gli

consegnano con generosità. I piú preziosi sono quelli consumati dal vento e corrosi dal sale: oggetti evocativi che arricchiscono la sterminata collezione di cimeli conservati come tesori nello studio parigino. Ha bisogno di questa pausa di serenità dopo il lutto di *Guernica*: un lavoro che ha portato a termine quasi in trance, spinto da un dovere morale per il suo popolo e da un impeto furioso contro la barbarie della guerra. Non è e non sarà mai schiavo delle ideologie, ma è convinto che un artista non può rimanere indifferente quando sono in pericolo i valori piú preziosi dell'umanità. E Paul Éluard compone proprio in quei giorni *La Victoire de Guernica*, un titolo che racchiude il suo tenace ottimismo: piú che una poesia un lascito provocatorio e dolente che accompagnerà il quadro nel suo lungo girovagare per il mondo. Roland ha convinto Picasso a esporre *Guernica* in varie città del Regno Unito, ma bisognerà aspettare piú di quarant'anni e la morte del generale Franco per vederlo approdare in Spagna. Picasso mette addirittura per iscritto nel proprio testamento che l'opera non dovrà mai toccare la sua terra natia fino a quando nel paese non sarà abolita la dittatura. Purtroppo muore prima di vedere realizzato questo sogno, ma le rigide volontà dell'artista catalano saranno rispettate anche dopo la scomparsa. Sotto il sole di Mougins la vittoria dei repubblicani sembra ancora possibile, e nessuno può immaginare la catastrofe che sta per abbattersi sull'Europa. La vita è dolce e ricca di promesse per gli amanti che si abbronzano sulla spiaggia di Antibes sotto lo sguardo paterno di Picasso, che dirige la compagnia di amici come un maestro di *joie de vivre*: un'arte raffinata che per la confraternita dei surrealisti va professata con lo stesso impegno di ogni altra disciplina culturale.

Come sempre in questa storia mi viene incontro una fotografia, e subito mi aiuta a cogliere piú di qualsiasi parola l'armonia felice che anima le giornate dei protagonisti: uno scatto è un attimo, un battito di ciglia che ferma un istante della nostra vita e lo consegna al futuro senza possibilità di replica. Specie allora, quando non esisteva la miriade di immagini digitali in grado di riprodurre una sequenza infinita di momenti, troppi per non diventare irrilevanti. Ma se chiude gli occhi, Lee vede riapparire nella sua precisione scultorea quell'istantanea in bianco e nero dell'estate dell'amore. La potremmo intitolare *Le Déjeuner sur l'herbe* perché ricorda l'ameno picnic ottocentesco ritratto nel famoso quadro di Édouard Manet, giudicato osceno dai contemporanei: nella versione del pittore impressionista c'è una donna nuda insieme a dei gentiluomini vestiti di tutto punto; nella versione di Lee Miller le ragazze hanno scoperti solo i seni, però la sensazione di libertà è la stessa. Nella scampagnata surrealista, Nusch e Paul Éluard si abbracciano teneri, mentre Man Ray e Ady li guardano sorridenti e Roland, abbagliato dal sole, osserva innamorato l'obiettivo ovvero Lee, che sta scattando quell'idilliaco quadretto all'aria aperta. In realtà le foto sono due: nell'altra è Roland alla macchina fotografica, e Lee è dentro l'inquadratura orgogliosamente a seno nudo e con la sigaretta in bocca pronta per essere accesa; una posa irriverente come piace a lei. La fotografia non fa parte della galleria artistica di Lee Miller, ma è un frammento di vita privata giunto fino a noi, indizio di un momento irripetibile: l'istantanea di una pacifica e sensuale quiete prima della tempesta.

Tutti amano tutti, e nei pomeriggi di siesta favorita dal caldo estivo si rinchiudono nelle loro stanze, non sempre con lo stesso amante. Sesso, amore e amicizia sono punti di vista diversi che possono convivere senza creare collisioni né gelosie. Una geometria ardita che polverizza le regole borghesi: solo degli equilibristi esperti possono sperimentare certe gi-

ravolte senza rovinare a terra. Io, ogni volta che ho tentato
qualche trasgressione in questo campo, sono stata divorata
dai sensi di colpa: frutto indesiderato dell'educazione catto-
lica da cui poche ragazze della mia generazione si sono salva-
te. E nonostante gli incoraggiamenti solidali dispensati nei
gruppi di autocoscienza femminista, l'ombra del peccato ha
continuato a perseguitarmi mentre a fatica procedevo verso
la tanto sospirata liberazione sessuale. Lee invece è a proprio agio in questa atmosfera di totale libertà, e ha trovato
in Roland un partner ideale: possono amarsi profondamente
e restare complici senza mai sfoderare l'arma micidiale del
possesso e, come se non bastasse, decidono di dirsi sempre
tutto in totale sincerità. Il loro rapporto è piú forte di qualsiasi tradimento, che non è mai considerato un ostacolo o
un dramma ma niente di piú che semplice sesso: un'esube-
ranza erotica vissuta alla stregua di un gioco che addolcisce
l'esistenza. Un progetto ambizioso che non tiene conto di un
piccolo impedimento: Lee vive nel lontano Egitto, sposata
con Aziz Eloui Bey che l'aspetta con ansia per condividere
una legittima vita matrimoniale, e nell'attesa sorseggia un
Martini dietro l'altro ai tavoli del club della vela, sul lungo-
mare afoso di Alessandria. Come è potuta precipitare in quel
paradosso esistenziale? Di nuovo la vita di Elizabeth si com-
plica, ma questa volta non può ricorrere alla fuga. Quando
è preda di questa confusione, Lee si sente come un puzzle
complicato e pieno di pezzi che non si combinano mai. Di
sicuro ne ha perso qualcuno per strada ed è troppo tardi per
andare a cercarlo. Solo Picasso ha saputo ricomporre le sue
personalità in un ritratto. Lee ora lo stringe al petto, scudo
di protezione impacchettato con carta e spago che dovrebbe
proteggerla dal destino incerto che l'attende.

La stagione senza fine d'improvviso volge al termine.
L'autista Marcel ha fatto lavare l'imponente Hispano-Suiza

di Picasso e la sta caricando di tele, conchiglie, valigie e addirittura un teschio di bue trovato dall'artista sulla spiaggia, il piú bel regalo che il Mediterraneo gli ha consegnato
quell'estate. Quando anche Kasbec, il segugio afghano del
maestro, sale in macchina, scatta per tutti il segnale della
partenza. Lee si risveglia da un incantesimo durato tre mesi
al pari di chi, ipnotizzato da un illusionista, riprenda vita al
suo schioccare di dita. Sembra una bambola di pezza quando
saluta Roland sul molo di Marsiglia, e senza parlare si dilegua
confondendosi tra i passeggeri della nave che sta salpando
per l'Egitto. Le previsioni per la traversata sono ottime e il
cielo ha mantenuto la stessa tonalità azzurro cartolina che
aveva al suo arrivo. È strano come le condizioni meteorologiche siano spesso insensibili alle turbolenze sentimentali.

Mozart ha consumato le ultime note e sulla fattoria nel
Sussex è scesa la sera: il provvidenziale abbraccio di Patsy
arriva a soccorrere Lady Penrose, addormentata sulla sua
poltrona.
È tempo di tornare a letto e affrontare un'altra notte
senza piú sogni.

Il Cairo, 1937-38

Ha deciso di organizzare un party per mostrare alla bella società del Cairo il ritratto di Picasso, che è arrivato con
lei in Egitto e adesso troneggia nel salotto come un oggetto
alieno fra i mobili austeri prediletti dal marito. Non è un
gesto di vanità, piuttosto una provocazione tipica di Lee.
Non vede l'ora di sentire i commenti delle amiche «tutte perle e satin» che non hanno mai visto un'opera di arte
astratta; già immagina gli apprezzamenti sarcastici e le ri-
satine d'imbarazzo, soprattutto pregusta lo scherzo che ha
organizzato per vivacizzare la serata. Madame Bey indossa
un semplice vestito da sera, ma ha messo un rossetto verde
smeraldo e dipinto le unghie del solito smalto blu: lo spettacolo può andare in scena. Il quadro di Picasso è coperto
da un drappo, e quando gli invitati, in preda alla curiosità,
sono pronti ad ammirare il famoso ritratto, Lee lo scopre
con un gesto teatrale. Dopo un lungo silenzio impacciato,
giungono puntuali le reazioni che si aspettava.
    – Ma saresti tu, Lee?
    – È uno scarabocchio obbrobrioso, e questa la chiama-
no arte?
    – Roba da asilo infantile…
    – E quanto varrebbe questa crosta inguardabile? Io sa-
prei fare di meglio.

È la frase che sperava di sentire, e come a un segnale convenuto, chiede alla fedele Elda di aprire la sala da pranzo dove ha sistemato sul tavolo fogli e colori, per permettere a tutti di cimentarsi in libera competizione con il maestro catalano.

– E adesso fatemi vedere di cosa siete capaci.

Lee, divertita, incoraggia i maldestri tentativi degli ospiti ricordando che Picasso le ha confidato che da bambino dipingeva come Raffaello, e gli ci è voluta una vita intera per raggiungere il suo stile essenziale. La serata è un successo, anche se i vestiti degli invitati, imbrattati di pittura, sono da buttare. Almeno per una volta si è sottratta ai giochi di società che la annoiano a morte. Gli amici surrealisti sarebbero orgogliosi di lei.

Lee ha piú che mai bisogno di qualche gioco irriverente per affrontare la vecchia vita. Da quando è tornata si aggira per le stanze della villa come uno spettro: dov'è finita madame Bey? L'identità rassicurante che le consentiva di veleggiare fra gli intrattenimenti mondani del Cairo si è volatizzata nel cielo egiziano, come un palloncino ormai inutile lasciato andare alla fine di una festa. Inabissata fra le nuvole, non è piú possibile recuperarla.

Al mattino si guarda allo specchio e scopre una donna abbronzata dal sole di Mougins che la guarda smarrita in attesa di risposte. Solo l'arrivo del postino le procura un fremito: riconosce a distanza le lettere di Roland con la loro grafia svolazzante e si chiude nello studio per aprirle con calma, rimandando con arte l'unico piacere solitario che la riporta indietro nel tempo. Il suo umore è sempre piú instabile, e le premure di Aziz, che con tatto evita argomenti spinosi, non fanno che peggiorare la situazione. Avrebbe preferito un interrogatorio senza pietà a quel paternalismo comprensivo e bonario esibito dal marito con il solito savoir-faire.

Ai vaghi racconti sull'allegra compagnia che ha frequentato durante l'estate, Aziz reagisce con battute ironiche da
uomo di mondo.

– Che buffi nomi hanno i tuoi amici! Dici che sono dei
grandi artisti, eppure mi ricordano una lista nei titoli di co-
da dei film del *Cinéma Agriculteurs*!

Lee è allibita dalla distanza che ora separa le sue due
vite, ma non sa prendere una decisione. Non si fida della
propria volubilità: voleva mettere radici e quietarsi al riparo di un'esistenza protetta dall'affetto di un marito tol-
lerante e generoso, invece è prigioniera dentro un monu-
mento funebre, tumulata in un bel sarcofago decorato come quelli delle piramidi. Tutto le parla di morte in questo
paese dove, nonostante gli sforzi, non riesce a sentirsi a
casa. Non bastasse, è

> in stato di estasi o di agonia per la maggior parte del tempo, [...]
> come i santi che si flagellano o le suore isteriche e represse che
> hanno contratto un matrimonio mistico.

Cosí scrive a Roland in lettere piene di autocommiserazione, affermando il suo amore ma anche l'incapacità di
buttare tutto all'aria. Non si fida piú del proprio istinto e
si dichiara

> cinicamente sospettosa del mio attaccamento e del mio amore per
> te. Vorrei vivere con te e rimanere insieme a te per sempre, ma i
> miei «per sempre» sembrano non significare piú nulla.

Roland si tiene stretto al filo epistolare che lo avvicina
alla donna entrata nella sua vita con la forza di un tornado,
buttando all'aria tutti i suoi piani.

> Cara, leggo le tue lettere, sono a pezzi, un relitto [...]. Aver vis-
> suto tre mesi in quella incredibile felicità, perso nell'incanto della
> tua presenza, e poi finire cosí, è insopportabile. Ti vedo, perce-
> pisco la tua voce e le tue mani ogni momento, e mi convinco che
> niente è perduto.

È un carteggio infuocato degno di un grande romanzo
d'amore, alternato da spassionate confidenze su qualche tradimento reciproco descritto alla stregua di un salutare passa-
tempo per sopportare la lontananza. Questa sincerità senza
limiti, quasi spudorata, non finisce di stupirmi e si scontra
con il mio canone romantico decisamente ottocentesco.
Non trovo tracce di una simile libertà di azione in nessuna
ragazza che ho conosciuto; nemmeno una mia amica americana che ha ballato nuda nel fango di Woodstock, considerata da tutte noi un faro di emancipazione e sfrontatezza, è
mai arrivata a tanto. Dividere in maniera cosí netta il sesso
dall'amore è un'operazione chirurgica di estrema difficoltà per una donna, ma tenere tutto insieme senza mentire al
proprio innamorato è un salto mortale di rara spericolatez-
za. Negli anni Trenta del Novecento, Lee decide di seguire questo sentiero tortuoso pieno di insidie; sa di correre
dei rischi, però non rinuncerà mai alla sua libertà sessuale,
perché non può tradire il patto sancito da bambina per difendere l'integrità del proprio corpo. Sceglierà sempre lei a
chi concedere la sua intimità, e in cambio sarà costretta ad
accettare le inevitabili infedeltà, l'altra faccia della meda-
glia di questi audaci accordi.

– Ha deciso di ripartire, madame Bey?
Il *Long Bar* dello *Shepheard's Hotel* è l'unico luogo che
la distrae. Le chiacchiere con Max in compagnia dei suoi
Martini sono l'antidoto ideale alle conversazioni imbalsa-
mate del jet set egiziano.
– Le mie solite escursioni, Max. Dovresti venire una volta: tombe e monasteri sono molto piú interessanti di tanta
gente qui.
– Mi dicono che lei ha una guida troppo spericolata, madame.

– Se preferisci possiamo andare a dorso di cammello, sono diventata bravissima a montare i cammelli, ne vorrei comprare uno per andare in giro in città. Sono biondi come me, perfetti per mimetizzarsi.

– Lei è una delle poche qui al Cairo che ha ancora il coraggio di muoversi, mi dicono che anche l'albergo è ormai pieno di spie... del nemico, – aggiunge piano il barman con aria cospiratrice.

– Mi hanno sempre affascinato le spie, presentamene una.

– Lei scherza con il fuoco, madame. Dopo che Hitler ha annesso l'Austria è tutto un gran subbuglio, si vocifera di un'alleanza tra i due gangster, come li chiama lei... A quel punto la guerra sarà inevitabile.

– Purtroppo devo darti ragione, Max. Sono peggio dei cobra di Moussa.

– Cosa ne sa dei cobra, madame?

– Non te l'ho detto? Sto prendendo lezioni per incantare i serpenti. Di questi tempi può tornare utile.

– Se avessi il passaporto americano come lei, me ne tornerei subito in patria.

– Ma non ho ancora visto la Siria, e dicono che Palmira sia l'ottava meraviglia del mondo. Sempre dopo il tuo Martini, è ovvio. Peccato che il mio bicchiere è vuoto.

– Le ricordo che questo è il terzo, madame.

– Potrei facilmente e con piacere diventare un'alcolizzata, Max.

Il Nordafrica è in ebollizione come l'intera Europa, e fra l'Egitto protettorato inglese e la Libia parte dell'impero fascista la tensione è in aumento. Viaggiare è diventato pericoloso, ma Lee non conosce altra medicina per placare i malumori: fenomeni turbolenti come temporali che lei chiama amichevolmente *jitters* e fanno allontanare tutti quando appaiono all'orizzonte. Alla guida della fedele Arabella – cosí ha soprannominato la Packard decapottabile – ricomincia i vagabondaggi nel deserto: attraversa Siria e Libano; visita Damasco, Aleppo, Palmira, Beirut, sulle orme dei grandi viaggiatori di cui divora i libri; fotografa rovine e necropoli; e scrive lunghe lettere appassionate a Roland, in cui racconta entusiasta quei luoghi fermi nel tempo, dove regna una pace irreale mentre il mondo sta per andare in pezzi. Di queste escursioni rimangono scatti preziosi, ancora oggi una testimonianza unica per riscoprire civiltà perdute. Ma sono pure il resoconto per immagini dello stato d'animo di Lee, che con il suo sguardo malinconico accarezza rovine maestose e villaggi nelle oasi del deserto, riconoscendo nella loro desolazione il senso di abbandono a cui non riesce a mettere fine.

Ma per quanto si allontani dal suo matrimonio, sa che prima o poi dovrà fare i conti con la realtà. Vuole rivedere Roland, guardarlo negli occhi per leggere la risposta che sta cercando in quei pellegrinaggi senza meta. Un altro viaggio, ma insieme a lui e prima che sia troppo tardi. Decidono di vedersi in Grecia, per scoprire se il desiderio che li attrae non è solo un'infatuazione alimentata dalla lontananza, ma qualcosa per cui la parola «per sempre» può essere ancora pronunciata. Di nuovo Aziz la lascia libera di muoversi: è l'ultimo, disperato tentativo di tenerla legata a sé, le lunghe notti passate a giocare a poker al Circolo della Vela gli hanno insegnato che quando non hai le carte non ti resta che bluffare. La saluta con un sorriso, mentre Lee s'imbarca con Arabella carica di valigie, cibo, coperte e addirittura un letto da campo: da esperta giramondo, ormai conosce tutto ciò che è necessario per una grande avventura.

Lee e Roland s'incontrano ad Atene, e se questo libro fosse un film ci sarebbe adesso una musica romantica ma non troppo sdolcinata, qualcosa di struggente con molti ar-

chi ad accompagnare il classico montaggio di immagini che
racconta in pochi minuti l'evolversi di una storia d'amore.
Lee e Roland a Mikonos che prendono il sole su una spiaggia deserta; Lee che beve il latte appena munto da una ca-
pretta e sorride estasiata al suo amante; il volto abbronza-
to di Roland che sembra intagliato nel legno; il tempio di
Dioniso a Delos con il suo obelisco fallico, e Lee in pantaloni con i seni nudi decorati da un'antica collana; Arabella che s'inerpica per i sentieri sterrati di montagna, e ogni
buca provoca uno scoppio di risate infantili; i picnic sotto
gli ulivi; l'oracolo di Delfi con la sacra pietra che indica il
centro del mondo, e Roland che descrive sul diario i vapori
che escono dalle rocce e arrivano in cielo annunciando un
futuro incerto per l'umanità. Non vorrebbero piú fermarsi, ma esplorare ogni sperduto angolo della Terra, sospen-
dendo il tempo per preservare l'innocenza di quei luoghi
condannati a un fatale cambiamento, e insieme fissare per
sempre quel momento perfetto del loro amore. Decidono di
proseguire per i Balcani, attraversano Bulgaria e Romania,
sono affascinati dalla decadente raffinatezza di Bucarest,
dove nelle sale da tè servono caviale al posto dei croissant
e in ogni carrozza c'è un violinista accanto al cocchiere per
intrattenere i passeggeri.

Ma l'incanto s'interrompe: Roland deve tornare in Inghilterra. A malincuore sale sull'Orient Express. Lee, invece,
non riesce a porre fine al viaggio, è ancora presto per tornare al Cairo, non si sente pronta per affrontare il groviglio
di indecisioni che l'aspetta al varco, e con uno dei suoi ti-
pici colpi di testa si offre come autista e fotografa all'amico
Harry Brauner, studioso di musica tradizionale in partenza per i Carpazi dove deve svolgere una ricerca sul folclore
locale. È l'occasione che cercava per ricaricare il crescente
bisogno di adrenalina, e insieme a Brauner, a una cantante

di nome Lena e a un grammofono per registrare, Lee parte alla guida di Arabella, che non è piú la smagliante vettura degli esordi ma risponde fedelmente alla nuova spedizione. Segue gli zingari nei vari accampamenti, assiste ai loro matrimoni, agli esorcismi e alle pratiche di magia.

> Bevevamo enormi quantità di liquori forti e siero di latte. Fotografavamo tutti gli affreschi dipinti sulle pareti esterne delle fantastiche chiese della Bucovina.

I racconti di Lee sono carichi di eccitazione, non si perde d'animo neanche quando vengono derubati e si ritrovano in mezzo alle montagne con la macchina in panne, senza un posto dove ripararsi né poter chiedere aiuto. È l'esperienza piú rischiosa della sua vita, addirittura vengono dati per dispersi. Ma l'istinto di viaggiatrice non l'abbandona, e in quell'occasione si rende conto che non ha nessuna paura del pericolo. La spaventa di piú la sua situazione sentimentale, ed è ora che torni a casa a sistemare le cose.

Durante il malinconico ritorno verso l'Inghilterra, Roland avverte un brutto presentimento. Arrivato a Monaco, scopre la città tappezzata di svastiche e il gigantesco volto del Führer che dai manifesti domina ogni strada: si sta celebrando il famoso patto che dovrebbe scongiurare la guerra, invece quell'ingenua speranza si rivela presto una farsa che permetterà a Hitler di rinvigorire i propri smisurati appetiti e rinforzare l'esercito in vista delle prossime invasioni. Chamberlain per l'Inghilterra e Daladier per la Francia, con l'operosa mediazione di Mussolini, costringono la Cecoslovacchia a concedere la regione dei Sudeti al Terzo Reich in cambio di una «pace duratura» per l'intera Europa: una beffa che solo pochi osservatori attenti hanno intuito. «Potevano scegliere fra il disonore e la guerra: hanno scelto il disonore

e avranno la guerra». È la frase profetica di Winston Chur-
chill che Roland legge su tutti i giornali appena sbarca in
Inghilterra, e capisce che ormai è solo questione di tempo.

Mentre la nuvola nera del nazismo si avvicina, Lee è di-
spersa nei Balcani e non dà piú notizie: la minaccia del conflitto imminente potrebbe separarli per sempre e polveriz-
zare la loro storia d'amore. Perché una cittadina americana
sposata a un benestante gentiluomo egiziano dovrebbe rischiare tutto per raggiungerlo in Inghilterra in un momento cosí pericoloso?

Francia, 1939

La Nike di Samotracia con le sue ali spiegate è alta quasi tre metri, un colosso in marmo non facile da imballare per il trasloco. Numerosi giri di corde hanno stretto il corpo senza braccia della Venere di Milo trasformandola in un sogno surrealista. E ci sono voluti piú di dieci uomini per trasportare fuori del museo *La zattera della Medusa*, l'enorme quadro di Géricault che, traballando pericolosamente, è passato a fatica dalla porta principale. Lasciata Parigi, i convogli stipati di capolavori, a causa dell'altezza smisurata, urtano contro i fili della corrente elettrica e provocano un black-out nell'intera zona di Versailles. Per continuare il tragitto, vengono convocati operai specializzati con il compito di precedere la carovana e sollevare a mano i cavi a ogni passaggio rischioso.

Ai primi venti di guerra il responsabile dei Musei di Francia aveva deciso di sua iniziativa di mettere in salvo i tesori nazionali, e per la delicata operazione era stato costretto a chiamare in soccorso i camion delle scenografie della Comédie-Française, gli unici mezzi in grado di trasportare quel delicato carico di bellezza. Ora le opere piú preziose dello Stato viaggiano nelle campagne francesi, alla ricerca di un nascondiglio protetto per eludere i bombardamenti di un conflitto ormai dato per certo. Ma nessun luogo sembra sicuro e nessuna terra si può piú chiamare patria. Allo stesso modo, girano senza meta per la Francia, come insetti impazziti in fuga da un alveare sotto attacco, centinaia di intellettuali, artisti, reduci della Guerra di Spagna e famiglie di ebrei scappate dalla Germania già alla prima promulgazione delle leggi razziali. Un flusso di esseri umani disperati inseguiti dalla crudeltà della storia. Con i violenti raid della Notte dei cristalli il regime nazista aveva svelato il suo volto feroce. In un solo giorno, su incitamento del supremo comando del Reich, in Germania, Austria e Cecoslovacchia erano state date alle fiamme centinaia di sinagoghe, case e negozi della comunità ebraica, e deportate piú di trentamila persone nei campi di concentramento che il regime stava edificando in segreto, in vista della soluzione finale. È sempre piú difficile credere che l'uomo considerato dai proseliti «il salvatore della patria tedesca» possa essere fermato nella sua folle corsa di distruzione e di morte.

La Francia, da sempre terra di accoglienza e libertà, ora trema sotto la minaccia di una guerra che non vuole e non è pronta a combattere. «La grande illusione» di poter evitare un nuovo conflitto e abbattere i confini dei nazionalismi che arbitrariamente dividono gli uomini, rimane una labile speranza che il regista Jean Renoir auspica nel film candidato all'Oscar proprio in quell'anno. Germania e Italia censurano la pellicola, ritenuta spazzatura pacifista, e il ministro tedesco della Propaganda, Joseph Goebbels, la dichiara «Nemico cinematografico n. 1», ordinando di bruciarne i negativi.

Parigi, con la paura nel cuore, continua a celebrare la stagione mondana, mentre gli *expats* statunitensi che frequentano *Shakespeare and Company*, la libreria di Sylvia Beach punto di riferimento degli americani in città, annusano l'aria e decidono di tornare in patria.

La corrispondente del «New Yorker», Janet Flanner, cittadina francese d'adozione, racconta desolata la caduta della Repubblica spagnola con l'entrata vittoriosa del caudillo Francisco Franco a Barcellona, e la sofferenza delle decine di migliaia di profughi che passano il confine cercando riparo in Francia ma al loro arrivo sono internati nei campi in condizioni disumane.

Nel suo viaggio di ritorno al Cairo, Lee segue il tam-tam funesto delle notizie che giungono dall'Europa. Ed è proprio quando l'incertezza regna sul mondo che prende finalmente la sua decisione.

> Caro Aziz,
> [...] non c'è modo di fingere che il problema non esista [...]. Vorrei la combinazione utopistica di sicurezza e libertà, e sul piano emotivo ho bisogno di essere assorbita da un lavoro o da un uomo che amo. Credo che la prima cosa da fare sia prendermi o crearmi la libertà, fatto che mi permetterà di concentrarmi di nuovo su qualcosa, e poi spero di trovare anche qualche forma di sicurezza, e se non la trovo, perlomeno lo sforzo mi terrà sveglia e viva. [...]

Madame Bey si dissolve e al suo posto ricompare Elizabeth Miller, con la determinazione a giocarsi una nuova vita piena di incognite. Mentre sale sulla nave che la porta da Roland già sa che non tornerà mai piú in Egitto, e nonostante la tenerezza che prova per Aziz – il quale l'ha lasciata di nuovo partire senza opporre nessun ostacolo – non avverte rimorsi. Non sarà certo il pericolo della guerra a frenare le sue intenzioni: ancora una volta va incontro al destino facendo tesoro di un'inesauribile dose d'incoscienza.

Archiviare un matrimonio è un'operazione delicata e complessa. Chi c'è passato conosce le sofferenze e le battute d'arresto che si presentano durante questo cammino accidentato.

È successo anche a me, e ricordo che per sfuggire a rimorsi e ripensamenti sono partita per un viaggio in capo al mondo in compagnia di un nuovo fidanzato. Per finanziare l'avventura avevo venduto un vassoio d'argento e altri orpelli semipreziosi ricevuti in dono per le nozze. Il frutto di quel bottino mi aveva permesso di arrivare fino in Afghanistan, in bus come si usava allora; ma per quanto mi spingessi lontano, il sapore della mia ritrovata libertà era sempre guastato da un retrogusto amaro composto da una miscela di sensi di colpa e ansie varie. Per fortuna non esistevano ancora i telefonini e mi sono risparmiata i whatsapp di pentimento che oggi funestano queste decisioni, ma non sono bastati chilometri di strade in luoghi sconosciuti e nuove, eccitanti esperienze a placare la mia inquietudine. Una volta a casa, ho continuato a consumarmi per mesi rimestando nei vecchi sentimenti. Non possedevo una briciola della spavalderia di Elizabeth Miller, qualità rara che le nostre madri non ci avevano fornito in dotazione con il corredo. Sarà per questo che sono cosí attratta dalla sua storia. Si dice che si dovrebbe scrivere solo di quel che si è sperimentato in prima persona, ma non sottovaluterei il fascino delle esistenze che non abbiamo avuto il coraggio di percorrere fino in fondo, accarezzandole da lontano e restando spettatori dei nostri sogni. A volte l'unico modo per trovare un senso nel nostro percorso è rivolgerci alle vite che non ci appartengono: alle brutte ci saremo almeno distratti dalla nostra.

Lee e Roland decidono di passare l'estate del 1939 in Francia: vogliono salutare gli amici e rinnovare l'incanto della prima stagione del loro amore. Con la Ford V8 di Roland puntano verso sud per fare visita a Picasso, ma il sole di Mougins non è piú limpido come allora. La minaccia del conflitto pare essersi impossessata addirittura del paesaggio, e un'umidità appiccicosa invade le loro giornate cariche di presentimenti. Il maestro catalano scruta all'orizzonte le navi da guerra schierate davanti al porto ed evita di parlare della Spagna ferita; mentre *Guernica* continua il lungo pellegrinaggio per l'Europa, omaggiata da un pubblico che sembra partecipare piú a un funerale che a un'esposizione artistica. Lee e Roland salutano l'amico che ha deciso di tornare a Parigi: ancora non sanno che non lo rivedranno per diversi anni, ma è comunque l'addio piú triste di quella amicizia. La novità del patto di non aggressione tra Germania e Unione Sovietica li coglie di sorpresa mentre sono in viaggio verso Saint-Martin-d'Ardèche, dove Max Ernst e Leonora Carrington vivono la loro storia d'amore in una casetta nel bosco. È una notizia ferale che getta nello sconforto quanti ancora sperano di rimandare la guerra: se le due potenze ideologicamente agli opposti si alleano per spartirsi la Polonia, è davvero il segno della fine. Chi aveva creduto nell'integrità di Stalin perde ogni speranza. Il mondo è sull'orlo del baratro, ma nel rifugio incantato dei due artisti, che ricorda una dimora abitata da elfi e folletti, Roland e Lee riescono ancora a trascorrere giorni di apparente armonia. All'esterno della fattoria, Max e Leonora hanno scolpito pesci e uccelli giganteschi a guisa di guardiani della loro intimità. Purtroppo non saranno di nessun aiuto quando pochi mesi dopo Max verrà arrestato come straniero indesiderato e internato a Camp des Milles, un campo di concentramento vicino a Aix-en-Provence. Leonora impazzisce di dolore e ogni giorno percorre in lacrime la strada per andarlo a trovare. La loro unione va in pezzi, e gli incubi che i due innamorati trasferivano in quadri scaramantici si tramutano in spaventosa realtà.

Roland e Lee raggiungono Saint-Malo l'1 settembre. In procinto d'imbarcarsi per l'Inghilterra, sono investiti dalla notizia che purtroppo tutti si aspettano: «Hitler ha invaso la Polonia». Riescono a stento a salire sull'ultima nave disponibile, e arrivano a Londra in tempo per sentire le prime sirene dell'allarme aereo riecheggiare sinistre nell'aria. Non sarà facile fare l'abitudine a quel suono ricorrente che accompagnerà la popolazione negli anni a venire. Francia e Inghilterra hanno sperato fino all'ultimo di cavarsela con poco. Avrebbero sacrificato volentieri la Polonia, lasciandola nelle mani dell'aggressore tedesco se solo avessero avuto un pretesto, una buona ragione per salvare la faccia davanti al mondo. Ma l'arroganza nazista non concede margini alle trattative e sono costretti a lanciare gli ultimatum. La guerra è dichiarata. E gli inglesi – che la esorcizzavano con il loro proverbiale *sense of humour* facendo congetture ironiche sulla data del conflitto, alla stregua delle previsioni del tempo – ora si affrettano a procurarsi le maschere antigas.

All'arrivo a Hampstead, a casa di Roland, una lettera dell'ambasciata americana aspetta Lee al varco. Le consigliano di prendere la prima nave per gli Stati Uniti, in caso contrario non saranno in grado di garantirle l'incolumità. Lee la straccia e scrive ai genitori che passerà la guerra con Roland, in Gran Bretagna.

Londra, 1939-42

Hampstead è un quartiere appollaiato su una collina.
Una volta era un villaggio contadino, e ancora oggi che è
diventato uno dei posti piú ricercati della città, mantiene
l'aria campagnola chic che ha attratto artisti e intellettuali
in cerca di un rifugio dal caos londinese. Sigmund Freud
vi trascorre l'ultimo anno della propria vita dopo la frettolosa fuga dall'Austria nazista; arriva che è già malato insieme alla famiglia, portando con sé l'inseparabile lettino per
le sedute: oggetto di culto che si trova ancora lí, nell'abitazione dove ha continuato a vivere la figlia e oggi divenuta
museo. Lungo le strade alberate, l'architettura delle ville
georgiane si alterna agli edifici modernisti in mattoni rossi
di Ernö Goldfinger, che insieme a Roland Penrose e a una
variegata tribú di idealisti dà vita in quegli anni a una serie
di iniziative per aiutare gli artisti in fuga dalle persecuzioni
della Germania di Hitler. Durante la guerra, Hampstead
diventa una cittadella pacifista che prova a resistere alla
brutalità dei tempi.

Al numero 21 di Downshire Hill, dove adesso Lee vive
insieme a Roland, la casa è aperta a tutte le ore del giorno
e della notte, pronta a ospitare amici, espatriati in attesa
di un visto, politici, scrittori e perfino un'oca. Lee l'ha trovata per strada e l'ha subito adottata, lasciandola scorraz-

zare in salotto tra gli invitati. Non è dato sapere se è poi finita nel forno, ma certo il cibo scarseggia; e in previsione dei giorni difficili, Lee accumula una quantità di spezie e condimenti che compra compulsivamente in tutti i negozi di Londra: «In ogni grande assedio, chi viene attaccato mangia ratti. E se dovrò mangiare ratti, voglio che siano almeno ben speziati».

Elizabeth Miller non è il tipo che si barrica in casa ad aspettare gli eventi; e mentre Roland si arruola nell'esercito in qualità di consulente per le operazioni di *camouflage* in vista dei bombardamenti, Lee si presenta alla redazione di «British Vogue» cercando di rendersi utile, anche solo portando il caffè. Vuole tornare in pista, e ha bisogno di lavorare per riempire quelle giornate sospese passate a scrutare il cielo in attesa del fuoco nemico. La rivista continua a raccontare con il suo stile glamour e rassicurante le tendenze in voga in quell'incredibile stagione di guerra, ma la direttrice Audrey Withers è una donna intelligente che sa fiutare i tempi: intuisce per prima che non si può far finta di niente, rischiando di rimanere fuori della storia. Riconosce in Lee le qualità necessarie per trasmettere al pubblico del magazine femminile il nuovo messaggio che si può riassumere nello slogan *beauty and duty*. Bellezza e femminilità innanzitutto, senza dimenticare la patria in armi e il dovere di essere solidali con gli sforzi che il paese sta compiendo per fronteggiare il conflitto. Nascono nuove rubriche che nonostante la crisi esortano le lettrici a non perdere interesse per la moda. Lee è ingaggiata per una serie di servizi che mostrano come si può essere eleganti malgrado le restrizioni che razionano le stoffe e proibiscono l'uso di passamanerie, ricami e pizzi vari: «Avrai vestiti piú semplici perché di questi tempi qualsiasi cosa elaborata appare sciocca», recitano le note di redazione. Agli stilisti viene raccomanda-

to un severo decalogo che prevede abiti con un massimo di
due tasche e non piú di cinque bottoni. A una giornalista
che le chiede che senso abbia occuparsi di moda in tempo di
guerra, Lee risponde: «Le ricordo che l'Inghilterra è la piú
grande esportatrice di tessuti nel mondo. Grazie alla moda
si comprano aerei e beni di prima necessità». Con questo
piglio combattivo si lancia nella sfida per sostenere il paese
dove ha scelto di vivere, e in poco tempo diventa un pilastro
della rivista sostituendo i collaboratori richiamati al fronte.
Quando scoppiano le guerre o si attraversano crisi epocali,
la necessità di manodopera è purtroppo l'unico lasciapassare
che permette alle donne di accaparrarsi un lavoro. Lee non
fa eccezione, ma grazie alla professionalità acquisita nella
sua lunga carriera realizza delle foto che rivelano un personale tocco artistico: solarizza l'immagine di una modella
con indosso una *guêpière* economica trasformandola in una
sirena ultraterrena, e inventa per ogni vestito uno scenario
diverso procurandosi oggetti evocativi nei mercatini delle
pulci, come ha imparato dai maestri parigini.

Anche se non si riconosce nei proclami di «British Vogue»,
che esortano le donne a coltivare «interessi femminili», Lee
approva la scelta annunciata dalla direttrice.

> La nostra linea è mantenere uno standard di civiltà. E il primo
> dovere di una donna, per come intendiamo noi, è preservare le ar-
> ti della pace mettendole in pratica, per evitare che in tempi piú
> felici cadano in disuso.

Anche la rivista patinata che si occupa di lusso e mondanità è pronta a scendere in campo, e Lee viene mandata a
fotografare le donne dell'Ats, il contingente femminile delle
forze armate britanniche. Sono un piccolo esercito di cuo-
che, telefoniste, autiste, postine, ispettrici delle munizioni,
operaie e contadine: piú di sessantamilacinquecento donne
che, con ruoli diversi, si occupano nell'ombra di mandare

avanti il Regno Unito durante il conflitto, salvaguardando i preziosi meccanismi della vita sociale. Lee immortala queste eroine invisibili sulle navi militari, negli hangar della contraerea, in fabbrica o nelle fattorie: non indossano capi firmati, ma divise o tute da lavoro; eppure per lei sono piú eleganti di qualsiasi modella sofisticata.

I mesi passano senza che nemmeno un colpo venga sparato da ambedue i fronti, tanto che, dopo la pomposa dichiarazione di guerra, molti sperano in un dietrofront universale. I giornali inglesi la chiamano con ironia *the phoney war* e i francesi *drôle de guerre*: una guerra per finta dove nessuno attacca, e gli aerei della Raf che dovrebbero sganciare le bombe si limitano a lanciare sul nemico volantini di propaganda, innocui come coriandoli. L'ordine è di temporeggiare, i corrispondenti dal fronte parlano di soldati annoiati che ingannano il tempo giocando a pallone. Il comando francese spedisce le *vedettes* piú amate per intrattenerli e Maurice Chevalier canta alle truppe *Parlez-moi d'amour*, ma le due trincee sono cosí vicine che anche i tedeschi la imparano a memoria, e la intonano con irriverenza trasformando il fronte in un coro macabro divenuto una leggenda sulla linea Maginot. E cosí, quasi senza combattere, si arriva al tragico epilogo. Non basteranno i tre libri di memorie scritti dal generale Gamelin alla fine della prigionia in Germania a giustificare una disfatta tanto umiliante. L'invasione della Francia coglie tutti alla sprovvista, e dopo la firma dell'armistizio che spacca in due il paese l'Inghilterra rimane da sola a combattere contro l'esercito di Hitler che pare invincibile, quasi avesse il diavolo come alleato.

Bisogna prepararsi al peggio. Il governo esorta i cittadini a scavare rifugi antiaereo in ogni giardino. Chiunque possieda un appezzamento di terra si cimenta nella nuova missione nazionale, e le belle bordure fiorite dei cottage lasciano spazio ai bunker casalinghi circondati da orti di guerra. Roland e Lee ne costruiscono uno a Hampstead, ma anche quel cunicolo che dovrebbe riparare dai bombardamenti, nelle mani dei due artisti diventa un'eccentrica installazione surrealista. A proteggere l'entrata una scultura di Barbara Hepworth, mentre all'interno le pareti sono dipinte a tinte sgargianti; persino le lenzuola dei giacigli di fortuna sono colorate di rosso e di viola, e non manca un'abbondante scorta di liquori per affrontare le lunghe notti di attesa. Per il servizio di «Vogue» *British Women Under Fire* Lee realizza una foto che mostra due modelle sedute sui gradini in legno davanti al suo rifugio: indossano maglioncini e gonne di tweed e hanno il viso coperto da strane maschere nere per proteggersi dalle bombe incendiare. È un'immagine inquietante e poetica al tempo stesso: un classico del repertorio di Lee Miller, che sa sempre creare un cortocircuito fra arte e documentazione storica. Le due ragazze sembrano pronte per un ballo mascherato piú che per l'arrivo di un bombardamento: il confine tra la vita e la morte non è mai stato cosí sottile come in quei giorni, e lo scatto di Lee incarna quella contraddizione violenta piú di tante foto ufficiali.

Ma quello che sembrava non dovesse mai accadere si materializza di colpo in tutta la sua potenza nei cieli di Londra. Il blitz comincia il 7 settembre 1940, e solo il primo giorno perdono la vita quattrocentoquarantotto persone. La pioggia di bombe della Luftwaffe non dà tregua *night and day* per tre mesi di fila. Nessun obiettivo è risparmiato: da Liverpool a Birmingham, da Manchester a Glasgow, tutte le città inglesi vengono colpite. Alla fine della guerra si conteranno quarantatremila vittime civili, piú della metà solo a Londra. «Ci sentiamo come dei granchi senza corazza», scrive Lee ai genitori preoccupati, ma nelle sue lettere prevale sempre lo spiritaccio insolente che non l'abbandona mai. Roland racconterà che una sera Lee lo accompagna al turno di guardia per le incursioni aeree, uno dei compiti militari che eviterebbe volentieri, e mentre camminano mano nella mano nella notte buia del coprifuoco rischiarata dalle scie luminose delle bombe incendiarie, la voce roca di Lee si fa strada fra il rumore assordante dei colpi sussurrandogli all'orecchio: «Amore mio, non è emozionante?» Roland in realtà è spaventato a morte, ma la presenza tranquilla di Lee che «gode innocentemente dell'eccitazione procurata dal pericolo» placa le sue angosce.

Quando vengono colti lontano da casa dall'allarme antiaereo, Lee e Roland trovano rifugio insieme a tanti londinesi nelle gallerie della metropolitana. Nella stazione di Holborn trascorrono le nottate in compagnia di Henry Moore e della moglie Irina; l'artista non riesce a reperire il marmo per le proprie sculture e disegna una serie di bozzetti passati alla storia come *Shelter Drawings*: documentazione commovente di un'umanità spaventata ma composta, formata da centinaia di corpi ordinatamente ammassati nelle caverne sotterranee della città. Parenti stretti e persone sconosciute dormono per terra, vicini come cuccioli abbandonati, allineati e silenziosi quasi fossero già morti. La forza di queste immagini, che rappresentano la dignitosa resilienza del popolo inglese sotto attacco, colpisce il cuore del pubblico americano in una mostra organizzata al MoMa nel tentativo di sensibilizzare l'opinione pubblica d'oltreoceano. Ma la neutralità degli Stati Uniti resta per il momento inflessibile e, dopo un'effimera pausa, la raffica di bombe continua a imperversare sull'isola. La mia generazione non ha vissuto la guerra, se non attraverso la memoria frammentata di nonni e genitori che ha proiettato i fatti in un'epica lontana con la consistenza di una brutta favola della buonanotte. Nel 2020, durante l'emergenza del Covid, molti hanno equiparato la costrizione del lockdown e la paura di un virus sconosciuto allo smarrimento e il terrore provati durante la Seconda guerra mondiale dalla popolazione inerme stipata nei rifugi, sotto la minaccia del fuoco nemico. Credo che nulla sia paragonabile all'attesa della morte dal cielo, provocata da altri esseri umani addestrati a radere al suolo le città e annientarne gli abitanti. Per comprendere la differenza non c'è bisogno di ricorrere a testimonianze storiche: basta aprire i giornali e leggere i resoconti dei conflitti che infiammano l'attuale mondo globalizzato, dove si producono armi assai piú sofisticate e micidiali di quelle del passato. Ma le popolazioni colpite oggi, anche se vicine ai confini nazionali, ci sembrano diverse e lontane, e la loro paura non ci appassiona quanto i nostri traumi da salotto.

Nonostante l'inferno che si abbatte su Londra, Lee continua a lavorare per «Vogue» e, incurante dei rischi, attraversa la città per raggiungere Bond Street, riconoscendo a fatica tra le macerie la fisionomia delle strade: «Per prima cosa si contava chi c'era, per vedere se tutti ce l'avevano fatta. Era una questione d'orgoglio che l'attività andasse avanti». La sede, colpita e andata a fuoco piú volte, non è mai stata chiusa: gli uffici sono ingombri di detriti e vetri rotti, l'odore acre del fumo ha invaso il quartiere. I redattori sono costretti a lavorare nelle cantine, e quando non si verifica l'apparizione della «santissima trinità» come la chiama ironicamente Lee, ovvero la presenza miracolosa di luce elettrica, gas e acqua, si impagina lo stesso a lume di candela.

Lee spedisce fiera ai genitori una pagina della rivista dove appaiono le sue foto a documentare l'attacco: «Senza tante cerimonie ma in allegria, "Vogue", come i suoi compagni londinesi, viene messa in stampa in un rifugio». E aggiunge a penna: «Ecco "Vogue", nonostante tutto». Anche se milita in una frivola pubblicazione femminile, è convinta di fare la propria parte con dignità ed è orgogliosa di contribuire alla resistenza cittadina. Non sono certo i servizi di moda a interessarla, ma la sensazione inebriante di trovarsi al centro della storia nel momento piú dirompente del secolo. È rimasta in Inghilterra per amore di Roland e per difendere la cultura che le ha permesso di spiccare il volo; ma se deve essere sincera con sé stessa, ha scelto di rimanere soprattutto per provare lo stordimento simile a un'ubriacatura provocato da una situazione estrema come la guerra. A Lee interessa poco il futuro, è un'amante dell'attimo presente, e nella precarietà del pericolo si sente un pesce nell'acqua.

Il rischio della morte incombente come una nube tossica, invece di terrorizzarla le procura la carica vitale per rimettersi in gioco come fotografa. Documenta gli effetti del blitz con sguardo inedito e anticonformista. Le foto sono cosí potenti che vengono raccolte in un libro, *Grim Glory. Pictures of Britain Under Fire*, memoria inedita della vita quotidiana nel paese sotto attacco. Gli scatti di Lee annientano ogni retorica e sintetizzano le conseguenze delle incursioni tedesche in semplici ma eloquenti inquadrature. In *Remington Silent* appare in primo piano una macchina da scrivere distrutta dai bombardamenti, i tasti sparsi nella polvere, messi a tacere per sempre. In *Revenge on Culture* la statua classicheggiante di una donna è riversa a terra ricoperta di detriti, il collo spezzato da una sbarra di ferro che le è caduta addosso. Sono immagini simboliche cariche di dolore, rappresentano l'epitaffio di un'epoca di bellezza e civiltà che sta andando in frantumi. Il mondo che ha conosciuto si sgretola sotto i suoi occhi e Lee, armata della Rolleiflex, è decisa a raccontarlo. L'introduzione al libro è di Ed Murrow, inviato statunitense di base a Londra che ogni giorno, con voce sicura e uno stile senza fronzoli, trasmette via radio agli americani le fasi del conflitto europeo. Lee lo ammira e vuole dedicargli un servizio su «Vogue»; in piú, osando un piccolo azzardo, si propone di scrivere anche il testo da accompagnare alle foto. Fatica a convincere Audrey Withers che non vuole turbare gli equilibri interni alla rivista, ma riesce ad averla vinta e per la prima volta si cimenta in un articolo. La stesura è un inferno: a differenza di una fotografia, che da sola vale diecimila parole, la scrittura è per Lee una strada irta di ostacoli e difficoltà, un mezzo infido che non sa maneggiare e le procura sofferenza a ogni frase. Dopo svariate notti in bianco e parecchi bicchieri di whisky, porta a termine quella che per lei è un'impresa epocale. Il pezzo verrà stracciato, ne è sicura. Invece è pubblicato con successo anche nell'edizione americana. Il suo stile è fresco e immediato al pari delle sue conversazioni, e privo dell'enfasi patriottica che abbonda nel giornalismo di guerra.

Quasi senza accorgersene, ha superato un'altra barriera ed è pronta ad aprire un nuovo capitolo. Anche se la scrittura sarà sempre una bestia nera contro cui ingaggiare feroci combattimenti, Lee si appassiona ai reportage che la proiettano nel vivo dell'azione, fuori dell'ambiente stucchevole dei resoconti di moda. Non sopporta di dover dividere le giornate con personaggi come Cecil Beaton, fotografo acclamato e ritenuto un guru a «Vogue». Lee lo trova «ripugnante per la sua presunzione, l'incompetenza tecnica e l'esibizione di sentimenti antisemiti». Non è mai stata tenera nei giudizi e non ha paura di esprimersi con franchezza, anche se quella sincerità spudorata le procura parecchi nemici. Da tempo ha rinunciato alle ipocrisie diplomatiche che garantiscono una buona reputazione, e si diverte a incrementare la nomea di cattiva ragazza che la precede come una leggenda. Ai salotti mondani preferisce i locali affollati e fumosi frequentati dai corrispondenti che hanno invaso

Londra per testimoniare in prima persona gli sviluppi del conflitto. Si incontrano al bar dell'hotel *Savoy*, il piú fornito di liquori nonostante il razionamento; oppure nei ristorantini di Soho che non chiudono mai. Sono un gruppo di americani noti come la comitiva di «Time-Life», in riferimento alle riviste per le quali lavorano. Insieme a loro Lee si sente a casa, e non solo per la nazionalità che li accomuna. Ha trovato delle «anime gemelle» con cui condividere lo spirito cameratesco e scambiare idee con un linguaggio informale e diretto, senza che nessuno si scandalizzi per la sua ironia tagliente. Ma soprattutto, fatto non da poco, ha scovato una comitiva che regge l'alcol almeno quanto lei. Diventa amica di Margaret Bourke-White, prima donna fotografa di «Life», convinta al pari di Lee che il fascismo non avrebbe invaso l'Europa se ci fosse stata un'informazione realmente indipendente contro la propaganda che ha ingannato l'opinione pubblica sulla vera natura di Hitler e Mussolini. Conosce Robert Capa, già ritenuto una leggenda per lo scatto del soldato dell'esercito repubblicano ucciso durante la Guerra di Spagna; una fama che Capa detesta perché l'immagine gli ricorda la morte della compagna, Gerda Taro, falciata a ventisei anni da un carrarmato «amico», argomento da non toccare in sua presenza. Capa è un uomo cosí affascinante che appena entra in una stanza le donne presenti interrompono ogni conversazione e lo fissano incantate. Ma è invece un giovane bruttino e impacciato di appena venticinque anni ad attirare l'attenzione di Lee. Un ragazzotto americano spiritoso e intelligente, gli occhi vispi incorniciati da lenti tonde dalla montatura spessa. Si chiama David Scherman, ed è considerato l'*enfant prodige* dei fotografi di «Life». Dopo aver coperto il conflitto in Nordafrica, ora è in servizio a Londra e scalpita in attesa dell'ormai vicina scesa in campo degli Stati Uniti.

Dave è attratto da Lee, che ha già sperimentato «decine
di vite prodigiose». Lui è ancora un *good boy* ingenuo e alle
prime armi, ma quando è accolto nella casa di Hampstead,
con le sue pareti ricoperte di quadri di Picasso, Magritte e
De Chirico, scopre un mondo meraviglioso che finora ha
letto solo negli articoli del «New Yorker». Cosí ne scriverà
anni dopo:

> La casa era stupefacente, come erano stupefacenti le *soirées* che
> i padroni di casa tenevano con il *who's who* dell'arte moderna, del
> giornalismo, della politica britannica, della musica e perfino dello
> spionaggio [...]. Comunisti, liberali e conservatori bevevano fian-
> co a fianco in un amichevole mélange che non si sarebbe visto mai
> piú, da nessuna parte.

Ma trova ancora piú stupefacente la libertà sessuale che
Roland e Lee professano senza problemi. Dave è accolto «in
famiglia» e nasce un inedito rapporto a tre con il beneplacito di Roland, il quale lo ospita amichevolmente in casa: è
impegnato nelle sue missioni e preferisce che qualcuno ve-
gli sulla sicurezza di Lee quando resta da sola in città sotto
i bombardamenti. Il suo imperturbabile aplomb inglese si
scompone solo la volta in cui, tornato a Londra, scopre che
Dave ha indossato il suo pigiama: l'unico limite invalicabile
alla sua privacy. Quello che ai nostri occhi sembra un com-
portamento anticonformista è normale per il loro ménage,
ma non sono i soli a vivere in maniera cosí disinvolta in tempo di guerra. Quando non sai se arriverai vivo all'indomani,
le regole si sovvertono; e avere qualcuno con cui passare la
notte è il miglior antidoto contro la paura.

Nonostante le apparenze, non è il sesso l'ingrediente
principale che lega Lee e Dave, ma la passione comune per
il lavoro sul campo. Insieme realizzano dei reportage fuori
Londra, visitando basi militari e obiettivi strategici, e diventano in breve una squadra affiatata. Dave le insegna le

strategie delle missioni al fronte, Lee mette a disposizione
dell'amico la propria esperienza artistica. Anche se «Life»
e «Vogue» sono lontani come il giorno e la notte, i due fotografi spesso si scambiano la macchina fotografica e nemmeno loro riconoscono piú la paternità dei servizi che appaiono sulle rispettive riviste. Dave scatta perfino una foto
per il libro sul *camouflage* militare a cui lavora Roland. La
pratica strategica di mimetizzare persone e obiettivi sotto
attacco è per Roland una forma d'arte, e forse l'unica scap-
patoia morale a permettergli di contribuire al conflitto senza
tradire i suoi ideali pacifisti. Non a caso l'immagine frutto
di questa collaborazione potrebbe apparire a una mostra di
surrealisti: Lee è sdraiata nuda su un prato come una bella
addormentata, il corpo dipinto con un cosmetico verde oliva, sopra di lei una rete da pesca, un cespuglio di muschio a
coprire le parti intime e, tocco finale, dei fiori arancioni pog-
giati su un seno. Il risultato si avvicina piú al sogno erotico
di un pittore bucolico che all'illustrazione per un manuale
strategico. Roland, imperturbabile, apre sempre le lezioni
con questa foto di Lee che lascia gli studenti a bocca aperta.
«Se si può mimetizzare la bellezza di Elizabeth Miller, non
c'è obiettivo militare che non si possa nascondere», spiega.

Quella che ormai è considerata dagli inglesi la routine
della guerra, viene interrotta bruscamente dalla notizia che
tutti aspettavano con ansia: «Gli Stati Uniti, dopo l'attacco giapponese a Pearl Harbour, entrano in guerra a fianco
dell'Inghilterra». Mentre i giornali americani titolano a caratteri cubitali con la parola «WAR», i corrispondenti a Londra indossano la divisa pronti a raggiungere i nuovi scenari
del conflitto. Lee è sulle spine: ora che anche il suo paese
è coinvolto, non ce la fa a rimanere con le mani in mano a
occuparsi di vestiti e profumi. Con la solita ironia ricorderà che, al di là del desiderio di partecipare all'azione, era

invidiosa dei colleghi che potevano accedere alle razioni di Kleenex, sigarette e whisky in dotazione agli inviati accreditati. Dave le consiglia di compilare comunque la domanda, e con la benedizione della direttrice Audrey Whiters, che ha sempre creduto nelle sue qualità, il 30 dicembre 1942 Mrs Elizabeth Miller Bey conquista il tesserino di corrispondente di guerra per «Vogue». La nomina può sembrare un'assurda contraddizione in termini, ma sarà per la rivista un incredibile punto di forza che neanche Condé Nast con tutto il suo intuito avrebbe mai osato immaginare. Ora le manca solo la divisa. La ordina in uno dei negozi specializzati di Savile Row e si prepara all'ennesima metamorfosi. La ragazza piú bella del mondo, che ha animato le notti newyorchesi e gli eventi artistici della Parigi surrealista, e ha pure vagabondato come una nomade nel deserto, ha cambiato ancora una volta pelle e ora indossa un completo verde militare, mocassini a tacco basso e una bustina poggiata sui capelli biondi. Non è mai stata cosí felice.

La divisa è una corazza che la mette al riparo da ogni giudizio maschile e costringe gli interlocutori a guardarla dritto negli occhi, magari ascoltando quello che ha da dire. Occultare la propria femminilità per essere presa finalmente sul serio è un trucco eccitante, come possedere il potere dell'invisibilità, e Lee nei nuovi panni si sente piú forte che mai.

Una foto la ritrae accanto ad altre cinque colleghe. Sorridono all'obiettivo mostrando orgogliose il distintivo triangolare appuntato sull'uniforme, con su scritto «War Correspondent». Lee ha uno sguardo sognante e tiene stretta in mano la Rolleiflex: inseparabile compagna degli anni a venire.

> La guerra è un inferno che gli uomini si
> sono fabbricati da soli.
>
> ROBERT CAPA

Saint-Malo, 1944

Abbiamo visto cosí tanti film sulla Seconda guerra mondiale che ci sembra quasi di averla vissuta in prima persona. Tra i flutti dell'alta marea con John Wayne o Tom Hanks, abbiamo scansato i proiettili e siamo sbarcati in Normandia nel famoso D-Day che ha deciso le sorti del conflitto. Ma le uniche documentazioni fotografiche dell'evento si devono a Robert Capa, che il 6 giugno 1944, insieme al 16° reggimento di fanteria dell'esercito americano, approda a Omaha Beach: un nome in codice passato alla storia. Sono noti come *The Magnificent Eleven*: solo undici scatti sfocati sono sopravvissuti ai quattro rullini che il fotografo aveva riportato a casa. Un errore di sviluppo ha distrutto il resto del reportage, ma è un miracolo che quelle immagini siano arrivate fino a noi se pensiamo alla tecnologia a disposizione in quell'epoca. Ogni istantanea sul fronte è una scommessa, e comunque la regola numero uno è sempre la stessa: «Rischiare! Perché le foto non sono abbastanza buone, se non sei abbastanza vicino». Una frase del fotografo ungherese divenuta un mantra per ogni inviato.

Anche Lee vorrebbe rischiare, ma alle corrispondenti non è permesso seguire le truppe in prima linea, e insieme alle colleghe scalpita nelle retrovie. La giornalista Martha Gellhorn, moglie di Ernest Hemingway, fingendosi un'infermiera rie-

sce a imbarcarsi su una nave ospedale, e dopo essersi nascosta nel bagno per non farsi scoprire, approda in Normandia
due giorni dopo l'attacco. Ma all'arrivo scopre che il marito
le ha soffiato lo scoop, pubblicando un articolo sul suo stesso giornale. Si dice che sia stata proprio questa la causa del
loro improvviso divorzio e non stento a crederlo. Quando lo
scrittore le scrive infuriato: «Sei una corrispondente o una
moglie nel mio letto?», Martha invece di rispondergli parte
per l'Italia pronta a documentare un altro sbarco.

Roland è di piú ampie vedute, e non ha nulla da eccepi-
re quando Lee viene incaricata di andare a Saint-Malo per
testimoniare le attività delle squadre americane che hanno il compito di riportare alla «normalità» i villaggi colpiti
dagli attacchi aerei. Sembra una missione di pace che non
comporta grossi rischi, ma la realtà che l'aspetta è molto diversa. In una calda notte d'agosto del 1944, Lee attraversa
la Manica a bordo di un tank della marina militare carico
di carrarmati; arriva a Omaha Beach con l'alta marea e un
marinaio si offre di portarla a riva in braccio per evitarle il
bagno gelato nell'oceano. Con lo zaino carico di rullini, raggiunge la destinazione a bordo di una Jeep che attraversa
le zone liberate del Nord della Francia devastate dai bombardamenti. Dopo chilometri in un paesaggio lunare abitato da sagome spettrali arriva a Saint-Malo e, al contrario
delle notizie ufficiali, scopre con sorpresa che l'assedio alla
cittadella è ancora in atto. D'improvviso è catapultata nel
pieno dei combattimenti, e invece di cercare un rifugio sicuro abbraccia la Rolleiflex e comincia a scattare fra lo stupore dei militari, che non hanno mai visto una fotografa in
azione sul fronte. Lee ha conquistato la sua guerra. Ancora
una volta, per uno strano caso del destino, si trova al centro della storia, ma quello che vede tra il fumo accecante
delle esplosioni e i lampi delle bombe è un inferno in terra.

I pezzi che scrive di getto per «Vogue» non parlano di passamanerie e cappellini alla moda, ma la direttrice non esita a mandarli in stampa e le foto della deflagrazione del conflitto appaiono come un corpo estraneo nelle pagine della rivista. Il comandante tedesco, colonnello Andreas von Aulock, che in un primo momento sembrava volersi arrendere, ha deciso di resistere fino alla morte: da hitleriano di ferro non vuol cedere le armi al nemico, anche a costo di una carneficina. L'incantevole cittadina di Saint-Malo diventa una sfida all'ultimo sangue tra i due eserciti nemici. Lee è, per caso, l'unica inviata nel raggio di chilometri e testimonia con incredibile sangue freddo la distruzione sistematica di cui la guerra è capace.

> Intorno si aggiravano solitari gatti feriti. Un cavallo tutto gonfio non aveva fornito riparo sufficiente all'americano morto dietro di lui... Vasi di fiori erano poggiati alle finestre di stanze che non esistevano piú. Mosche e vespe entravano e uscivano da sotterranei che puzzavano di morte e disperazione.

Ogni tanto posa la macchina fotografica e si mette a disposizione delle operazioni di soccorso. È un'impresa impossibile far fronte al continuo flusso di feriti che affollano le tende, oltre ai soldati di entrambi gli schieramenti c'è anche una moltitudine di civili: uomini e donne sopravvissuti per miracolo all'eccidio che non riescono a riprendersi dallo shock, e guardano smarriti le macerie delle loro case perdute. In poco piú di tre settimane vengono sparati ventimila proiettili d'artiglieria e lanciate altrettante bombe dagli aerei: una potenza di fuoco mai vista per una battaglia che, non rispondendo piú a nessuna vera strategia, si è trasformata in un'assurda questione d'onore fra tedeschi e americani. Nell'isolotto di Cézembre, di fronte alla cittadella che nel frattempo si è arresa, l'esercito del Führer, asserragliato nei rifugi sotterranei della roccaforte, continua a combattere e si rifiuta di darsi per vinto. Solo nella giornata del 13 agosto, i quadrimotori americani Liberator lo bersagliano con duecentosessantacinque tonnellate di bombe, poi arriva il napalm. Sessantotto barili della nuova arma micidiale, che gli alleati sperimentano proprio durante la Seconda guerra mondiale, si abbattono sul nemico costretto ad alzare bandiera bianca. Lee immortala in decine di scatti le acide esplosioni nel cielo, fiamme alte come grattacieli. Ma le immagini, una volta arrivate in patria, sono subito sequestrate dalla censura britannica. Nonostante le sue vibranti proteste i negativi rimangono top secret per anni, perché documentano i primi nefasti effetti di un'arma segreta che diventerà tristemente famosa nelle guerre a venire.

Il colonnello Von Aulock si consegna stizzoso al nemico, inscenando l'ultimo saluto nazista a favore di un gruppo di reporter giunto a coprire la resa. Lee è stanca e disgustata: aveva tanto voluto la sua battaglia, e ora che l'ha ottenuta sa che nulla per lei sarà piú come prima. Le sue cronache su «Vogue» colpiscono i lettori abituati a uno stile piú rassicurante.

> Trovai riparo in un rifugio crucco, sotto le mura. Col tacco schiacciai la mano mozzata di un cadavere, e maledissi i tedeschi per l'atroce distruzione inflitta a questa città un tempo cosí bella. [...] Raccolsi la mano, la gettai dall'altra parte della strada e tornai di corsa da dove ero venuta. I piedi mi facevano male, inciampavo nelle pietre, scivolavo nel sangue. Cristo, era orribile.

Cosí racconta nel suo reportage sull'assedio di Saint-Malo, scritto mentre è agli arresti domiciliari a Rennes: l'ufficio Pubbliche relazioni dell'esercito americano l'ha denunciata per aver violato i termini dell'ingaggio entrando in una zona di combattimento, fatto inaccettabile per una donna. L'83ª divisione americana del maggiore Speedie, di cui è diventata la mascotte, si spende in sua difesa, ma Lee non si

preoccupa, è sicura che troverà il modo di uscire. Prima, però, deve correggere per l'ennesima volta l'ultimo pezzo per
«Vogue» e dormire almeno due giorni di seguito.

Mentre batte sui tasti della piccola macchina da scrivere
Hermes, le arrivano notizie dell'imminente liberazione di
Parigi. Vuole subito raggiungere la città ferita che non vede
da anni. Solo abbracciando gli amici piú cari può sperare di
dimenticare l'incubo che ha attraversato. Al comando l'attenzione è puntata sulla capitale francese e nella confusione
generale la lasciano andare senza problemi. Per Lee è arrivato il tempo di rimettersi in marcia, ma non avendo mezzi a
disposizione decide di raggiungere Parigi in autostop. Non
può certo perdersi il giorno piú bello dell'estate.

Su i sentieri risvegliati
su le strade dispiegate
su le piazze che dilagano
scrivo il tuo nome

[...] E in virtú d'una Parola
ricomincio la mia vita
sono nato per conoscerti
per chiamarti

Libertà.

PAUL ÉLUARD

Parigi, 1944

I versi della poesia che Paul Éluard ha scritto dopo essere entrato nella Resistenza sono piovuti sul cielo della Francia occupata, lanciati in centinaia di copie dagli aerei inglesi per sostenere il morale di una popolazione che non osava piú nemmeno pronunciare la parola libertà. Ora, dopo quattro anni, due mesi e undici giorni di dominazione nazista, l'auspicio del poeta finalmente si avvera.

Quando Lee arriva in città, è stordita dai festeggiamenti che una folla estemporanea sta celebrando in tutte le strade della capitale. Le svastiche che avevano sostituito le bandiere francesi in ogni edificio pubblico vengono rimosse tra gli applausi generali, insieme agli odiosi cartelli razzisti che impedivano l'accesso «ai cani e agli ebrei». Risorge dalle ceneri l'*esprit* patriottico del motto *Liberté, Égalité, Fraternité*, che i tedeschi avevano cercato di soffocare rimpiazzandolo con un teutonico «Lavoro, Famiglia, Patria» che non ha mai fatto breccia nei cuori dei francesi.

Parigi è in ginocchio: mancano acqua ed elettricità, il cibo scarseggia, e per la carenza di carburante non funzionano i mezzi pubblici. Il telefono è l'unica modernità ancora disponibile, e da ogni casa parte un tam-tam per avvertire amici e parenti che il miracolo della liberazione è avvenuto; tutti si riversano in strada, a piedi o in bicicletta, per abbracciarsi, ballare e fare festa. Lee è ancora una volta l'unica donna fotografa a trovarsi al centro degli avvenimenti, telegrafa eccitata le prime impressioni alla direttrice di «British Vogue».

> Carrarmati e auto bruciate hanno perso l'aspetto sinistro, con i bambini e le ragazze che vi salgono e ne scendono. [...] I soldati siedono sulle torrette con i dizionari in mano, si sforzano di prendere appuntamenti in una lingua che non conoscono, e allo stesso tempo rispondono al tiro dei cecchini. Combinazione di leggerezza e spargimento di sangue.

La città è minacciata dai proiettili vaganti dei franchi tiratori, ma i parigini non se ne curano e girano per i quartieri ammirando con sguardo innamorato palazzi e monumenti sopravvissuti alla furia nazista. Varsavia è stata ridotta in polvere, e cosí Dresda e Stalingrado; mentre Parigi, che doveva fare la stessa fine, è ancora un trionfo di bellezza. Piuttosto che perderla Hitler voleva raderla al suolo, ma il generale Dietrich von Choltitz non ha rispettato l'ordine e, invece di far saltare in aria i ponti e la Tour Eiffel, si è arreso dopo una settimana di insurrezioni e combattimenti. Forse ha pensato che trasformarsi nell'artefice della distruzione della piú bella città del mondo gli avrebbe procurato una fama funesta, meglio disobbedire al Führer e passare alla storia come il salvatore di Parigi. Gli uomini e le donne della Resistenza che hanno combattuto sulle barricate, adesso sfilano sugli Champs-Élysées insieme all'esercito francese capeggiato da Charles de Gaulle, che avanza acclamato da un mare di folla: non si erano mai visti due milioni di persone in preda alla gioia continuare a baciarsi per giorni. De

Gaulle si è impegnato con tutte le forze per conquistare la
prima fila di questo simbolico corteo: non poteva lasciare
agli alleati l'esclusiva della vittoria, né il comando della città
al fronte di liberazione con simpatie comuniste. È un colpo
di teatro che ripristina la sovranità della Repubblica e re-
staura l'ordine, spazzando via ogni dubbio sul futuro della
Francia. Il governo collaborazionista di Vichy è cancellato
e l'orgoglio nazionale è salvo, anche se gli storici verseran-
no fiumi d'inchiostro per riportare a galla le ferite inflitte
al paese da Pétain e dai suoi ammiratori, che in quegli anni
bui hanno contribuito alle persecuzioni naziste adeguandosi
alle leggi antisemite e deportando migliaia di ebrei, rom e
dissidenti nei campi di concentramento in Germania. Pochi giorni prima della liberazione l'ultimo convoglio in partenza per Auschwitz, carico di millecinquecento prigionieri
ebrei internati nel campo francese di Drancy, viene blocca-
to grazie allo sciopero dei ferrovieri: i passeggeri, scampati
per un soffio alla morte, per anni rimarranno increduli della
loro sorte. Ma adesso Parigi festeggia, e anche se la guerra
non è ancora vinta, la città si abbandona alla sua piú grande ubriacatura collettiva.

La Ville Lumière ha perso la sua immagine sfolgorante:
ora è illuminata solo dalla debole luce delle candele, ma Lee
la trova piú bella che mai e non può che rispecchiarsi nelle
sue ferite. È il luogo propizio che ha messo in moto il suo
destino e non desidera essere in nessun altro posto. Vuole ritrovare gli amici e riscoprire i luoghi che ha amato, ma
è un'inviata di guerra, e il suo primo dovere è accreditarsi
come corrispondente all'hotel *Scribe*.

L'albergo, che domina l'angolo fra rue Scribe e boulevard
des Capucines nel prestigioso quartiere dell'Opéra, è stato
il centro nevralgico dell'informazione e della propaganda
nazista durante l'occupazione, ma una volta staccati dalle

pareti i minacciosi ritratti del Führer, è divenuto il quartier generale della stampa al seguito delle forze alleate. Nel bar i camerieri servono da bere ai nuovi clienti con la stessa flemma di sempre, ma adesso ai tavolini siede la chiassosa folla di giornalisti che Lee conosce bene ed è felice di ritrovare dopo giorni di solitudine. Quando mette piede in hotel, viene subito accolta con entusiasmo dalla sua nuova, festosa famiglia, e il primo ad abbracciarla è David Scherman, appena giunto nella capitale.

L'euforia ha contagiato l'intera città e i corrispondenti sono su di giri, come tutti a Parigi. Robert Capa, anche lui ospite dell'albergo, ricorda: «Non avevo mai visto tanta gente cosí felice sin dal mattino presto». L'hotel *Scribe* è un paradiso per gli inviati, abituati agli accampamenti di fortuna vicino alla prima linea del fronte. A disposizione degli ospiti ci sono acqua corrente, elettricità e, in orari limitati, anche una doccia calda, opportunità che Lee coglie al volo visto che finora si è lavata come un gatto versando dell'acqua nell'elmetto impolverato. Dopo giorni di giacigli improvvisati, finalmente può togliersi la divisa, l'unico abito che ha indossato da quando è partita, e come le ha detto Dave, somiglia piú a un letto sfatto che alla donna affascinante conosciuta a Londra. Preso possesso della camera 412, Lee la trasforma in una tana che Scherman descrive come «una discarica», una specie di negozietto di *bric-à-brac*.

> Pistole, baionette, attrezzatura fotografica, casse di flash e cognac, bandiere, rotoli di cuoio e altri bottini assortiti eruttavano da ogni angolo e da sotto l'armadio. Fuori, sul balcone, una dozzina di taniche di benzina da venti litri erano tenute sempre piene.

E sul tavolo, la macchina da scrivere che ormai fa coppia fissa con la Rolleiflex.

Dave si sistema nella stanza accanto. Non vede l'ora di scoprire Parigi con gli occhi di Lee.

Non ho resistito alla tentazione e sono voluta andare di persona a visitare questa leggenda metropolitana. A quasi ottant'anni dalla guerra, ho prenotato una camera allo *Scribe*.

L'aura mitica dei racconti del passato ha sempre avuto una presa irresistibile su di me, e speravo di ritrovare qualche traccia dell'antica gloria che ha reso celebre l'hotel. La facciata è rimasta la stessa, e con un po' di fantasia non è difficile immaginare la confusione delle Jeep che assalivano l'ingresso e il via vai di militari e giornalisti in attesa del bollettino quotidiano delle forze armate. Ma appena entrata nella hall ho perso ogni speranza. Come recita il dépliant pubblicitario, «una sapiente ristrutturazione ha cambiato il volto all'albergo», che ora vi accoglie con trionfi di orchidee, moquette e arredi che declinano tutti i toni di beige esistenti in natura: una sinfonia di comfort e chic che non vi abbandona neanche in bagno. Di sicuro una gioia per chi deve passare una vacanza in città, ma una delusione cocente per i nostalgici come me. Annusando l'aria carica di essenze sintetiche sono arrivata al bar del pianoterra, l'antro fumoso dove gli inviati si radunavano la sera per scambiarsi informazioni sul fronte ma soprattutto per dare fondo alla ricca collezione di vini e liquori che i tedeschi, nella loro fuga frettolosa, non avevano fatto in tempo a saccheggiare. Trasportata da un'asettica musica lounge, sono approdata al bancone e con mia grande sorpresa ho scoperto che era l'unico reperto sopravvissuto alla sanificazione degli architetti. Per l'entusiasmo ho ordinato un cognac. Dopo una laconica conversazione con il barman, anche lui perfettamente conservato dal dopoguerra insieme a un paio di baffetti appuntiti, ho capito dal suo francese sincopato che l'albergo avrebbe presto chiuso per completare i lavori e anche quel reperto in legno e ottone dove ora era apparso il mio bicchiere sarebbe stato sostituito da un manufatto moderno, una roba di design piú adatta alla nuova atmosfera dell'hotel.

Dalla malinconia del suo sguardo ho supposto che anche il barman fosse destinato alla rottamazione insieme all'ultimo arredo, ma non ho approfondito. Volevo inscenare una protesta e incatenarmi al vecchio bancone, ma al secondo cognac ho preferito consolarmi riguardando il disegno satirico che l'illustratore Floyd Davis realizzò all'epoca per «Life», riproducendo la vita del bar dello *Scribe* con tutti i suoi protagonisti. La caricatura di Lee con grandi labbra rosso fuoco è al centro della scena, fra il ritratto di Robert Capa e quello di Ernest Hemingway. Quest'ultimo, per la cronaca, alloggiava al *Ritz*, ma non rinunciava al passaggio quotidiano allo *Scribe*, dove notizie preziose e vini di qualità non mancavano mai. Lo scrittore americano, piú che da giornalista accreditato, si comportava come un vero e proprio militare e viaggiava insieme all'esercito americano con una truppa di *aficionados* armati come soldati, distribuendo ordini e sigari con uguale generosità. Lo chiamavano tutti il colonnello, e con i compagni d'avventura improvvisava perlustrazioni nel territorio nemico insieme alla Resistenza francese. Chi è stato nella sua stanza al *Ritz* assicura di aver visto la vasca da bagno riempita fino all'orlo di granate, e soldati seduti sui tappeti persiani intenti a pulire baionette e sorseggiare champagne. Però nessuno ci faceva caso, tutti erano un po' armati e un po' ubriachi nella Parigi liberata, e l'inviata di «Vogue» è a proprio agio insieme ai giornalisti con cui fa le ore piccole al bar dello *Scribe*.

È difficile muoversi in città, ma Lee non rinuncia ad attraversare Parigi a piedi per raggiungere lo studio di Picasso, che non vede dall'ultima, dolce estate nel Sud della Francia. Vestita di tutto punto in divisa d'ordinanza, affronta le strade bloccate dalle carcasse dei carrarmati e dai resti delle barricate. Porta con sé Robert Capa e Dave Scherman, che da tempo sognano di incontrare l'artista catalano, uno dei pochi che per l'intera occupazione nazista è rimasto asserragliato nel suo studio in rue des Grands-Augustins, continuando a dipingere giorno e notte su tele improvvisate, senza riscaldamento né comodità, non cedendo alle lusinghe e alle profferte dei nazisti che avrebbero fatto carte false per conquistare la collaborazione del grande maestro. Picasso non si è mai piegato alla propaganda del Führer, che aveva definito la sua arte «degenerata». Quando i gerarchi delle SS vanno a visitarlo, curiosi di conoscere il pittore piú famoso del mondo, lui regala loro cartoline con la riproduzione di *Guernica* come souvenir. E alla domanda imprudente dei militari: «L'ha fatto lei questo?», Picasso rispondeva candido: «No, l'avete fatto voi!», e li accompagnava alla porta.

Quando Pablo e Lee si rivedono, l'emozione è travolgente. Dopo un abbraccio infinito, scoppiano in una risata liberatoria.

– Il primo soldato americano che vedo sei tu, Lee, non lo avrei mai detto.

Lee coglie nel suo sguardo disorientato qualcosa di piú della sorpresa di rivederla. È come se, per la prima volta dopo anni, la donna piú bella del mondo si guardasse allo specchio riflessa negli occhi dell'amico, scoprendo una persona che stenta a riconoscere. Il tempo trascorso a sopravvivere all'assedio dei bombardamenti e la convivenza quotidiana con la morte hanno indurito i suoi lineamenti, trasformando la luce radiosa che le illuminava il volto in un riverbero autunnale. In pochi anni ha consumato il patrimonio della propria bellezza, alla stregua di un giocatore d'azzardo a cui non interessa vincere, ma solo rincorrere il brivido misterioso che si prova a saltare nel vuoto a ogni partita. Lee non ha rimpianti e prova simpatia per la donna che è diventata, piú vera della modella sofisticata o della musa idolatrata dagli artisti. Nella nuova pelle si sente finalmente libera, come quando da ragazzina si arrampicava sugli alberi a piedi scalzi e tirava sassi nel fiume, sempre piú lontano degli altri. La chiamavano il maschiaccio di Poughkeepsie, e ora, a quasi quarant'anni, saprebbe come rispondere. Quanto le piacerebbe tornare indietro per proteggere quella bambina indifesa dagli orchi cattivi della sua brutta favola, ma la forza che conquistiamo da adulti non serve a proteggerci dalle ferite del passato. Bisognerebbe vivere una vita all'incontrario e ritrovarsi alla fine della corsa saggi ma innocenti come bambini. Guardando Picasso zompettare come un grillo nello studio ingombro degli oggetti piú incredibili – che non permette a nessuno di toccare, al pari di un ragazzino geloso dei propri giocattoli – Lee pensa che è il solo a cui è riuscito quell'incantesimo.

Dave e Robert sono affascinati dalle centinaia di tele che il maestro ha dipinto negli anni bui dell'occupazione. Sono i primi a vederle, perché Picasso, nonostante la fama internazionale, è sempre rimasto nel mirino del Reich che gli ha proibito di esporre le sue opere. Poteva emigrare in America come molti colleghi, ma ha scelto di rimanere nel paese che l'ha adottato e condividere la sofferenza dei francesi continuando a lavorare di nascosto, ossessivamente e senza posa. Per sei lunghi anni ha combattuto cosí la sua guerra solitaria contro le tenebre del nazismo, sublimando il furore in arte. Lee si sente a casa tra i quadri dell'amico, pensa al ritratto dai colori sgargianti rimasto appeso nella villa in Egitto; vorrebbe chiedere ad Aziz di spedirle a Londra il «suo» Picasso, ma ogni volta che ci pensa è assalita dai sensi di colpa, perché pur sapendo che è stato molto malato non ha la forza di andare a trovarlo. Ha troppa paura che la vecchia vita la rapisca, e sa che la compassione non è un sentimento dignitoso per tenere in piedi un matrimonio ormai naufragato. Ma anche la sua nuova relazione vacilla: per quanto tempo Roland sarà capace di aspettarla? C'è sempre un punto di rottura in un rapporto, una volta superato non si può tornare indietro. È una regola implacabile come una legge della fisica, e tutti gli amanti la conoscono. Sí, lo ama ancora, ma per il momento il futuro che hanno sognato insieme può attendere, e lei rimanda ogni decisione. Sa di essere vigliacca ed egoista, due stati d'animo che di solito le donne provano quando dànno retta ai loro desideri, ma al contrario della maggior parte delle appartenenti al suo sesso, non si fa ostacolare da quei subdoli rimorsi. Pensa di meritarsi l'avventura imprevista che la fa sentire cosí bene.

Per scacciare i cattivi pensieri, coglie un pomodoro maturo da una pianta rigogliosa che fa capolino tra le cianfrusaglie del maestro. È una vita che non mangia della verdura fresca, non resiste alla tentazione e in un attimo divora tutti i pomodori che pendono dagli esili rami. Quel miracolo della natura cresciuto fra colori e pennelli era il soggetto preferito di Picasso, l'ha coltivato per dipingerlo, e dalle sue urla belluine Lee capisce di avere addentato la sua ispirazione. Numerose versioni della *Plant de tomates* oggi sono esposte nei musei in giro per il mondo, e i succosi pomodori di Picasso sono diventati il simbolo della resilienza quotidiana dei francesi che durante la guerra hanno sopportato le privazioni ingegnandosi in ogni modo, anche coltivando ortaggi nei balconi.

Per farsi perdonare, Lee offre a Picasso la sua preziosa razione K che innaffiano con del buon vino seduti a *Le Catalan*, il bistrot all'angolo che ha cambiato nome in onore dell'artista. La vita sembra scorrere come una volta, quando il tempo era punteggiato di chiacchiere e risate benedette dall'amicizia, ma è un'impressione, perché nulla potrà piú tornare come prima. Le ferite inferte dalla brutalità dell'occupazione nazista hanno provocato danni permanenti nel corpo e nell'anima delle persone, e anche quelli che si sono salvati dalle deportazioni sono segnati in maniera indelebile dai traumi. Picasso le parla di Paul Éluard, il quale, nonostante la censura, ha fatto circolare le proprie opere clandestinamente. I suoi libri e quelli di tanti loro amici sono stati messi all'indice dalla furia iconoclasta dei nazisti, e il poeta ha dovuto cambiare spesso domicilio per non essere arrestato. Ma a preoccuparlo di piú sono le condizioni precarie di Nusch, l'amata compagna di Éluard: la sua salute è minata da anni di stenti e paure che l'hanno costretta a vivere in un perenne stato di ansia, e lentamente si è consumata. L'elegante donna piena di charme che Lee ha fotografato tante volte è ora l'ombra di sé stessa, non c'è traccia della figura che incarnava l'essenza femminile dell'avanguardia artistica. I lineamenti pieni di fascino hanno ceduto al dolore, ogni vitalità è scomparsa dal viso. Soltanto gli occhi ipnotici la fanno ancora somigliare alla musa che ha ispirato i versi appassionati del marito. Due anni dopo la liberazione, a soli quarant'anni, sarà stroncata da un aneurisma cerebrale mentre cammina per le strade della sua Parigi, gettando Éluard nella disperazione.

Picasso racconta commosso che per fortuna Man Ray e André Breton sono riusciti a raggiungere rocambolescamente gli Stati Uniti grazie anche all'aiuto di Varian Fry, l'americano a capo di un comitato semiclandestino che negli anni dell'occupazione ha salvato dai rastrellamenti decine di ricercati dalla Gestapo. La sua storia è una leggenda che tutti gli artisti conoscono, perché nella casa sulle colline di Marsiglia, divenuta un centro operativo per questi viaggi

della speranza, sono passati pittori, scrittori e intellettuali di ogni nazionalità perseguitati dalla violenza del Reich,
che agiva con la connivenza del governo collaborazionista
di Vichy. Fry lavorava notte e giorno per procurare ai rifu-
giati i visti per l'America, e quando non riusciva a ottenerli
ne fabbricava di falsi; studiava rotte temerarie per varcare a
piedi il confine, sempre pronto a offrire aiuto finanziario ai
profughi che non avevano piú mezzi. Sono scienziati, semplici professori, pittori famosi e negozianti con l'unica colpa
di essere ebrei o dissidenti politici; il regime nazista, dopo
averli costretti a lasciare le attività, ha confiscato loro i beni impedendo di svolgere qualsiasi professione, in rispetto
alle odiose leggi liberticide che la Francia «dell'obbediente
cane da guardia Pétain» ha avallato.

– E non contenti di averli rovinati, hanno preteso anche
le loro vite e quelle dei familiari, bambini compresi.

Picasso non riesce a contenere la rabbia pensando ai compagni che non ce l'hanno fatta. Come l'amico fraterno Max
Jacob, anima mistica e poetica, morto in un campo di concentramento nonostante i disperati tentativi dei colleghi per
farlo liberare. Per fortuna, grazie alla sua grande generosità e
a un'inventiva inesauribile, Varian Fry è riuscito a proteggere e mettere in salvo una lista infinita di condannati, fra cui
Marc Chagall, Marcel Duchamp, Hannah Arendt, Claude
Lévi-Strauss e il loro amico Max Ernst. L'artista, dopo essere scappato dalla prigione di Camp des Milles, era tornato
nella casa incantata nel bosco sperando di trovare ad atten-
derlo l'amore della sua vita. Per un malaugurato scherzo del
destino, Leonora era fuggita da sola in Spagna in preda alla
disperazione, convinta che lui fosse stato condannato a morte
in un campo di concentramento del Reich. Ma appena varca-
to il confine era stata subito arrestata dalle autorità spagno-
le, che davanti alle sue furiose proteste l'avevano dichiarata

pazza internandola in un manicomio con il beneplacito dei
genitori. Nell'ospedale psichiatrico, Leonora vive i giorni
piú disperati della propria esistenza: è imbottita di farmaci
e subisce ogni tipo di violenza, fra cui l'orrore dell'elettro-
shock. Viene rilasciata grazie all'intervento di Picasso, che
chiede all'amico Ernesto Le Duc, ambasciatore messicano
in Spagna, di intercedere per la sua liberazione. Il diplo-
matico la porta a Lisbona e la sposa per farle ottenere il
visto per gli Stati Uniti. In America Leonora ritrova Max,
a sua volta riuscito a fuggire grazie a Fry e alla complicità
di Peggy Guggenheim. La collezionista decide di sposarlo e
portarlo con sé in America su una nave carica di opere d'arte
scampate al sequestro nazista. Una storia incredibile e amara
che solo la crudeltà della guerra è stata in grado di scrivere.
Quando Max e Leonora finalmente si incontrano, non hanno piú nulla da dirsi: il dolore ha scavato un solco troppo
profondo, e non è rimasto piú niente della favola romantica
che li aveva legati prima della tempesta nazista.

Grosse lacrime solcano il viso indurito di Lee, mentre
Picasso racconta le tristi vicende che hanno travolto i suoi
amici piú cari. Il suo mondo è andato in frantumi, inghiottito dalla violenza insensata che si è abbattuta sull'Europa.
L'altrove assolato che ha inseguito tutta la vita è scomparso
all'orizzonte, lasciando rovine e cuori spezzati.

Mentre torna malinconica allo *Scribe* lungo le buie strade
parigine, incontra uno strano corteo che le mette i brividi.
Due ragazze rasate a zero camminano a testa bassa in mezzo
a una folla inferocita che le insulta e le strattona furiosa. È la
punizione riservata alle *putains* che hanno collaborato con i
tedeschi durante l'occupazione: donne vendute al nemico e
ora denunciate per vendetta da vicini e conoscenti che hanno patito la fame, mentre queste traditrici in cambio di qualche privilegio concedevano le proprie grazie agli assassini al

potere. Qualcuno fruga nelle loro borsette e afferra un rossetto che passa con gesto stizzoso sul volto delle due disgra-
ziate, riducendo le facce impassibili a una maschera oscena.
Lee vorrebbe difenderle dalla gogna, ma qualcosa le impedisce di intervenire. Per quanto scavi in fondo al cuore, non
prova nessuna pietà per quelle donne umiliate in mezzo alla
strada. Come hanno potuto rendersi complici di quei mostri,
magari per accaparrarsi un piatto caldo o un vestito nuovo?
In fondo hanno quello che si meritano, pensa. Ecco cosa fa
la guerra: ti trasforma in un essere insensibile e vendicativo
e fa scomparire ogni traccia di umanità. La compassione è il
primo sentimento da estirpare se vuoi sopravvivere.

Quando arriva in albergo ha bisogno di bere e di un corpo caldo e accogliente che la faccia tornare viva. Bussa alla
camera di Dave e senza dire una parola fanno sesso: un sesso
rabbioso e un po' violento, che come un potente analgesico
spazza via ogni pensiero.

Anche se ha dato prova di grande talento come giornalista di guerra, ora che Parigi è liberata Lee deve tornare a
malincuore a occuparsi di moda. Audrey Withers è orgogliosa dei pezzi ricevuti dal fronte: sono profondi, accura-
ti, diretti, a volte scioccanti, ma sempre originali e a tratti
venati di ironia. Lee sdrammatizza le situazioni più estreme
o aggiunge dettagli insoliti frutto delle esperienze personali:
paragona le granate attaccate alle divise dei soldati a delle spille di Cartier, o l'immenso accampamento di feriti in
Normandia dominato da un chiaroscuro di bianco e kaki al
dipinto *Salita al calvario* di Hieronymus Bosch. Audrey ricorda quel periodo come

> l'esperienza giornalistica più emozionante della mia guerra. Eravamo
> gli ultimi da cui potersi aspettare quel tipo di articoli, sembrava così
> incongruo che apparissero nelle pagine patinate di una rivista di moda.

Nonostante l'ammirazione, è costretta a richiamare all'ordine la sua inviata ricordandole che il fronte di combattimento per «Vogue» ora non è piú la prima linea, ma si è spostato sulle passerelle delle sfilate per la stagione autunno-inverno 1944: evento che tutti si augurano dia il via alla rinascita della città della moda.

Le ragazze di Parigi, malgrado gli anni di privazione, hanno conservato l'aspetto elegante che il mondo intero invidia. Lee spiega ai lettori di «Vogue» che, al contrario delle inglesi che hanno fatto della sobrietà un'arma per aiutare la patria, le parigine durante l'occupazione hanno combattuto disobbedendo alle regole imposte dal Reich che le voleva trasformare in «topi grigi», come venivano apostrofate le soldatesse tedesche. A dispetto delle proibizioni, indossano gonne ampie simili a mongolfiere che realizzano con ogni tipo di stoffa, anche arrivando a smontare le tende di casa se necessario.

Per combattere l'estetica punitiva imposta dagli «Unni», le donne dànno sfogo alla creatività confezionando fiocchi e buffi decori con cui impreziosiscono le scarpe dalla suola in legno, le uniche disponibili vista la carenza di pellami, e con quegli zoccoli modificati scalpicciano orgogliose per la città, che rimbomba al suono di quello strano ritmo sincopato. Ma è con i cappelli che la resistenza estetica raggiunge l'apice della provocazione: ne inventano di assurdi utilizzando peltro, paglia e addirittura giornali trasformati in cartapesta, aggiungendo uccellini, frutta e fiori a piacimento. Queste cornucopie ambulanti che ricordano le parrucche indossate dalle damigelle della corte di Maria Antonietta avranno di certo scandalizzato gli adoratori del Führer abituati ai sobri completini tirolesi di Eva Braun, ma coprirsi il capo è soprattutto una necessità perché, a causa del black-out permanente, acqua calda e asciugacapelli sono un miraggio: «Hanno tutti la nevralgia perché vanno in giro con i capelli bagnati». Solo da Gervais, il coiffeur parigino delle star, è possibile asciugarli e ottenere una messa in piega ad arte. Lee rivela il segreto di quel lussuoso parrucchiere con una fotografia realizzata nelle cantine del locale, in cui mostra dei giovani nerboruti in mutande che pedalano sino allo sfinimento su un tandem collegato ai tubi di una stufa, che a propria volta alimenta i ventilatori dell'elegante salone del piano di sopra. Lee ci informa che sono in grado di asciugare almeno un'ottantina di teste al giorno percorrendo senza sosta trecentoventi chilometri, la distanza che passa tra Parigi e Digione.

Come un soldato obbediente, l'inviata Elizabeth Miller esegue gli ordini e realizza i pezzi di costume che le vengono richiesti, ma va su tutte le furie quando Edna Woolman Chase, caparedattrice dell'edizione americana di «Vogue», si lamenta dei suoi servizi di moda giudicando le modelle troppo modeste e dozzinali, non all'altezza della rivista che presiede, e pretende imperiosamente piú eleganza. La risposta di Lee è sferzante:

> Trovo Edna davvero ingiusta. Quegli scatti sono stati realizzati in condizioni difficilissime [...]. Sarebbe il caso di avvisare Edna che c'è una guerra in corso, e che forse Solange [che cerca le modelle per noi] è un po' deconcentrata, visto che pensa agli orrori di cui sono vittime il marito e la sua famiglia nei campi di prigionia in Germania.

Non sopporta piú di occuparsi di simili sciocchezze, quando gli inviati allo *Scribe* si stanno mobilitando per raggiungere le truppe alleate nei nuovi scenari del conflitto. Scongiura Audrey di farla tornare in azione.

– Quando hai assaggiato la polvere da sparo, difficilmente puoi tornare a una vita tutta casa e famiglia, – le dice Scherman.

È il destino degli inviati fatalmente attratti dal richiamo del fronte. La storia di Robert Capa è esemplare: era scampato a ogni pericolo possibile nei vari conflitti che ha testimoniato, e anche se aveva dichiarato di aver chiuso come reporter in prima linea, accetta un ultimo incarico in Indocina per documentare una guerra che nemmeno l'appassiona. Muore a soli quarant'anni a sudest di Hanoi, calpestando una mina antiuomo inesplosa. Lasciando a testimonianza del suo prezioso lavoro più di settemila fotografie che, come ha scritto l'amico John Steinbeck, restituiscono anche i pensieri dei suoi soggetti.

Sfidare i propri limiti è una smania a cui non si resiste, e forse Lee questa volta ha trovato davvero in quel nuovo lavoro il senso che cercava da tempo. Roland la aspetta con impazienza a Londra. Ma la reporter ha già deciso di ripartire con Scherman per un'altra missione.

Farley Farm, Sussex, 1977

Forse sarebbe stato meglio morire eroicamente sotto un bombardamento nazista, che languire nel letto di casa afflitta da una malattia per cui non è prevista alcuna cura. È una riflessione che Lee non aveva mai fatto prima, troppo occupata a lottare contro il proprio passato ingombrante. Dopo aver cancellato ogni traccia delle tante donne che ha incarnato nella sua vorticosa esistenza, si accorge ora che le è rimasto ben poco.

C'è un preciso istante in cui il presente non ha piú senso ed è evidente che il meglio è andato: ti svegli una mattina e ti accorgi che hai superato la curva ascendente, e anche quello che sembrava lo sterminato altopiano della maturità ti abbandona senza preavviso: a quel punto non rimane che una discesa inesorabile irta di ostacoli. Mentre la forza di gravità ti trascina sempre piú giú, pur di non precipitare ti aggrappi con scarso ottimismo a ogni roccia e a qualche radice di fortuna, ma sono soltanto pretesti per rallentare la corsa. Da quell'istante sarà tutto un dolore di schiena e di ginocchia, un guardarsi allo specchio e non riconoscere che qualche lineamento dell'essere umano che sei stato.

«La vecchiaia fa schifo. Semplicemente e senza mezzi termini», pensa Lee, mentre la luce limpida della prima-

vera inglese si fa strada fra le persiane socchiuse della casa
nel Sussex.

Acquistano Farley Farm dopo la nascita del bambino:
andare a vivere lontano dal caos londinese è un vecchio desiderio di Roland, che non vede l'ora di vestire i panni del
gentiluomo di campagna. Si diletta di giardinaggio e ha intenzione di creare un orto cosí rigoglioso da far dimenticare
le privazioni della guerra. Lee non ha piú sogni e asseconda
quelli del marito, cercando di adattarsi al gelo delle stanze
senza riscaldamento e alle tante scomodità che, nei primi
anni eroici nella fattoria, rendono la vita dei suoi abitanti
una gara di resistenza per gente tosta e pronta a tutto.
Da quando è tornata in Inghilterra, dopo le peregrinazio-
ni negli angoli piú sperduti dell'Europa ferita dal conflitto,
Lee ha rinunciato a ogni ambizione lavorativa. «Scrivere è
difficile come strappare lacrime a una pietra». Le fa sempre piú fatica, e le parole che ha inseguito con accanimento
al pari di una cercatrice d'oro sono definitivamente scom-
parse. Eppure, a detta della direttrice, i risultati di questi
sforzi biblici sono stupefacenti, ma le costano una tensione
nervosa che non è in grado di sostenere. Nei momenti piú
cupi pensa a Colette, regina della letteratura francese che
ha intervistato a Parigi dopo la liberazione. Essere ammessa
nel suo antro segreto di Palais-Royal è un onore, e Colette,
come d'abitudine, la riceve in camera da letto: da tempo
lavora sdraiata con mille cuscini dietro le spalle, usando un
tavolinetto poggiato sulle gambe ingombro di carte, penne
e chincaglierie varie che vuole sempre a portata di mano.
Nell'articolo su «Vogue», Lee racconta la soggezione pro-
vata al cospetto di quella maga della scrittura che le parla
con voce d'oltretomba e non smette di fissarla «con gli occhi bistrati che gareggiano in trasparenza e luminosità con

la miriade di *bibelot* di vetro e sfere di cristallo sparsi nella stanza». Colette la prende in simpatia, forse intuisce il tormento da cui è consumata quella strana giornalista in divisa che a stento riconosce come la statua della Venere nel film del suo migliore amico, Jean Cocteau. In un sussurro le confida le proprie ansie di scrittrice, rivelando i riti propiziatori necessari per affrontare l'impresa. Per le prime stesure dei romanzi utilizza le matite piú morbide, con cui riempie dei fogli azzurro cielo, poi li corregge con altre matite dure e appuntite. Inonda la carta di cancellature e ripensamenti fino a quando non rimane nemmeno un angolino vuoto, infine ricopia il lavoro su fogli candidi che a loro volta vengono torturati e sfregiati da nuovi segni che attraversano il testo come ferite, per ricominciare daccapo mai contenta del risultato.

Lee è scoraggiata. Se pure un mostro sacro della letteratura dopo cinquant'anni di gloriosa attività si danna su ogni paragrafo, per lei non ci sono speranze. Meglio arrendersi e non farsi piú illusioni. Giorno dopo giorno, con accanto la fedele bottiglia di whisky, Lee siede alla scrivania; ma per quanto si sforzi, la pagina infilata nella macchina da scrivere rimane bianca come il latte appena munto delle sue vacche, di sicuro piú interessanti dell'articolo che sta scrivendo: le ha battezzate Baronova, come la ballerina russa, e Cécile, come la figlia che Éluard ha avuto dalla prima moglie Gala. I nomi sono incisi in bella calligrafia su targhe di metallo appese nella stalla, e persino la famiglia di contadini che si prende cura dei campi ormai le chiama cosí. Al contrario di Roland, Lee non ha mai avuto una vocazione per quella che spesso definisce «maledetta campagna», ma si butta lo stesso in una girandola frenetica di attività pratiche che la distraggono dalle angosce. Fa la spola in treno fra Londra e il Sussex, carica di verdure da portare in città o di acquisti per modernizzare la vita spartana della fattoria. Di quell'avventura bucolica le piace soprattutto la possibilità di indossare di nuovo gli stivali da combattimento sopravvissuti alla guerra, e cucinare senza posa per gli ospiti che affollano la casa nei fine-settimana. Negli anni, il rifugio dei Penrose accoglie piú artisti di qualsiasi museo d'arte moderna e diviene una leggenda per gli abitanti dei villaggi del circondario, che non hanno mai visto tanta gente «eccentrica» dalle loro parti. Si mormora che durante le feste qualcuno danzi addirittura nudo fra strane statue in marmo piantate nel giardino come alberi, e l'eco di musica e risate risuona a chilometri di distanza turbando i sonni innocenti del vicinato.

Anche se Farley Farm è decisamente una fattoria surrealista, quando Lee invita gli amici li mette sotto a lavorare: dall'agricoltura alla carpenteria, c'è sempre qualcosa di utile da fare in campagna. E come quel monello di Tom Sawyer, che nel romanzo di Mark Twain fa credere ai ragazzi di St Petersburg che dipingere una staccionata sia un gran divertimento e un privilegio, Lee è capace di convincere Max Ernst, Man Ray e seri professori di Oxford a faticare sotto il sole per meritarsi la calda ospitalità di Farley Farm. Cosí descrive, nell'ultimo articolo che pubblica per «Vogue», la sua strategia stacanovista:

> Accanto al libro dei visitatori c'è un album di fotografie dal significato minaccioso: [...] una serie di immagini che sembrano tratte da un film sovietico di propaganda. Ognuno è impegnato a fare qualche mestiere: la Gioia attraverso il Lavoro.

Lee immortala quei momenti bucolici con la Rolleiflex reduce di ben altre battaglie, ma è sempre piú raro che le venga voglia di fotografare, specie per lavoro; i servizi che dovrebbe realizzare per onorare il nuovo contratto con «Vogue» sono ormai una tortura per lei. Preferisce trasformare il latte di Baronova in burro o sperimentare sistemi per

conservare l'immensa produzione dell'orto di casa, piuttosto
che parlare di tweed e documentare le tendenze della moda
inglese. Ogni volta che deve consegnare un pezzo prende
tempo e diventa irascibile e aggressiva: i lati piú turbolenti
del suo carattere escono allo scoperto, creando imbarazzo in
chi le è accanto. Sa di rendersi odiosa, ed è la prima a non
sopportare quella personalità collerica che prende di punto
in bianco il sopravvento. Audrey Withers, ormai un'amica
piú che un'editrice, fa di tutto per coinvolgerla in diversi
progetti, ma ogni tentativo per tirare fuori la gloriosa inviata dalla gabbia di angoscia in cui si è rinchiusa va a vuoto,
ed è costretta ad arrendersi quando Roland, in una lettera
accorata, le chiede di non esercitare piú nessuna pressione
sulla moglie: «Ti imploro, non chiedere a Lee di scrivere
ancora. La sofferenza che provoca in lei e in chi le sta at-
torno è insopportabile». A malincuore, Audrey fa un passo indietro, lasciando però una porta sempre aperta: non si
rassegna a perdere una delle piú valenti reporter che la rivista abbia mai avuto.

Lee è sollevata, ma quando scopre che è stato Roland a
dare la spinta decisiva all'«allontanamento» si sente tradita,
e sprofonda ancora di piú nella sua dannazione quotidiana.
La poca autostima che le è rimasta subisce il colpo definitivo. Non è facile per una ragazza nata ai primi del Novecento
credere nel proprio talento galoppando contro le regole del
tempo in cui vive. Lee ha già infranto barriere in apparenza insormontabili per una donna; e quando pensava di aver
finalmente scoperto la propria vocazione, il cimitero di Dachau le ha inghiottito tutte le forze. Una parte consistente
della sua anima è rimasta sepolta laggiú, e quel che resta è
imprigionato in una bolla vuota priva di senso. Ma nessuno
ha voglia di rimanere invischiato in quella spinosa faccenda,
e Lee, al solito, preferisce portare da sola la propria croce.

Eppure, appena tornata dal fronte era stata accolta come un'eroina dalle autorità britanniche, che avevano addirittura spedito una troupe del cinegiornale per riprenderne il rientro a casa. Un frammento prezioso di questo documentario della British Pathé ci mostra la reporter Elizabeth Miller che arriva a Hampstead in divisa, con una piccola valigia e la Rolleiflex a tracolla. Roland, anche lui in uniforme, le apre la porta felice e, dopo un abbraccio commosso, le regala un gattino che Lee, intenerita, nasconde nella giacca. Subito dopo la vediamo in gonna svolazzante e tacchi alti, seduta alla macchina da scrivere mentre finisce di battere un articolo; nell'immagine finale, da vera professionista, è intenta a pulire con uno spazzolino le lenti della macchina fotografica. Una voce fuori campo sottolineata da una musica trionfale ricorda che l'inviata si sta di sicuro preparando per qualche nuovo scoop proverbiale, come quelli che hanno fatto morire d'invidia i direttori delle riviste che non hanno la fortuna di averla come reporter. Nel filmato passano alcune agghiaccianti fotografie dei lager, firmate Lee Miller. Il contrasto fra i macabri scatti che l'hanno resa famosa e la casa accogliente tappezzata di bei quadri d'arte moderna è stridente, e pure se Lee sorride in camera come è abituata a fare sin da bambina, in realtà sta recitando una parte che farà sempre piú fatica a interpretare. Il racconto delle sue imprese prosegue durante la serata organizzata da «Vogue» in onore di Lee:

> Elizabeth Miller è la giornalista che piú di tutti ha incarnato la quintessenza di «Vogue» negli ultimi cinque anni. *[Applausi]*

Roland la guarda orgoglioso, ma un po' intimorito da quel successo imprevisto che lo pone in secondo piano.

> Il suo lavoro ha incoraggiato i nostri lettori a fare la loro parte *[applausi]* e lei non ha mai battuto ciglio davanti alla morte e alla

distruzione, dimostrando che queste non sono tutto e che il gusto
e la bellezza di una bella donna elegante può servire la causa molto
piú di una sciatta virago. *[Applausi].*

Per l'occasione Lee indossa un elegante vestito da sera che
ha fatto fatica a infilare; preferisce la vecchia divisa malandata che ha dovuto appendere nell'armadio. Ha perso gusto
per le toilette alla moda con cui è apparsa in decine di foto
patinate, molto meglio pantaloni sformati e comodi abiti
da lavoro. Si sente piú a proprio agio nei panni della «sciatta virago» esecrata dalla sua rivista, piuttosto che in quelli
della «bella donna elegante» che tutti vorrebbero ancora
ammirare. Ha smesso di curarsi del proprio aspetto, e se ne
infischia dei commenti malevoli che percepisce alle spalle
quando indossa gambaletti color carne con una gonna sopra
il ginocchio: un sacrilegio estetico che qualsiasi redattrice
di «Vogue» condannerebbe con sdegno. Comincia a nutrire
avversione per i parrucchieri, e a volte sceglie di tagliarsi i
capelli da sola usando le forbicine per le unghie: i risultati
sono imbarazzanti, ma ha imparato a guardarsi sempre meno allo specchio. A chi ha da ridire, confessa ironica che lo
fa per somigliare di piú al famoso ritratto di Picasso, l'unica
immagine in cui si riconosce in pieno.

Non è soltanto la comodità che la spinge a rinunciare
agli stratagemmi per arginare l'avanzata implacabile dell'e-
tà. Lee soffre, tuttavia è incapace di affrontare quel dolore
senza nome, e decide di cancellare le identità precedenti in
cui non si rispecchia piú. Con un gesto ribelle e provocatorio, trasforma la ragazza piú bella del mondo nella strega
piú trasandata dell'universo, sperando cosí di essere lasciata in pace.

Roland è preoccupato, ma non sa come prenderla. Ha
paura della Lee piena di spigoli e zone oscure che non è capace di indagare. Meglio rivolgersi al dottor Goldman per

cercare una cura che non si limiti all'alcol di cui la moglie ora fa un uso troppo disinvolto. Certe sere è intrattabile, diventa rude e sarcastica nei confronti degli ospiti illustri che Roland, a capo dell'Institute of Contemporary Arts di Londra, invita nei tradizionali week-end a Farley Farm. Lee cucina tutto il giorno per rendere eccezionali quelle serate, ma spesso si accascia ubriaca in cucina prima di arrivare a tavola, e il suo umore è mutevole come il clima della campagna inglese

– Cara Elizabeth, forse le dispiacerà sentirselo dire, ma lei non ha niente che non va ... certo, una dieta piú sana le gioverebbe, ma non vedo come posso aiutarla.

Il dottor Goldman è bonario e rassicurante come il medico di una novella per bambini, però non ha mezzi per indagare gli abissi della sua paziente. Lee si è aperta con lui sperando in un conforto, ha confessato gli incubi che la assalgono ogni notte, ma ha taciuto il consumo abituale di benzedrina a disposizione di chi opera in zona di guerra per resistere alla paura e all'orrore della morte. Questa potente anfetamina circolava anche nell'esercito tedesco e veniva chiamata «la cioccolata dell'aviatore»: un prodotto indispensabile in dotazione alle forze armate insieme alla razione K, in grado di stimolare l'aggressività cancellando il sonno e la fatica. Grazie ai suoi potenti effetti, anche il piú codardo si lanciava impavido nella mischia divenendo un eroe della patria. L'uso continuo di quegli eccitanti ha avuto per i sopravvissuti conseguenze devastanti, e i reduci abbandonati a sé stessi non hanno potuto che ingaggiare una lotta solitaria contro i demoni scatenati dall'assuefazione. Nelle notti insonni trascorse a guidare fra distruzione e rovine inseguendo il tramonto dell'Europa, Lee aveva perso la cognizione della realtà, eppure non si era mai sentita cosí bene, e non era solo la benzedrina a eccitare i suoi

sensi. In quella situazione estrema e caotica avvertiva uno
scopo, una spinta vitale capace di rimettere in ordine la sua
esistenza. Era lí per testimoniare le drammatiche vicende
della storia e raccontare ciò che vedeva a tutti quelli che erano a casa e non avevano la minima idea di come fosse fatto
l'inferno. Quasi si fosse trasformata in un grande occhio,
annullando ogni altra parte di quel corpo che ora le pareva
soltanto un ingombro.

Il dottor Goldman già da un pezzo non segue piú il deli-
rante monologo della sua paziente. Si limita a guardarla stu-
pito mentre Lee confessa con la voce graffiata dalle sigarette
che in qualche strano modo la guerra le manca. Niente l'ha
piú appassionata come l'assurda sensazione di rischio continuo, e non può che provare nostalgia per quei giorni male-
detti. Il povero medico preferirebbe fronteggiare un'ulcera
duodenale piuttosto che gli strani sintomi accusati da Lee.
E rimettendo a posto gli occhialetti simili a quelli usati da
Sigmund Freud (che in quella circostanza sarebbe stato di
sicuro piú utile), prescrive alla signora Elizabeth Miller un
flacone di vitamine da prendere mattino e sera: rimedio che
molti anni dopo si è rivelato inutile per ogni tipo di disturbo
da stress post-traumatico.

– Come diceva mia nonna, le consiglio di fare buon viso
a cattivo gioco. Si dedichi a delle lunghe passeggiate e beva
molta acqua. È l'unica persona che conosco a rimpiangere i
bombardamenti: non possiamo certo dichiarare una nuova
guerra per farla stare meglio!

E dopo una risatina compiaciuta per quella che gli è sem-
brata la migliore battuta della giornata, riconsegna l'amma-
lata «immaginaria» ai suoi incomprensibili tormenti.

Lee non si confida con Roland, ha paura di essere presa per pazza e magari internata in un manicomio come un
fantoccio incapace di intendere e di volere. È successo alla

sua amica Leonora, e anche a Dora Maar che, nonostante le cure di un luminare come Jacques Lacan, non era riuscita a superare l'abisso in cui l'aveva scaraventata la travagliata relazione con Pablo Picasso. In quegli anni, dichiarare l'infermità mentale di una donna è ancora un gioco da ragazzi, la soluzione piú comoda per liberarsi di una scocciatrice. Non ci vuole molto a passare dal ruolo di musa dalla bellezza convulsa a quello di povera lunatica appassita dal tempo. Cosa è successo a quelle amazzoni intraprendenti? Avevano sbaragliato la morale imperante che le costringeva a negare ogni legittimo desiderio e si erano prese delle libertà che a loro non spettavano, e adesso rischiano di essere scartate di nuovo dalla storia al pari di giocattoli rotti. Sono bambole di pezza a cui manca un occhio, hanno perduto le scarpette di cristallo di Cenerentola e il rossetto ricamato sulle labbra, una volta smagliante, ha perso colore. Non hanno avuto paura di arraffare sesso e amore, ma ora che con stupore si scoprono fragili, affidarsi a un uomo sembra la sola soluzione possibile, proprio com'era accaduto alle loro madri.

Lee è colta di sorpresa dalla depressione, non è capace di affrontare la vita ordinaria che ora il destino le propone. L'istinto che l'ha sempre guidata nelle scelte piú difficili l'ha abbandonata, lasciandola a terra come una supereroina che ha perso i poteri magici e non può piú combattere. E mentre fiuta l'aria in attesa di risposte, rimane incinta. È sbalordita dalla notizia inattesa: il corpo statuario che ha tanto maltrattato le regala quel frutto segreto carico di responsabilità, e a quasi quarant'anni non può rifiutarlo. Roland non glielo permetterebbe, e senza Roland si sente smarrita.

– Cara Elizabeth, nelle sue precarie condizioni di salute e come primipara attempata, se non vuole perdere il bambino deve rimanere a letto e non fare nessuno sforzo –. Il dottor Goldman può finalmente elargire la propria saggezza con autorità e la paziente recalcitrante si arrende alla terapia. – Ha già pensato a un nome?

– Se sarà un maschio, che ne dice di «maschiaccio»?

– Oppure? – Il dottor Goldman sta per spazientirsi.

– Antony, – dice Lee con un filo di voce.

– Antony Penrose, suona bene. Vedrà che troverà la pace che cercava.

Ma Lee non sa che farsene della pace. Annaspa tra le lenzuola, incapace di affrontare l'evento cosiddetto «naturale» che ogni donna sogna per coronare la propria esistenza. Pensieri funesti le affollano la mente nelle notti insonni passate a osservare un corpo che non le appartiene: «Sarò di sicuro una cattiva madre… Lo sanno tutti che non ho la vocazione per questo genere di cose».

Piú che un presagio è una sentenza annunciata, e infatti non farà mai nulla per rendersi amabile e rientrare nel quadretto idilliaco previsto dalla tradizione. Antony imparerà sin da piccolo a temere le tempeste emotive di questa donna che chiamerà mamma senza mai capirla davvero. Lee per lui sarà solo la strega cattiva che arriva nei week-end travolgendo la casa come un tornado. Madre e figlio sono destinati a ingaggiare una battaglia che si quieterà soltanto durante le lunghe lontananze che tutelano il loro rapporto burrascoso, in cui esploreranno tutti i modi per ferirsi senza pietà. Per Antony, Lee resterà un enigma, i suoi segreti sono sepolti nella soffitta di casa e nessuno gli racconterà le vicende che l'hanno trasformata in una donna scorbutica e anaffettiva. E il ragazzo cercherà di difendersi finendo per covare un esasperato risentimento. Uno spreco d'amore che segnerà per sempre la loro vita familiare.

Ma prima della nascita bisogna risolvere una situazione imbarazzante, visto che Lee ufficialmente è ancora la signora Bey e secondo la legge musulmana è unicamente il marito a poter sciogliere il matrimonio con il rito tradizionale del *ṭalāq*. Aziz non ha niente in contrario. Quando arriva a Londra trova Lee confinata a letto, dove trascorre la sua gravidanza a rischio. Non si vedono da tanto, e sono cosí cambiati che faticano a riconoscersi. La vita non è stata clemente con il gentiluomo egiziano che, malgrado la cattiva salute e i rovesci finanziari, non ha perso la sua generosità e ancora una volta esaudisce il desiderio della donna che ha amato con dedizione, pronunciando per tre volte la formula che lo separerà da lei.

– Io ti ripudio, io ti ripudio, io ti ripudio.

Lee e Aziz, che avevano accarezzato il sogno romantico di un'esistenza degna delle *Mille e una notte*, sono invece i protagonisti di una fiaba orientale senza piú cieli stellati che Shahrazād si sarebbe rifiutata di raccontare. Anni dopo, durante un viaggio in Egitto con un'amica, Lee va a trovare l'ex marito che, abbandonata la villa sfarzosa del Cairo, abita in una casa modesta nella periferia di Alessandria, accudito con amore dalla nuova moglie. È sorpresa quando scopre che Aziz ha sposato Elda, la fedele governante, l'unica a non averlo abbandonato e a essersi presa cura di lui. Le due donne rimangono abbracciate a lungo senza parlare: la riconoscenza e l'affetto che le lega non hanno bisogno di discorsi. Ma al momento dei saluti, Elda confessa che il giorno del matrimonio ha finalmente aperto la bottiglietta di profumo di Elsa Schiaparelli che Lee le aveva regalato nella rocambolesca spedizione parigina. *Shocking* era rimasto sigillato in attesa di una grande occasione, e il destino esaudisce sempre le sue promesse. Lee sorride benevola, ma pensa che dopo tanti anni la preziosa essenza avrà di sicuro perso la fragranza, non era certo valsa la pena di aspettare tanto. Ha smesso di credere nei buoni auspici del destino, non si fa piú ingannare dalle romanticherie sdolcinate che lusingano i comuni mortali, convincendoli dell'esistenza di un disegno studiato ad arte per guidare le loro vite. Non c'è niente di niente, e Anita Loos aveva torto. Non ci sono presagi da interpretare o altre scemenze del genere: l'unico disegno che apparirà unendo i puntini è quello che ogni settimana compone nel giornalino di parole crociate di cui è appassionata, e stop. Ora lo può affermare senza essere smentita: il destino è decisamente sopravvalutato.

Non ci sono predestinati: le persone si incontrano, si desiderano, si amano e si lasciano per puro caso. Qualche volta rimangono legate a vita per ragioni oscure che non hanno a che fare con le leggi dell'attrazione. C'è chi resta insieme perché non sopporta la solitudine, e chi invece lo fa per interesse; chi rimane perché ha trovato il partner ideale con cui litigare, e chi ha una paura dannata della morte ed è sicuro di vincerla soltanto in compagnia. Roland è rimasto con Lee malgrado le intemperanze e il cattivo carattere, lei in cambio gli ha dato un figlio e ha fatto un passo indietro occupandosi della sua carriera. No, è un'interpretazione troppo semplice e meschina. C'è sempre qualcosa di imperscrutabile in un longevo rapporto di coppia, difficile da spiegare. Un ingrediente segreto che tiene insieme il tutto, come nella ricetta dei *Penroses* a cui Lee deve la fama: il risultato non sarebbe lo stesso senza l'aggiunta di paprica che la cuoca ritiene indispensabile.

Roland l'ha aspettata quando lei è naufragata tra le macerie dell'Europa liberata e sembrava non volesse piú tornare a casa. Un altro giorno ancora e lo avrebbe perso. Un patto d'amore non si alimenta solo con qualche sporadica lettera dal fronte, e quando ha capito che stava gettando al vento l'unica salvezza che le era rimasta, Lee ha invertito la rotta, giusto in tempo per far sloggiare una rivale dal suo letto matrimoniale. Come

si chiamava? Gigi? Una ragazza tutta moine che al massimo
si umettava le labbra con un bicchierino di sherry dopo cena. Eppure Roland sembrava piú felice con lei che in compagnia della nuova disperazione che Lee aveva portato a casa.
Ma contro ogni previsione hanno resistito. Anche quando il
sesso ha smesso di scaldare le loro esistenze. Dopo la nascita
di Antony, Lee ha perso interesse per l'argomento, e per non
sentirsi in colpa ha incoraggiato ogni distrazione dell'uomo
che nel frattempo è diventato suo marito. La libertà amorosa su cui hanno fondato il loro rapporto ora è a senso unico,
eppure Lee sembra non prestare attenzione a quel dettaglio.
Per non soffrire ha separato i sentimenti dalle pulsioni erotiche: una magia che le ha insegnato il padre da bambina, per
proteggerla dall'infelicità. Ma adesso che sta invecchiando,
quel comprovato esperimento scientifico comincia a fare acqua. Il coinvolgimento di Roland negli innocenti passatempi
sessuali che non ha mai smesso di praticare sconfina spesso
nel sentimentalismo. Entrano in scena giovani affascinanti
con tutte le carte in regola per spodestare la signora Penrose
dal trono di legittima consorte. Era sempre stata Lee a sbattere la porta senza rimpianti, e adesso per la prima volta ha
paura di essere abbandonata. Una fragilità che detesta s'im-
possessa del vecchio carattere, e per quietarla ricorre alle consolazioni alcoliche che però peggiorano la situazione. Ormai
è la cattiva ragazza dall'umore instabile che può rovinare la
festa quando meno te l'aspetti, e le burrasche tra i due non
fanno che aumentare. A volte si arriva al punto di rottura,
come quando Roland s'invaghisce perdutamente di Diane,
«la trapezista di Paul Éluard»: una bionda procace che vanta
un passato da artista da circo e un flirt con il poeta francese.
Stavolta è la giovane a scappare a gambe levate, spaventata
dall'insolito *ménage a trois* che prevede la celebrazione del
pranzo di Natale insieme alla moglie e al figlio dell'amante: un

incubo insuperabile per qualsiasi grande amore. Roland non la sposerà, ma alla fine Diane cederà, entrando a pieno titolo nell'inedito presepe di casa Penrose. Lee confessa a un'amica il proprio malessere, e le spiega che l'unica ragione che la fa desistere dal suicidio è che Roland e Antony sarebbero felici di non averla piú tra i piedi. Un'affermazione melodrammatica che sfiora l'autocommiserazione, ma lo stato d'animo di Lee è sempre piú nero e rassegnato, mentre Roland è all'apice della carriera e gli anni, come spesso accade agli uomini, invece di sgualcire l'antico fascino l'hanno reso ancora piú interessante e desiderabile.

Il paragone tra i due adesso è impietoso: Lee lo percepisce negli occhi degli amici, che per affetto si astengono dal commentare il suo declino; ma a ferirla di piú sono gli sguardi affamati delle ragazze pronte a sedurre il marito, sicure del loro successo, soprattutto dopo averla squadrata chiedendosi con stupore come sia possibile che un uomo cosí attraente possa perdere tempo con un simile relitto. Lee reagisce facendo del proprio sarcasmo un'arma contundente, e Roland evade dalla vita familiare rifugiandosi nel lavoro. I loro scontri sono feroci, ma nonostante tutto Roland e Lee rimangono insieme, legati dall'ingrediente segreto che cementa la loro unione. La paprica che tiene in piedi la traballante architettura del loro rapporto è la passione comune per l'arte, insieme alla consapevolezza di aver vissuto fianco a fianco la stagione piú libera e creativa del secolo: una complicità che non possono dividere con nessun altro e li tiene uniti fino alla fine. Il tempo lenirà tante ferite, addolcendo i contrasti piú aspri: non si tratterà mai di una resa definitiva, ma impareranno un nuovo passo di danza per affrontare l'ultima stagione della vita.

Lee sarà sempre accanto al marito, aiutandolo con generosità a organizzare le mostre che hanno reso l'Institute of

Contemporary Arts di Londra un luogo leggendario. Roland ha bisogno del suo sguardo competente e dei suoi consigli preziosi, si avvale dell'intuito della moglie per la scelta e la disposizione dei quadri e per la compilazione dei cataloghi, ed è lei a supervisionare la stesura delle biografie che Penrose pubblica con successo. Invece di perdersi, Lee accetta di scivolare nell'ombra per divenire la musa del marito, ruolo che da giovane le avrebbe fatto rizzare i capelli. La vita è complicata, e per rimanere a galla spesso ci si rassegna a qualche danno collaterale che non era previsto. In quella fase delicata della sua esistenza, Lee accetta di restare dietro le quinte e annusare il buon profumo dell'arte che ha sempre ispirato le sue scelte. A volte quella che può sembrare una resa è solo un'innocua strategia per non soccombere a un naufragio.

La mostra che le piace di piú organizzare è la personale dedicata a Congo, lo scimpanzé educato all'arte dei pennelli dallo zoologo e pittore surrealista Desmond Morris. I lavori della scimmia sono stupefacenti e gareggiano con i piú rinomati capolavori dell'astrattismo. Congo dipinge senza sosta e, meravigliando tutti, capisce quando un quadro è finito e passa soddisfatto a un altro foglio. L'esposizione delle opere dello scimpanzé all'Institute of Contemporary Arts suscita scalpore e polemiche ma ha un successo incredibile, e i pezzi, venduti a quattromila sterline l'uno, vanno a ruba. Addirittura Picasso ne compra un esemplare che terrà appeso nello studio. Quando la mostra chiude i battenti, Congo ha guadagnato un bel gruzzoletto e Morris, pensando di interpretare i desideri della scimmia, decide di investire i suoi soldi nell'acquisto di una compagna. È un gesto tenero e romantico, ma lo scimpanzé ammogliato perde interesse per la pittura e abbandona tele e colori, preferendo passare le giornate in attività amorose. Quella di Congo è una delle storie predilette di Roland, che spesso minaccia il suo editore di voler pubblicare la biografia della scimmia al posto di quella di Picasso e di Miró.

Roland è un rivoluzionario garbato, un intellettuale controcorrente che si vanta del proprio pedigree surrealista. Ma con un colpo di scena che stupisce tutti i suoi amici, viene insignito dalla regina del titolo di baronetto per il grande lavoro svolto in favore della cultura britannica. Per placare le critiche dei piú oltranzisti preferirà definirsi *sir-realist*, ma nell'intimo è gratificato dal riconoscimento. Lee è sbalordita: tra le tante esperienze bizzarre che ha vissuto, mai avrebbe pensato di diventare una lady, proprio lei che sfoggia un linguaggio da caserma ed è allergica all'etichetta, ma l'idea di essere ricordata nel necrologio funebre come Lady Penrose la diverte cosí tanto che la trasforma in una barzelletta per intrattenere gli ospiti: in realtà, chi le vuole bene crede si meriti il titolo piú di tante signore.

Anche se adesso è conosciuta come Lady Elizabeth Penrose, Lee ama presentarsi soltanto come una chef, peraltro pluripremiata: è l'unica identità in cui si riconosce e che accetta di mostrare in pubblico. A chi la interroga sul passato regala risposte evasive e lapidarie: «Ho scattato qualche foto. Ma è stato molto tempo fa». La cortina fumogena disseminata per estirpare ogni traccia del proprio talento è l'esperimento che le è riuscito meglio. Il giorno in cui lo storico dell'arte Mario Amaya la invita a scrivere un'autobiografia e cerca di organizzare una mostra con i suoi lavori, Lee prende tempo e risponde telegrafica che purtroppo le sue fotografie sono andate perse una volta lasciato lo studio di New York, altre sono state eliminate dai tedeschi a Parigi durante l'occupazione, mentre il resto è stato bombardato nel blitz londinese. Ed è cosí convincente che, grazie a una provvidenziale amnesia, comincia a crederci pure lei. Per fortuna, il delitto perfetto che ha architettato non ha cancellato le affinità elettive che la tengono legata agli artisti con cui ha condiviso i momenti piú felici della vita.

Quando Picasso arriva in Inghilterra rifugge le mondanità organizzate per omaggiarlo e trascorre le giornate a Farley Farm, divertendosi a disegnare insieme a Antony piccole meraviglie colorate. Lee può restituirgli la gentilezza di averla sfamata in tempo di guerra, cucinando per lui ogni ricetta a base di pomodori. Ad accompagnarlo ora c'è la sua quarta o quinta amante-moglie-compagna: con il maestro catalano si perde il conto, ma non è il solo. Tutti gli amici di Lee si sono sposati e risposati piú volte, e con donne regolarmente piú giovani.

– Gli uomini hanno sette vite come i gatti, almeno dal punto di vista sessuale, – le dice anni dopo Audrey Withers per commentare l'ennesimo matrimonio di un vecchio conoscente con una ragazza.

– Cercano di sconfiggere la vecchiaia attraverso la giovinezza delle compagne. Noi magari ci facciamo un lifting, mentre loro ne trovano direttamente una piú fresca, – commenta Lee, che sull'argomento è molto ferrata. – Pare sia un necessario rito scaramantico che però produce una grande quantità di vedove precoci. Io non sarò tra queste.

Il suo sarcasmo è una salutare valvola di sfogo; con gli anni ha perso tante cose e ha conquistato dei chili tutti nei posti sbagliati, però l'ironia sferzante che ha animato le sue conversazioni è rimasta viva. Ma quando Audrey sta ancora ridendo per la battuta dell'amica, Lee si fa seria e sputa il rospo.

– Adesso promettimi che non ti metterai a piangere e a fare scene apocalittiche.

Audrey presagisce la brutta notizia e aspetta il colpo senza fiatare.

– Ho il cancro, non si può operare, morirò. Tutto qui.

Lee è fatta cosí, annuncia l'uscita di scena quasi fosse in procinto di partire per uno dei suoi viaggi. In qualche modo si sente pronta ad affrontare quell'ennesima avventura, e a parte qualche nuova ricetta da scoprire e la musica classica di cui è diventata una fan appassionata, non saprebbe cosa aggiungere alla lista delle cose da rimpiangere. L'epoca che ha attraversato senza risparmiarsi nulla è tramontata da un pezzo, e i suoi migliori amici se ne sono tutti andati. Picasso è morto a piú di ottant'anni senza mai diventare vecchio, innamorato fino all'ultimo della propria arte e delle donne che l'hanno ispirata. Per Roland e Lee è una perdita devastante ma, come diceva Éluard, la sua presenza li ha illuminati per sempre: «Il piú grande privilegio è stato quello di vivere nel suo stesso secolo». Anche Max Ernst e Man Ray, accomunati da uno strano destino, muoiono a pochi mesi di distanza, lasciando un vuoto immenso nel cuore di Lee, che ricorda l'ultima volta che ha incontrato il suo maestro, in occasione di una retrospettiva organizzata da Roland solo due anni prima. È una serata mondana come tante, ma Man e Lee ignorano gli invitati che li circondano e passano il tempo a guardarsi negli occhi: due vecchi bellissimi che non hanno bisogno di parlare per capirsi. Una foto struggente li ritrae insieme: lui è ormai un uomo fragile sulla sedia a rotelle, ma non ha perso l'aria impertinente sempre pronta allo scherzo; Lee è china accanto al suo volto e gli sorride mostrando fiera la ragnatela di rughe che decora il suo viso ancora incantevole. L'immagine surclassa i capolavori appesi alle pareti del museo che rimandano in decine di scatti il corpo della donna piú bella del mondo. La passione, l'eros e l'attrazione fatale di cui sono stati protagonisti ora sono divenuti pregiati esemplari d'arte citati nei libri, ma nulla è paragonabile al calore dell'amicizia che ha continuato ad

animare le loro vite. Quella sera nessuno osa avvicinarsi ai
due ex amanti per non interrompere la magia del loro incontro. Ma adesso ogni cosa è sfocata nella mente di Lee: i
ricordi si sono trasformati in fotografie sviluppate a metà.
Galleggiano nella vasca della memoria senza contorni definiti.

Quando comincia a precipitare, Roland non si allontana
piú dal suo letto e la assiste giorno e notte. Non sopporta
l'idea di lasciar andare la ragazza dal carattere impossibile che gli ha illuminato l'esistenza. Nonostante le continue
turbolenze, non si è mai voluto separare e ha lottato anche
contro sé stesso pur di non perderla. E adesso non ce la fa
a rassegnarsi all'idea di vivere senza di lei.

Eppure ora Lee è tranquilla come non lo è stata mai, e
nel dormiveglia trova la forza di scherzare per intrattenere
il pubblico dolente riunito al suo capezzale. Rammenta a
tutti che ha congelato delle palle di neve durante l'inverno
per far giocare gli ospiti di Farley Farm nella bella stagione:
una tradizione della casa che, anche se lei non ci sarà piú,
non devono interrompere. Un lascito a dir poco stravagante, degno di una surrealista. Ma ora che ci pensa, avrebbe
qualcosa da aggiungere alla scarna lista dei rimpianti. C'è
un piccolo sole entrato troppo tardi nella sua vita. Un incontro che ha riempito di luce la stanza dove da giorni è
reclusa contando le ore che separano una dose e l'altra di
morfina. È una bimbetta appena nata che Antony e la moglie Suzanne le hanno portato a conoscere: una nipotina arrivata in casa fuori tempo massimo, riempiendola di suoni
e odori che aveva scordato da tempo. E Lee, che non ama
i bambini, è sorpresa dall'affetto che le ispira quel cucciolo
di donna. Antony, con cui ha vissuto la relazione piú complicata della sua vita, le ha fatto il regalo piú bello prima di
morire. Peccato che non potrà vederla crescere e affrontare
la sua vita di ragazza in un mondo che, nonostante gli anni

passati da quando Lee era bambina, è ancora colmo di insidie e di ostacoli per le giovani intraprendenti. Avrebbe tanti consigli e infinite storie da raccontarle, non capita a tutti di avere una tale cattiva maestra come nonna, e ripensandoci, forse adesso varrebbe la pena che qualcuno si prendesse la briga di rispolverare le sue peripezie, di sicuro per la piccola che la fissa con un visino impertinente e ride di cuore alle smorfie che Lee improvvisa per lei, sotto lo sguardo incantato di Antony che in questo nuovo cerchio magico si riconcilia finalmente con la propria infanzia.

Lee vorrebbe scriverle qualcosa ma le mancano le forze, e guardando Roland accanto a sé, sperduto nel suo dolore, gli chiede di massaggiarle i piedi come sa fare lui.

– Lo sai che se Hitler avesse avuto qualcuno cosí bravo a massaggiare i piedi, ci saremmo risparmiati una guerra mondiale? Te l'ho già detto?

– Sí, Lee. Tante volte.

Il cielo che vede dalla finestra aperta si è popolato di nuvole bianche che sembrano dipinte a mano, quasi che la buonanima di John Constable sia venuta di persona a regalarle quell'ultimo spettacolo.

Ma un raggio del tramonto, penetrando a forza in quel paesaggio idilliaco, suggerisce un altro scenario possibile, e le viene in mente l'unico pensiero che vorrebbe lasciare alla bambina.

Sí. Deve dirle di non smettere mai di cercare l'altrove assolato che da qualche parte, anche se lei ancora non lo sa, di sicuro la sta aspettando.

Europa, 1945-46

Dave Scherman ha comprato una solida Chevrolet del 1937. Dopo averla riverniciata di verde oliva, ha aggiunto a grandi caratteri sul cofano la scritta «Life» in bianco. Lee, fedele al proprio rito scaramantico, l'ha chiamata Jemina. Le piace dare un nome alle macchine e trasformarle in fidate compagne di viaggio con una personalità. Lei e Dave sono ormai una squadra affiatata, e mai come questa volta hanno bisogno di una complice meccanica obbediente e disciplinata per affrontare le nuove spedizioni al seguito delle truppe alleate. La caricano al limite della resistenza con macchine fotografiche, flash e rullini, ma soprattutto taniche di benzina, il bene piú prezioso per gli inviati di guerra.

Roland ha fatto di tutto per convincere Lee a tornare a casa, vorrebbe che la facesse finita con quella guerra che insegue quasi fosse l'unica ragione dell'esistenza. È preoccupato per i pericoli che può correre, e per la prima volta discutono aspramente. Ma lei è ferma come una roccia sulle sue decisioni e non ha paura di arrivare allo scontro.

– Non sono la tua Cenerentola che non aspetta altro che indossare una dannata scarpetta di cristallo.

Argomento chiuso. Al momento Lee non intende farsi salvare dal suo principe azzurro. Roland si arrende a malincuore, ma come è successo a una folta schiera di innamorati prima di lui, sa bene che se vuole conservare il rapporto con quella donna vulcanica deve fare per forza un passo indietro. Nessuno può fermarla ora che ha trovato l'ispirazione per il suo lavoro, ma c'è qualcosa di piú profondo del solito desiderio d'avventura che la spinge a indagare cosa si nasconde sotto i fasti della liberazione. Lee l'ha scritto in un severo articolo appena pubblicato da «Vogue»:

> Lo stile della liberazione non è decorativo. Ci sono gli svolazzi allegri di vino e canzoni. C'è dappertutto il bel colore della libertà, ma ci sono anche rovina e distruzione. Ci sono errori e problemi, speranze deluse e promesse non mantenute.

Dai finestrini schizzati di fango della Chevrolet intravede le lunghe file di profughi che, a piedi o stipati su carri bestiame, cercano la strada di casa. Sono poveri derelitti rimasti nascosti interi mesi per sfuggire ai rastrellamenti, prigionieri di guerra, vecchi denutriti e bambini senza piú famiglia: un formicaio impazzito di esseri umani di nazionalità diverse che hanno perso tutto e ora, piú che la morte, temono l'incerto destino che li aspetta. Lee attraversa quella che chiama con dispregio Krautland, senza nascondere la rabbia verso il popolo tedesco che ritiene complice di tante atrocità. Ad Aquisgrana fotografa la cattedrale rimasta in piedi per miracolo, un monito contro la barbarie. Ma alla direttrice che le chiede un pezzo sugli abitanti, confessa di non sapersi liberare da un risentimento velenoso che le impedisce ogni obiettività giornalistica. Guida senza sosta attraverso le belle campagne dai campi arati pronti per il raccolto, e incontra ragazze sorridenti e paffute con indosso graziosi completini tradizionali, all'apparenza inconsapevoli delle tragedie che i loro padri e mariti hanno contribuito a provocare. Ogni volta che nei territori liberati coglie un minimo segno di prosperità e benessere, viene assalita da un odio feroce. Le tornano in mente le sofferenze procurate dalla cieca adesione dei tedeschi a quell'ideologia malata,

ma ora tutti sembrano colti da un'amnesia collettiva. Affollavano le piazze, entusiasti, applaudivano le sparate del
Führer, orgogliosi di quell'ometto macilento che predicava
la superiorità della razza ariana e la necessità di cancellare
ebrei e oppositori dalla faccia della Terra. Adesso, per quanto Lee interroghi ogni essere umano incontrato per strada,
non trova un'anima disposta ad ammettere la benché minima simpatia per il regime che si sta sgretolando. «Tutti qui
insistono che non sono mai stati nazisti. Sostengono di igno-
rare il trattamento da schiavi subìto dai deportati ebrei».
Ma bastava che avessero ascoltato i discorsi del gangster, o
letto qualche riga del *Mein Kampf*, per rendersi conto dell'a-
bisso in cui sarebbero precipitati. Lee non riesce a credere
a quelle professioni d'innocenza, cammina a denti stretti
fra le macerie, il cuore indurito da un rancore mai provato
prima. Di notte, in preda all'inquietudine, scrive a Roland
lunghe lettere in cui dichiara di amarlo con tutto il cuore,
ma appena si fa giorno le accartoccia nello zaino. Non le
spedisce mai. Sono un estremo tentativo di mettere ordine
nella confusione che ha in testa e di domare la rabbia che si
porta dentro. Riesce a calmarsi solo grazie a una massiccia
dose di sonniferi, che la spedisce in un limbo sconfinato
come una prateria.

Appena resuscita dal sonno chimico, Lee salta in macchina e al volante di Jemina attraversa le città appena liberate. È un continuo zig-zag tra zone in fiamme e territori
scampati al conflitto; la guerra è ancora in atto e non c'è piú
un fronte preciso, a pochi chilometri da dove sventolano le
bandiere bianche di resa c'è chi resiste agli assalti e continua a combattere. La situazione è fluida e pericolosa, si ac-
cavallano voci sul destino di Hitler e i suicidi di massa che
il Führer, in anni di macabra propaganda, ha incoraggiato
quale unica soluzione in caso di sconfitta. Nelle stesse ore,

a Berlino, mentre la città è flagellata dai bombardamenti e
i sovietici sono alle porte, l'orchestra dei Berliner offre l'ultimo concerto a una popolazione di fantasmi eseguendo *Il
crepuscolo degli dèi* di Wagner, e mentre le note cercano di
sovrastare il sordo rumore dei colpi, la gioventú hitleriana
invece del programma di sala distribuisce agli spettatori pillole di cianuro. Gli uomini delle SS, i soldati del Volkssturm,
i funzionari governativi e i rappresentanti del partito sono
stati istruiti a dovere e, pur di non cadere nelle mani del
nemico, sono pronti al gesto estremo. Preferiscono la morte piuttosto che affrontare le proprie coscienze e subire un
giusto processo per i crimini commessi.

La scena che Lee si trova davanti agli occhi quando arriva a Lipsia è raccapricciante.

> In uno degli uffici, un uomo dai capelli grigi sedeva con la te-
> sta appoggiata alle mani incrociate sul tavolo. Di fronte a lui, ri-
> versa su una poltrona, una donna pallida con gli occhi aperti e un
> rivolo di sangue secco sul mento. Sdraiata sul divano, una ragazza
> dai denti straordinariamente belli, il volto cereo. L'uniforme da
> crocerossina è cosparsa della calce venuta giú durante la battaglia,
> proseguita fuori del municipio dopo la loro morte.

Il borgomastro della città si è suicidato con tutta la famiglia poche ore prima di cadere nelle mani dell'esercito americano. È uno dei tanti funzionari nazisti che ha trascinato
moglie e figli nel proprio scellerato destino.

Lee non è la sola fotografa al seguito delle truppe: c'è
anche Margaret Bourke-White, che copre il conflitto per
«Life». Tutte e due immortalano la scena, ma con inquadrature molto diverse. L'approccio di Bourke-White è piú
giornalistico e predilige una visione d'insieme: il suo scatto
è preso dall'alto, e grazie all'uso del flash documenta piú
freddamente l'episodio. Lee, invece, entra dentro il quadro
zumando sui personaggi illuminati solo dalla luce naturale

di una finestra. Sotto il suo sguardo partecipe, l'azione si trasforma in un affresco onirico e irreale. Non è l'oggettività a interessarla, ma l'emozione che le suscita l'immagine nell'istante in cui la vede. Osservando oggi queste fotografie, sentiamo quasi il suo cuore battere piú forte e il sangue accelerare nelle vene.

Quello di Lee è un approccio istintivo e spregiudicato che rivela il suo passato artistico, ma non la protegge dalla brutalità degli eventi che testimonia. La foto ravvicinata della figlia del borgomastro sembra un dipinto preraffaellita, una giovane Ophelia che non galleggia tra i fiori nelle limpide acque di un fiume, ma è abbandonata sul divano in pelle dell'ufficio del padre. È la vittima innocente di una barbarie inspiegabile e feroce che l'ha costretta, poco piú che adolescente, a togliersi la vita con il veleno. Con una semplice fotografia, Lee restituisce l'insensatezza e la crudele follia del regime che ha dominato la Germania negli ultimi anni, ma da questo momento ogni scatto che realizza le provoca un profondo stress emotivo che cerca di dissimulare con l'abituale spavalderia. David Scherman riconosce quel dolore, e forse è l'unico che sa penetrare la cortina di fumo dietro la quale l'amica cela i propri sentimenti. È al suo fianco durante le lunghe notti alcoliche in cui Lee insegue le parole per i suoi articoli; sperimenta giochi e battute per farla ridere nei momenti piú cupi; crede nel suo talento e la incoraggia nel lavoro che condividono in piena armonia. Forse Dave si è innamorato di Lee, di un amore fatto di stima, ammirazione e complicità, ma non osa immaginare un futuro accanto a lei, e anche se a volte accarezzano l'idea di aprire insieme uno studio a New York, la lealtà che lo lega a Roland gli impedisce di lasciarsi andare a sogni proibiti. Non avrebbe mai pensato di entrare in intimità con una donna cosí speciale e questo gli basta: come tutti in guerra,

si accontenta di vivere alla giornata, e in compagnia di Lee
la giornata è sempre sorprendente.

Quando Dave è costretto a coprire un altro servizio per
«Life», Lee decide di partire da sola per Torgau, dove è
previsto lo storico incontro fra l'esercito sovietico e quello
statunitense. Grazie alla familiarità con gli alleati, è subito
ospitata su una Jeep armata di mitragliatrice insieme a quattro soldati del 273° reggimento di fanteria che, evitando le
strade principali, la porta a destinazione prima degli altri
giornalisti. Dopo aver fotografato la fatidica stretta di mano, che sancisce la pace imminente ma fa intravedere quello
che presto sarà il futuro di una Germania divisa e lacerata,
Lee viene «sequestrata» dalle soldatesse russe che vogliono
scoprire come è fatta la famosa biancheria intima americana.
Si parlano a gesti, ma diventano subito amiche: le ragazze
rimangono deluse quando scoprono che la yankee non porta il reggiseno, però apprezzano molto il rossetto, unica fri-
volezza che l'inviata si è concessa nel bagaglio spartano con
cui viaggia da mesi. Lee si diverte e simpatizza con tutti, e
quando Dave la raggiunge a notte fonda, la trova al centro
della festa dove si banchetta a base di vodka russa e granchi pescati dagli americani nel fiume Elba. Chi ancora non
è svenuto per l'alcool e la stanchezza, continua a brindare
sotto lo sguardo solenne di Roosevelt e Stalin, che dai loro
ritratti polverosi benedicono la baldoria al pari di due san-
ti protettori. Quella sera un mondo diverso appare ancora
possibile, ma riguardare oggi quelle foto con gli abbracci e
le strette di mano fra russi e americani mi fa uno strano effetto; mi sembra quasi di osservare il risultato di un abile
fotomontaggio, che suggerisce un falso storico piú che un
fatto realmente accaduto. Eppure per quei ragazzi catapul-
tati sul fronte dalle province lontane di paesi cosí diversi,
quella di Torgau sarà una serata indimenticabile che conti-

nueranno a raccontare fino alla noia ai nipoti cresciuti nel gelido clima della guerra fredda.

È ora di ripartire. All'alba, Lee raccoglie i resti delle bottiglie con cui hanno festeggiato e li versa in una tanica; mischia tutto quello che trova, e il risultato è un cocktail micidiale che rabbocca ogni volta che «liberano» una cantina lungo il percorso. Il sapore è quasi insopportabile, ma l'effetto è assicurato. Una buona scorta alcolica è un carburante necessario quanto la benzina per continuare il viaggio che li aspetta. Dave ricorda lo stupore dei soldati nel vedere quella donna bionda dalla divisa malandata bere lunghe sorsate da una tanica. Lee ormai è una leggenda al fronte, e la sua capacità di fraternizzare con le truppe crea un vantaggio alla squadra «Life-Vogue», che riesce a trovarsi nel posto giusto sempre un momento prima degli altri reporter. Marguerite Higgins, corrispondente del «New York Herald Tribune», si lamenta con Dave con una punta di sarcasmo:

– Com'è possibile che ogni volta che arrivo da qualche parte per coprire una storia, tu e Lee state già ripartendo?

Un carrozzone di inviati e fotografi si muove insieme alle forze armate, rincorrendo gli scoop che i giornali aspettano con ansia di piazzare in prima pagina. La competizione è all'ordine del giorno e c'è una guerra nella guerra per accaparrarsi l'ultima notizia, ma a un certo punto il tempo si ferma e l'orrore silenzia ogni rivalità. Quando l'esercito di liberazione apre i cancelli dei campi di concentramento, nessuno crede ai propri occhi. Veterani impassibili che hanno assistito alle scene piú cruente in battaglia, alla vista di quelle fabbriche della morte scoppiano in lacrime. Le testimonianze dei primi soldati che entrano nei campi sono quasi inarticolate: «Non-ci-sono-parole-per-descrivere-quello-che-ho-visto...» è la frase piú ricorrente. Rimbalza da Auschwitz a Bergen-Belsen, da Buchenwald a Dachau,

e dalle decine di luoghi di tortura che i tedeschi hanno costruito scientificamente per portare a termine il sogno per-
verso dello sterminio di massa. Davanti alle immagini che
ritraggono i cumuli di morti e la condizione disumana dei
sopravvissuti, il mondo è costretto a fare i conti con una
realtà che molti sospettavano, ma pochi avevano avuto il
coraggio di denunciare.

Lee e Dave fanno parte del manipolo di fotografi che
entrano per primi nei campi liberati, sono stati chiamati
dall'Alto comando alleato per testimoniare ciò che le parole non riescono a descrivere. Senza di loro, oggi le bande
di negazionisti urlerebbero ancora piú forte le sciocchezze
criminali che dopo anni siamo ancora costretti a sentire.

Lee all'inizio non riesce a scattare: come tutti, è impie-
trita dall'incredulità. Neanche una mente malata dotata di
una fantasia macabra e perversa sarebbe riuscita ad architettare uno spettacolo del genere. Le pile di morti accata-
stati come legna da ardere emanano un tanfo pestilenziale
di carne in putrefazione ed escrementi; i corpi sono scava-
ti, quasi risucchiati dalla magrezza, e hanno perso ogni fisionomia umana; non si distinguono piú né sesso né età, un
ammasso informe di arti scheletrici da cui si affacciano volti emaciati con la bocca e gli occhi ancora sbarrati. Alcuni
giornalisti non resistono alla scena e si riparano in un angolo per vomitare. Lee, le mani tremanti, afferra la Rolleiflex
e ingaggia la sua battaglia contro l'orrore.

Le fotografie dei campi di concentramento di Buchenwald
e Dachau scattate da Elizabeth Miller non sono solo la testimonianza di un'inviata di guerra, ma aggiungono alla pura
documentazione dell'evento storico un punto di vista artistico ancora piú penetrante e doloroso per chi le osserva. Lee,
al contrario di altri reporter, sceglie di riprendere la realtà
disumana dei lager «con un occhio surrealista», e grazie alla

tecnica della frammentazione sperimentata negli anni parigini ritaglia inquadrature insolite che prediligono i particolari
piuttosto che la visione d'insieme. In *Dead Prisoners* le cataste dei prigionieri senza vita rimasti in attesa davanti ai forni
crematori sono decontestualizzate dal paesaggio circostante:
non c'è il profilo di un edificio, né la presenza commossa di
qualche testimone, non un lembo di cielo a dare speranza.
Ogni distrazione è eliminata per focalizzare l'orrore allo stato puro. Il nostro sguardo è intrappolato senza via di scampo
su un dettaglio in primo piano che mostra solo corpi schele-
triti, come se Lee, privandoci di filtri e consolazioni, volesse
costringerci a vivere in prima persona quell'esperienza estrema. È un'immagine dolente che ricorda piú un dipinto che
una fotografia, e la poesia che cogliamo nell'atrocità fa piú
male di qualsiasi approccio realistico. Come il *Cristo morto*
del Mantegna o *Guernica* di Picasso, il lavoro di Lee ci mette
con le spalle al muro e ci obbliga a riflettere su quel che vediamo. C'è una bellezza nella distruzione e nella morte che
Lee coglie col suo sguardo pietoso, scavalcando l'obiettività
richiesta a ogni reportage giornalistico.

Riguardando le decine di foto realizzate da Lee nei campi,
mi colpisce e mi commuove questa ricorrente qualità estetica unica nel suo genere. C'è uno scatto, forse meno famoso,
che inquadra solo le gambe di un prigioniero sopravvissuto
allo sterminio; riconosciamo la sua identità dai pantaloni a
righe, che erano la divisa obbligatoria dei reclusi: non ha
piú scarpe, e i piedi sono avvolti malamente da vari strati di
calzini rappezzati per sopportare il freddo durante i lavori
forzati nei gelidi inverni tedeschi. Ma per uno strano cortocircuito visivo, queste insolite calzature sembrano scarpette da ballo, anche grazie al particolare movimento con cui
si posano leggere per terra. L'uomo che era condannato a
una morte atroce, sotto l'obiettivo di Lee diventa un balle-

rino aggraziato pronto a librarsi in una danza della libertà
che non avrebbe mai sperato di eseguire. Conosciamo bene
il destino a cui è sfuggito per miracolo, che Lee descrive in
un toccante articolo su «Vogue»:

> Gli enormi spazi polverosi erano stati calpestati dai piedi di mi-
> gliaia di condannati. Piedi che facevano male e venivano trascinati
> per alleviare il dolore, alla fine divenuti inutili se non per condurli
> alla camera della morte.

In un'altra fotografia emblematica, Lee racconta il dramma dei sopravvissuti che si aggirano come anime sperdute
tra le cataste di cadaveri, che osservano senza piú stupore
né meraviglia. La convivenza con la morte e le persecuzioni li ha svuotati di ogni sentimento, somigliano piú a larve
senza vita che a esseri umani. La distruzione sistematica
della dignità dei nemici era fra i principali obiettivi dei nazisti. Prima di ucciderli fisicamente li privavano di identità, affetti familiari, oggetti personali, amor proprio e deco-
ro, sgretolando pezzo dopo pezzo carattere e individualità
fino all'annullamento di ogni caratteristica umana. Lo ha
raccontato Hannah Arendt con precisione drammatica:

> Il risultato finale è in ogni caso costituito da uomini senz'anima,
> uomini che non possono piú essere compresi psicologicamente, e il
> cui ritorno al mondo umano [...] somiglia da vicino alla resurrezio-
> ne di Lazzaro.

Lee si aggira sotto shock per il campo, cerca di penetrare la spessa cortina di dolore e rassegnazione che circonda i
superstiti; offre la propria razione K a un ragazzo macilento buttato in un angolo della baracca come un mucchio di
stracci, ma i soldati la ammoniscono. È un errore fatale dar
da mangiare ai prigionieri che, disabituati al cibo, hanno lo
stomaco cosí ristretto da rischiare di morire per indigestio-
ne. Molti di loro, sopravvissuti per miracolo alla barbarie

dei campi, per un macabro scherzo della sorte sono deceduti poche ore dopo la liberazione, proprio a causa di quelle abbuffate che celebravano un ritorno alla vita. Una giovane rasata a zero, il volto cosí ossuto che a stento fa trapelare i lineamenti, si avvicina alla fotografa bionda e le carezza le labbra: una fiammella di vita si accende nelle due pozze nere che sono diventati i suoi occhi. Sembra un gesto assurdo, ma Lee capisce che sta ammirando il rossetto che anche quella mattina si è passata sulla bocca con rito meccanico, senza neanche guardarsi allo specchio. Cerca nello zaino e glielo regala, tentando di scambiare qualche timida parola. La ragazza non risponde, ma si illumina con uno strano sorriso che somiglia piú a un ghigno. E se ne va, stringendo al petto quel dono prezioso. Il ricordo della donna che era stata è riaffiorato alla superficie grazie a un piccolo segno di vanità che si era perso nell'abbrutimento a cui era stata costretta.

Ho capito a fondo questo episodio quando ho visto *Holocaust*, un'opera dell'artista di strada Banksy, che ha elaborato una vecchia foto in bianco e nero dei prigionieri in un campo di concentramento, dietro il filo spinato. Sulle loro labbra l'artista ha dipinto con la vernice rossa un pesante strato di rossetto. L'effetto è stridente e ai limiti della decenza, e non a caso ha suscitato aspre polemiche. Per spiegare il suo gesto, Banksy ha riportato la testimonianza del tenente colonnello Mervin Gonin, fra i primi soldati inglesi a liberare il campo di Bergen-Belsen nel 1945:

> Poco dopo l'arrivo della Croce Rossa inglese, giunse un grosso carico di rossetto. Non era affatto quello che volevamo, e non so chi chiese rossetto. Ma fu un atto di genio.

Ricorda come le donne che non avevano piú nulla, nemmeno una vestaglia per coprire i corpi emaciati, giacevano sul letto felici con le labbra rosso porpora. Erano tornate umane, non era piú solo il numero tatuato sul braccio a rappresentarle. A oltre settant'anni di distanza, è difficile penetrare lo stato d'animo di chi è riuscito a sopravvivere a quell'incubo. Le documentazioni storiche suggeriscono solo in parte il trauma vissuto dalle vittime di quelle persecuzioni. A noi è consentito rivivere in bianco e nero il ricordo di quell'aberrazione che ci sembra quasi irreale per quanto è apocalittica e lontana, ma chi è andato di persona a visitare i luoghi della memoria si è reso conto che fanno parte del nostro mondo a colori, e le montagne di indumenti, di occhiali e di capelli, lasciati intatti per non permettere a nessuno di dimenticare, sono reali e tangibili, quasi non fosse passato nemmeno un minuto. Gli uomini e le donne che all'epoca hanno visto il cielo blu di Dachau splendere sopra l'olocausto sono rimasti traumatizzati, e molti come Lee hanno perso per sempre il senso del futuro. Il telegramma che l'inviata Elizabeth Miller manda a «Vogue» insieme ai rullini fotografici contiene solo queste scarne parole: «Credetemi, è tutto vero!», che saranno usate come titolo dell'articolo insieme alle immagini dei campi di concentramento. Per la prima volta, una rivista che racconta una vita spensierata e lussuosa viene squarciata da una realtà orripilante. Un contrasto fortissimo, forse il gesto piú surrealista dell'intera carriera di Lee. La direttrice, Audrey Withers, è orgogliosa del suo lavoro e la esorta a non fermarsi.

La rabbia che Lee prova contro i tedeschi «ben nutriti» dopo la discesa agli inferi nella realtà dei lager è ancora piú incandescente, e le foto delle SS ora agli arresti nei campi sono piú eloquenti di tante parole. Sono scatti feroci, con l'obiettivo puntato sul primo piano dei volti tumefatti dai pestaggi subiti per rappresaglia e rappresentano quasi una vendetta personale. Quando gli alleati sfondano il muro del campo di concentramento una realtà parallela appare agli

occhi increduli dei prigionieri. A pochi metri dagli orrori
che erano costretti a vivere, è comparsa come un miraggio
una schiera di villette ordinate dai giardini lindi e fioriti,
abitate da una popolazione che conduceva una vita serena e
beata. Il comando americano obbliga quei cittadini «ignari»
a delle «visite guidate», per fronteggiare senza piú scuse la
verità che avevano rimosso. Ogni giorno vedevano il fumo
dei camini dei forni crematori solcare il loro bel cielo, hanno
convissuto con l'odore acre della morte senza mai chiedersi
nulla, e adesso erano condannati a spalare cumuli di cadaveri abbandonati dagli aguzzini in fuga. L'articolo di Lee che
commenta la processione degli abitanti di Weimar costretti
a visitare il lager è tra i suoi pezzi piú sarcastici e impietosi:

> La Germania è un meraviglioso paese tempestato di villaggi si-
> mili a diamanti, punteggiato di città in macerie e abitato da schi-
> zofrenici.

Dave e Lee tornano a Monaco sfiniti, guidano in silenzio, persi nei loro pensieri. Lo zaino è pieno dei rullini che
devono spedire alle rispettive riviste, ma le immagini di Buchenwald e Dachau non sono rimaste impresse solo nelle pellicole delle loro macchine fotografiche. Quello che hanno
visto li ha segnati per sempre. Sono ricordi che non possono
scacciare, e già sanno che dovranno farci i conti. Quando
arrivano all'alloggio che gli è stato assegnato, scoprono con
stupore che si tratta dell'appartamento privato di Hitler. È
qui che il Führer intratteneva gli ospiti piú prestigiosi; per
esempio, il dittatore fascista Benito Mussolini, che prima
della guerra ammirava come un eroe. Ma soprattutto, la casa al numero 16 di Prinzregentenplatz è il nido d'amore che
il capo supremo del Terzo Reich condivideva con l'amante
Eva Braun, una donna scialba e all'apparenza priva di personalità che è rimasta un mistero per gli storici appassionati

della vita sessuale del Führer. Lee entra nell'appartamento
quasi in trance, è subito colpita dalla mediocrità dell'ambiente. Gli arredi sembrano acquistati in fretta durante
un pomeriggio di noia in un grande magazzino dozzinale,
deprimenti piante in plastica adornano il corridoio, e sulle
mensole sono in bella mostra porcellane cinesi cosí scaden-
ti che sarebbe difficile rifilarle a un rigattiere. Una pomposa libreria in quercia contiene tutti i romanzi di avventura
di Karl May. A Lee viene da ridere all'idea che Hitler, dopo aver progettato per tutto il giorno le piú micidiali armi
di sterminio di massa, per rilassarsi la sera legga le storie di
cow-boy e pellerossa dello scrittore tedesco.

È colpita dall'assurdo contrasto tra quelle cianfrusaglie e
i proclami vanagloriosi dell'uomo che voleva diventare il re
del mondo. Ma cosa si aspettava di trovare? L'ometto in fondo è stato respinto per ben due volte dall'accademia d'arte
di Vienna, e tutta la storia potrebbe essere riscritta semplicemente come la saga di un povero frustrato che, animato
da un lacerante sentimento d'invidia, decide di vendicarsi
del mondo intero. È inutile cercare spiegazioni profonde.
Anni dopo, Hannah Arendt ci aiuterà a far luce sulla «ba-
nalità del male», rispondendo a molte delle domande che
Lee si pone in quelle ore concitate.

> Il male non è mai «radicale», ma soltanto estremo, e non pos-
> siede né profondità né una dimensione demoniaca [...]. Esso può
> invadere e devastare il mondo intero, perché si espande sulla su-
> perficie come un fungo. Esso «sfida» il pensiero, perché il pensie-
> ro cerca di raggiungere la profondità, di andare alle radici, e nel
> momento in cui cerca il male, è frustrato perché non trova nulla.
> Questa è la sua «banalità».

Quando finalmente si immerge nella vasca del Führer, riempita fino all'orlo di acqua calda, Lee riprende vita e con
un guizzo geniale organizza l'ultima foto di quella estenuante

giornata. Nei lager ha visitato altre sale da bagno, architet-
tate dalle menti piú raffinate del regime per eliminare una
grande quantità di prigionieri nel minor tempo possibile:
un'idea geniale far uscire gas letale al posto dell'acqua corrente. Un lavoro pulito e veloce, frutto di un'oliata catena
di montaggio. Cosí la descrive Lee:

> Le vittime si toglievano i vestiti e procedevano ignare, dopo
> aver lasciato a terra le divise perché fossero lavate. Aprivano i ru-
> binetti e si uccidevano da sé, preservando cosí le SS dallo stigma
> di assassini.

Costringere le persone ad annientarsi da sole ingannan-
dole con il miraggio di una doccia è l'ultima frontiera del
sadismo tecnologico, pensa Lee mentre s'insapona il corpo,
godendo del tepore dell'acqua.

Il fetore insopportabile della carne putrefatta dei morti rimasti per giorni sotto il sole si è insinuato come un malanno
nelle narici e la perseguita. Prima di fuggire le SS volevano
occultare le prove della loro macabra attività ma non erano
riusciti a smaltire l'enorme quantità di cadaveri degli ultimi giorni: era finito il combustibile, e i forni crematori che
fino ad allora avevano marciato a pieno ritmo si erano fer-
mati, lasciando il lavoro incompiuto sotto gli occhi di tutti.

Dave Scherman, obbedendo alle precise istruzioni della
collega, scatta per lei un intero rullino, unico testimone di
questa insolita esibizione. Al centro dell'inquadratura, Lee
mostra all'obiettivo il viso misterioso al pari di una Sfinge.
È un'azione di guerriglia quella che mette in atto nel luogo
piú privato dell'uomo piú cattivo del mondo.

Come i dadaisti durante la Prima guerra mondiale, l'inviata di «Vogue» ricorre all'*humour noir*. La provocazione
per dimostrare l'assurdità della guerra, spogliarsi nuda davanti al ritratto impettito del Führer e profanare la vasca
che aveva accolto le sue intimità, non è solo un gesto inso-

lente, ma un vero e proprio regolamento di conti. E che sia
una donna a farlo è ancora piú dirompente. Nulla riuscirà a
quietare la rabbia che la sta facendo esplodere, e quello che
ha provato davanti agli orrori a cui ha assistito non si lave-
rà certo con un bagno. Ma dopo piú di settant'anni questa
immagine è ancora attuale, e rimane un monito per tutti gli
smemorati che credono sia sufficiente aggiungere a nazismo
e fascismo le paroline «del nuovo millennio» per affrancarsi
da un tragico passato.

Quella sera, Lee scrive a Audrey poche righe per accompagnare gli articoli e i rullini che ha spedito alla rivista, con-
fessandole che fino a quel giorno aveva considerato Hitler
solo un diabolico mostro. Dopo aver visitato la sua casa e
parlato con le persone che lo hanno conosciuto, le era apparso «meno mitico e dunque piú terribile», e aveva dubi-
tato che possedesse tratti umani: «Come una scimmia che
ti imbarazza e ti umilia con i suoi gesti, poiché rispecchia
la caricatura di te stesso».

Mentre Scherman scatta la foto della vasca, Lee non sa
ancora che da poche ore il Führer si è suicidato insieme a
Eva Braun nel bunker della Cancelleria, dove vive da mesi
insieme all'alto comando tedesco senza mai mostrare il volto
malaticcio alla luce del sole. Fino alla fine ha impartito ordini deliranti all'esercito ormai decimato, impedendo ogni
possibilità di resa. In un ultimo guizzo di follia, ha addirittura spinto decine di adolescenti e bambini ad arruolarsi
per difendere la città di Berlino, già ridotta in macerie. Il
comandante supremo che ha trascinato il paese in guerra si
è rifugiato sottoterra con tutte le comodità a disposizione,
mentre i berlinesi sono allo stremo delle forze e sopravvivo-
no a stento nascosti nelle cantine senza piú cibo né acqua,
vivendo nel terrore dell'imminente arrivo dei russi pronti
a vendicarsi delle loro perdite. Donne, ragazze e bambine

saranno le vittime predestinate di una serie di stupri feroci da parte dell'Armata Rossa: la violenza sessuale è l'arma
preferita di ogni conflitto, e nonostante i progressi tecnolo-
gici e gli strumenti bellici sempre piú sofisticati di cui oggi
ci vantiamo, nessuna guerra ha rinunciato a questa barbarie.

Dopo aver testato le pillole di cianuro sul loro amatissimo
cane Blondie, alle 15:30 del 30 aprile 1945 Adolf Hitler e la
donna che da poche ore è diventata sua moglie si tolgono la
vita. La notizia ufficiale della morte del Führer raggiunge
il mondo solo il giorno dopo, mentre Dave e Lee sono in
viaggio verso il Nido dell'Aquila, rifugio del capo del Terzo Reich incastonato come un gioiello tra le Alpi bavaresi.
Quando giungono a Berchtesgaden, il 15° reggimento co-
mandato da «Iron Mike» O'Daniel ha appena espugnato
quel che resta dello chalet lussuoso del Führer, che le SS in
fuga avevano già dato alle fiamme. È una notte senza luna, ma il rogo della villa scatena fiamme cosí impotenti che
non servono i flash per immortalare la scena. Lee, le guance
arrossate dal fuoco, scatta a raffica una foto dietro l'altra,
mentre i soldati in preda all'euforia si ubriacano con i vini
pregiati saccheggiati nelle cantine di Hitler. Tutti vogliono
trafugare un cimelio sopravvissuto all'incendio, reliquie di
un'èra tramontata per sempre, ma Lee non ne è cosí sicura.

Dave le ha portato in dono un vassoio d'argento con le
iniziali «A. H.» e una bandiera nazista che l'inviata si lega
al collo quasi fosse il foulard di una collezione d'alta moda.

– Su questo vassoio ci servirò gli aperitivi, e ogni volta
che i miei ospiti brinderanno a qualcosa, senza saperlo fe-
steggeranno anche la fine di Hitler.

– E la fine del fascismo, – aggiunge Dave, porgendole una
bottiglia di champagne sottratta ai sotterranei del Berghof.

– Credi davvero che ci siamo liberati per sempre da questo veleno? – domanda Lee attaccandosi alla bottiglia.

– Il tiranno si è fatto fuori da solo e il suo impero sta bru-
ciando, – Dave è sovraeccitato come tutti, e cerca di trasmettere a Lee la propria gioia elettrica.

– Il tiranno? Ti ricordo, caro Scherman, che il signor Adolf
Hitler è stato votato dai cittadini tedeschi e portato in trionfo dai viennesi, che l'hanno acclamato come un eroe mentre
faceva deportare sotto i loro occhi intere famiglie di ebrei.

Dave non ce la fa a controbattere alla ferrea logica dell'a-
mica, e per concludere la conversazione la prende tra le braccia e la bacia con tutta la forza che gli resta in corpo dopo
giorni passati a rincorrere la storia. È la loro ultima notte
insieme e non vuole perdere tempo a discutere, anche perché sa che lei purtroppo ha ragione. Ora che la Germania
si è arresa, come molti altri inviati è stato richiamato in patria, ma Lee non intende seguirlo a New York né tantomeno vuole tornare a Londra da Roland. La sua inquietudine
la spinge ad andare avanti da sola, e alla guida di Jemina
punta verso l'Austria: vuole guardare a fondo tra le macerie
ancora fumanti d'Europa, per scoprire il destino che attende
milioni di persone a cui è stato promesso il mondo migliore
per il quale tanti innocenti hanno perso la vita.

È insofferente verso chi le consiglia di interrompere quel
viaggio che ormai somiglia piú a una fuga, e alterna momenti di sconforto a stati di incontenibile euforia. Il cocktail
micidiale di alcol, sonniferi e benzedrina, ormai parte della sua dieta quotidiana, non l'aiuta a mantenere la lucidità
necessaria per affrontare le decisioni che rimanda di giorno in giorno.

> Roland, tesoro, non ti ho dimenticato. Ogni sera, quando po-
> trei trovare il tempo e certamente la voglia di scriverti, penso che
> l'indomani avrò la risposta definitiva […]. Ma quel momento non
> arriva mai.

Neanche queste righe arrivano a destinazione, e Roland è costretto a sentire Audrey per sapere se Elizabeth è ancora viva. Quando raggiunge Vienna dopo nottate insonni al volante di Jemina, Lee quasi non riconosce la città divisa a fette come una torta in diverse zone di occupazione: sovietica, francese, americana, britannica, piú una zona franca internazionale. Regna una babele di lingue, e ogni territorio ha imposto l'ora del paese di origine creando una confusione surreale. Per oltrepassare i posti di blocco è necessaria una quantità di visti e permessi che vanno rinnovati in continuazione, e Lee è obbligata a un costante gioco dell'oca per raggiungere i luoghi che le interessano. Una musica da ballo invadente e allegra proviene dai caffè sulla strada, suggerisce un'atmosfera da favola, ma a suonarla sono degli orchestrali smilzi e denutriti, forse prigionieri appena liberati che hanno ripreso in mano increduli gli strumenti dopo anni di tormenti. Invece, chi ha collaborato con il regime si riconosce al primo sguardo: l'aspetto florido e le guance paonazze che sprizzano salute e benessere non ingannano Lee, che li squadra come fossero degli assassini.

Per il resto, la città è popolata di larve affamate in cerca di cibo e medicinali. Quando visita l'ospedale per gli orfani di guerra, Lee è sconvolta dalle condizioni in cui versano i piccoli malati, e nel famoso cablogramma che invia a Audrey Withers è racchiuso il trauma che la perseguiterà per anni. Descrive quei bambini come gladiatori ridotti pelle e ossa, che lottavano fino allo stremo «stringendo i pugni contro l'assalto della morte». E altri mille, alle porte del pronto soccorso, erano condannati allo stesso destino, perché in quegli ospedali dalle pareti decorate con gioiose filastrocche si continua a morire come in tutta la città per mancanza di forniture sanitarie, e non si può far altro che

guardare i piccoli volti diventare cianotici, di quel blu livido che Lee non riuscirà piú a guardare.

> Chi è la prima persona che hai visto da morta? Una nonna for-
> se, o qualcuno che appariva incredibilmente assonnato anziché
> morto, circondato da ghirlande, mentre tu, a passi lenti e incerti,
> camminavi verso la musica.

Per quanto tempo si può tollerare l'atroce convivenza
con la morte? Con questa morte? Lee sa di essere giunta
al limite della propria capacità di sopportazione, ma non
riesce a distogliere lo sguardo dall'abisso. Come quando
sull'orlo di un precipizio, nonostante le vertigini, si continua a fissare il fondo della valle attratti dal pericolo. In
quei momenti pensa pure al suicidio e accarezza la pistola che porta in tasca; dovrebbe servire per difendersi nelle situazioni rischiose, ma anche farla finita e chiudere gli
occhi è una prospettiva allettante. Era rimasta attonita
quando quattro anni prima, nel pieno della guerra, aveva
saputo del suicidio di Virginia Woolf, ma adesso le sembra
di comprendere quel gesto. La scrittrice si era riempita le
tasche di sassi e si era lasciata andare nelle acque del fiume, abbandonando il proprio talento e le persone piú ca-
re senza rimorsi. Forse aveva intuito che la sua sofferenza
era troppo forte e il futuro non aveva piú niente in serbo,
non valeva la pena di continuare a guardare lo spettacolo.
Il mondo incantato di Lee, in cui ha mosso i suoi passi di
libertà, è naufragato per sempre e quel che resta non promette niente di buono. Non è questa la pace per cui tanti
hanno combattuto, e comincia a pensare che la guerra non
sia servita a niente. I soliti truffatori e gli uomini senza onore sono già pronti a trarre vantaggi dalle rovine, e nessuna
ricostruzione potrà mai riportare in vita lo spirito creativo
che ha condiviso con tanti artisti. Chi sarà piú in grado di
riconoscere e proteggere la bellezza?

Mentre cammina da sola nella notte viennese, è attratta da un falò in fondo a una strada. Alcuni soldati russi bivaccano insieme a un vecchio signore che accenna per loro timidi passi di danza, pieni di grazia nonostante l'età. Lee si avvicina, e scopre di trovarsi in presenza di Vaclav Fomič Nižinskij, il più grande ballerino del mondo. Soffre da tempo di disturbi mentali e la moglie Romola lo ha tenuto nascosto durante la guerra per paura che i nazisti lo rinchiudessero in un campo dove sarebbe stato condannato all'eutanasia, destino comune alle persone disabili o malate ritenute dal regime un peso per la società. Ora Nižinskij è uscito allo scoperto, e con gioia infantile improvvisa una coreografia per i connazionali che applaudono estasiati. Il chiarore della luna illumina la scena con un piccolo fascio di luce che ricorda l'occhio di bue di un palcoscenico. Per un istante Lee dimentica la tristezza, le sembra di rivivere la magia dei Balletti Russi che avevano infiammato per tante stagioni le platee parigine. In un tempo che appare sospeso nell'eternità, Nižinskij s'inchina con eleganza e sorride felice, mentre la moglie lo guarda tenera senza più paura che qualcuno possa fargli del male. La Nižinskaya porta ai piedi strani sandali di pelle rossa; cogliendo la curiosità di Lee, le racconta una storia che sembra una favola: dopo averla vista camminare senza scarpe per le strade di Vienna, i soldati avevano ritagliato la pelle di un vecchio divano e confezionato per lei quelle calzature bizzarre, le più belle scarpe che abbia mai posseduto.

L'anziana coppia si dilegua barcollando tra le macerie, inghiottita dal buio. Lee pensa che bastano quei frammenti di vita per dare un senso al suo viaggio, ed è già pronta per ripartire. Vorrebbe raggiungere la Russia, ma nonostante l'aiuto di Audrey, che cerca sempre di assecondarla, non ottiene i visti e si dirige verso l'Ungheria. Vuole capire

234 SERENA DANDINISERENA DANDINI

quale futuro è in serbo per quei paesi che ha tanto amato, ma al pari di molti ha già compreso che Stalin non mollerà la presa sulle sue conquiste. Che senso ha avuto liberare con fatica e dispendio di vite umane una popolazione che è stata sotto il giogo del nazismo, per poi abbandonarla a un altro regime liberticida? Quell'infinito reportage nell'Europa devastata dalla guerra è diventato quasi un'ossessione per lei, e Withers deve inventarsi delle scuse per giustificare il suo accredito a «Vogue», che preferirebbe qualche bel servizio di moda sulle nuove tendenze dell'autunnoinverno 1945. Ma a Budapest Lee non trova che donne vestite di stracci: le dame dell'aristocrazia affollano ancora il Park Club, la mecca dell'alta società cittadina, ma solo per vendere brillanti e pellicce alla borsa nera. Nel pezzo per «Vogue», Lee racconta del coraggio e della forza di volontà delle donne ungheresi, che si sono rimboccate le maniche affrontando i lavori piú umili mentre gli uomini «si affannano nei ministeri inseguendo intrighi politici». Ancora una volta la guerra si è trasformata in un'occasione di emancipazione per il genere femminile, che si è prodigato in tutti i campi e finalmente ha potuto mettere in mostra il proprio valore. In un editoriale intitolato *Victory*, Audrey Withers si chiede:

> Dove andranno a finire ora le *servicewomen* e tutte le altre che, senza il fascino dell'uniforme, si sono messe in fila e hanno mandato avanti fattorie, case e uffici? Il loro valore è piú che dimostrato: [...] quanto ci vorrà prima che gli uomini di ogni nazione dimentichino ciò che le donne hanno portato avanti quando la patria aveva bisogno di loro?

Purtroppo pochissimo tempo, come sappiamo. E lo sa anche Lee, che non riesce a spogliarsi della divisa diventata il suo scudo e fermare il suo viaggio. Anche se non sa bene cosa cerca, continua ad affidarsi a Jemina e si allontana sempre di piú. Non risponde a nessuna delle lettere che Roland seguita a scriverle speranzoso, né ha piú contatti con i genitori, i quali apprendono da un giornale che è stata arrestata mentre cercava di valicare il confine russo. L'Armata Rossa non la lascia passare, ma Lee come sempre non si perde d'animo e, appena liberata, punta verso la Romania per ritrovare i luoghi che aveva scoperto insieme a Roland nella loro estate felice. Quando arriva in Transilvania, è sorpresa da una fitta nevicata: sono ore che guida, e la stanchezza prende il sopravvento. In una curva ripida e ghiacciata perde il controllo della macchina, che dopo un testacoda finisce in un banco di neve in discesa. Anche la fedele Jemina le sta suggerendo qualcosa?

È viva per miracolo, e quella notte a Bucarest finalmente piange tutte le lacrime trattenute in quei lunghi mesi. La bandiera nazista che porta sempre al collo, inzuppata del proprio pianto dirotto, si è stinta, macchiandole la faccia di rosso. Si guarda allo specchio per lavarsi, e non riconosce la donna sciupata e sofferente che vede riflessa. Ma non sono solo le macchie di colore a turbarla: i capelli sono stoppacciosi e hanno perso la lucentezza del sole che li faceva somigliare a un campo di grano maturo; gli occhi azzurri sono due pozzanghere sporche, e la pelle del viso pare un campo accidentato dopo una battaglia. Non c'è piú traccia della ragazza spensierata che inseguiva il proprio destino nelle strade del mondo.

Non pensava fosse cosí facile autodistruggersi.

La sua vita precedente è immersa in una nebbia cosí fitta che non ricorda nemmeno le facce delle persone che ha amato. Da piú di sette mesi non manda notizie a Roland, e controvoglia apre la sua ultima lettera.

Cara Lee,
    ti chiedo di rispondermi subito. Telegrafami non appena ricevi
questo messaggio. Cosa stai facendo? Quando torni a casa? Prima
di partire mi hai domandato se avessi una ragazza che amavo come
ho amato te. Ora ce l'ho. Una persona che non conosci, non hai
mai visto ed è qui, in carne e ossa, non un fantasma. Ti imploro,
non in poesia stavolta, ma con l'amore e la devozione che conosci
cosí bene. Se ti rifiuterai di farti viva, prenderò il tuo silenzio come una risposta.
    Lee, mia cara, rispondi!

                                                        Roland

Straccia quella che piú che una lettera è un ultimatum e
si rifugia tra le lenzuola del letto sfatto, incapace di prendere una decisione: stare sdraiata fingendo di dormire è
la cosa che adesso le riesce meglio. Lo spirito nomade che
l'ha guidata nei momenti piú difficili la sta abbandonando,
e neanche la consueta compagnia dell'alcol la strappa alla
notte cupa in cui è piombata.
    Avvertito da Audrey, David Scherman capisce che è il
momento di intervenire; il suo amore per Lee è limpido e
generoso, non sopporta di vederla precipitare nel baratro
che pure lui conosce bene e contro il quale sta lottando come
tutti i reduci di guerra. Le manda un telegramma stringato
a caratteri cubitali: «TORNA A CASA». Casa naturalmente è
Londra, è Roland e l'esistenza a cui appartiene. Se non fa
presto non troverà piú nessuno ad accoglierla. Dopo un'altra
settimana di tormenti, Lee reagisce con un lapidario: «Ok».
    Ma prima vuole fare ancora una cosa.
    Da tempo soffre di un fastidioso mal di schiena che la
faticosa vita da inviata al fronte non ha certo aiutato, e
non vede l'ora di farsi massaggiare da un orso ballerino dei
Carpazi. È un rimedio insolito ma molto efficace, e si met-

te in cerca di quel terapista speciale nei villaggi intorno a
Bucarest. La persecuzione dei nazisti nei confronti degli
zingari ha decimato le popolazioni rom, e i loro orsi am-
maestrati – una leggenda in Romania – sono ormai intro-
vabili. Tuttavia Lee, grazie agli inesauribili contatti, riesce
a scovare un Albergo degli Orsi con un esemplare in attività: una femmina di centoquaranta chili dagli occhi rotondi
e acquosi, parecchio male in arnese proprio come la ragazza
piú bella del mondo. L'animale e la donna si squadrano e
subito si piacciono, come due sopravvissute di un'èra perduta. L'addestratore attacca una musica tzigana, e l'orsa
accenna dei passi di danza con una leggerezza impensabile
per la sua stazza. Lee, fiduciosa, si sdraia a pancia in giú e
si lascia andare.

L'ultima foto del diario di viaggio di Elizabeth Miller
mostra l'ex *cover-girl* stesa a terra che sorride come una
bambina, mentre l'enorme orsa le sta pacificamente seduta sulla schiena.

È un'immagine assurda e un po' folle, ma non potrebbe esserci addio migliore a quell'incredibile stagione della
sua vita.

Ora è pronta per tornare a casa.

Epilogo

Lady Elizabeth Miller Penrose muore il 21 luglio 1977 nella casa di Farley Farm, circondata dalle persone che ha amato di piú anche se non è sempre riuscita a farglielo sapere.

Inabissarsi e far perdere le tracce del proprio passato non è un'operazione da tutti, eppure a Lee è venuta alla perfezione, almeno finché è stata in vita.

Quando sono andata in visita nella fattoria, un pellegrinaggio necessario per affrontare questo libro diventato per me una piccola ossessione, sono rimasta colpita dalla solarità dei luoghi e dall'amore con cui la famiglia continua a celebrare il ricordo di Lee senza mai ridurla a un santino. Tra le pareti colorate ancora piene di quadri, non si respira l'aria del santuario ammuffito che spesso trapela dalle case dei grandi della storia convertite in museo. Tutto è ancora vivo e vibrante, come quando Farley era invasa dalla tribú di amici chiassosi per cui Lee preparava le sue ricette strampalate.

Ma confesso che avrei voluto sgattaiolare dalla visita guidata e raggiungere la soffitta, il famoso nascondiglio segreto in cui Lady Penrose aveva occultato le prove delle sue vite precedenti. Immagino la meraviglia di Antony quando, anni dopo la morte della mamma, insieme alla moglie Suzanne è salito nel solaio per cercare una foto della propria infanzia da mostrare alla figlia. Rovistando fra gli scatoloni, ha riportato alla luce come reperti archeologici di una civiltà scom-

parsa piú di sessantamila negativi, fotografie, diari, bozze
di articoli, lettere d'amore e decine di ricordi. Un immenso
tesoro sommerso di cui non sospettava l'esistenza.

Sin dalla nascita, Antony ha convissuto con una donna
problematica e infelice senza mai capirne le ragioni. Roland
stesso non ha tradito il patto che lo legava a Lee, e ha evita-
to di rivelare al figlio quante donne diverse la madre avesse
incarnato nella sua esistenza.

Antony è fulminato dalla scoperta: «È stato come se qualcuno mi avesse derubato, privandomi della conoscenza di
una persona eccezionale». D'improvviso si trova davanti a
un'esplosione di verità che per anni gli è stata tenuta nascosta, e decide di ricostruire meticolosamente la storia di
Elizabeth Miller Penrose scrivendo libri, organizzando mostre delle sue fotografie e facendo della fattoria surrealista
un luogo aperto a un pubblico appassionato.

Per nostra fortuna il passato di Lee non è andato disperso,
né tantomeno è stato bombardato come Lady Penrose amava
raccontare per depistare i curiosi. Se avesse voluto davvero
disfarsene lo avrebbe bruciato lei stessa nel bel camino af-
frescato da Roland. Chissà, forse sperava che la capsula del
tempo casalinga dove l'aveva occultato lo conservasse in attesa del momento giusto per proiettare nel futuro la scossa
vitale di un'altra epoca, in cui era ancora possibile sognare in
grande e coltivare libertà che oggi sembrano irraggiungibili.

Nota bibliografica

Questo romanzo è l'affresco di un'epoca. Intorno alla protagonista – che è davvero esistita – e alle sue mille vite ruotano un'infinità di personaggi primari e secondari con le loro storie grandi e piccole. Come in tutti i romanzi, ho fatto ricorso alla fantasia per ricostruire dialoghi e situazioni, ma sempre all'interno di un contesto di verità, di fatti realmente accaduti e consegnati alla memoria da saggi e biografie.

L'archivio storico della rivista «Vogue», sfogliabile online, si è rivelato una miniera ricchissima, grazie alla quale ho potuto conoscere gli scritti di Lee Miller in versione integrale e originale.

Di seguito, un elenco delle altre fonti consultate per comporre il mio variegato ritratto di un secolo.

Bouhassane, A., *Lee Miller. A Life With Food, Friends and Recipes*, Penrose Film Productions - Grapefrukt Forlag, Lewes-Oslo 2017.

Burke, C., *Lee Miller. On Both Sides Of the Camera*, Bloomsbury Publishing, London 2006.

Chadwick, W. e True Latimer, T. (a cura di), *The Modern Woman Revisited. Paris Between the Wars*, Rutgers University Press, New Brunswick (New Jersey) 2003.

Conekin, B. E., *Lee Miller In Fashion*, The Monacelli Press, New York 2013.

Fry, V., *Surrender On Demand*, Random House, New York 1945 [trad. it. *Consegna su richiesta. Marsiglia 1940-1941. Artisti, dissidenti ed ebrei in fuga dai nazisti*, traduzione di V. Parlato, Sellerio, Palermo 2013].

Hilditch, L., *Lee Miller. Photography, Surrealism And the Second World War. From «Vogue» To Dachau*, Cambridge Scholars Publishing, Newcastle upon Tyne (Uk) 2017.

Isenberg, S., *A Hero Of Our Own. The Story Of Varian Fry*, Plunkett Lake Press, Lexington 2017.

King, J., *Roland Penrose. The Life Of a Surrealist*, Edinburgh University Press, Edinburgh 2016.

McAuliffe, M., *Paris On the Brink. The 1930s Paris Of Jean Renoir, Salvador Dalí, Simone de Beauvoir, André Gide, Sylvia Beach, Léon Blum, and Their Friends*, Rowman & Littlefield Publishers, Lanham 2018.

Morris, D., *The Lives Of the Surrealists*, Thames & Hudson, London 2018.

Mourgue, G., *Jean Cocteau*, Éditions Universitaires, Paris 1965.

Penrose, A. (a cura di), *Lee Miller's War*, Thames & Hudson, New York 2005.

Id., *The Home Of the Surrealists. Lee Miller, Roland Penrose and Their Circle At Farley Farm*, Frances Lincoln, London 2008.

Id., *The Lives of Lee Miller*, Thames & Hudson, London 1985 [trad. it. *Le vite di Lee Miller*, traduzione di M. Premoli, Archinto, © Rcs Libri s.p.a., Milano 2009].

Penrose, R., *Picasso. His Life & Work*, Littlehampton Book Services, Worthing 1958 [trad. it. *Picasso. L'uomo e l'artista*, PGreco, Roma 2012].

Ray, M., *Self Portrait*, Andre Deutsch Publishers, London 1963 [trad. it. *Autoritratto*, traduzione di M. Pizzorno, Abscondita, Milano 2014].

Id., *La fotografia come arte*, a cura di Janus, Abscondita, Milano 2012.

Id., *Sulla fotografia*, a cura di Janus, Abscondita, Milano 2016.

Roe, S., *In Montparnasse. The Emergence Of Surrealism In Paris. From Duchamp to Dalí*, Penguin Books, London 2018.

Schiaparelli, E., *Shocking Life. The Autobiography Of Elsa Schiaparelli* (1954), Victoria & Albert Museum Publishing, London 2007 [trad. it. *Shocking Life*, traduzione di L. Grieco, Donzelli, Roma 2016].

Vanoyeke, V., *Paul Éluard* (1995), Éditions Julliard, Paris 2006.

Vicari, J., *Mad Muses and the Early Surrealists*, McFarland & Company, Jefferson (North Carolina) 2011.

Zeitz, J., *Flapper. A Madcap Story of Sex, Style, Celebrity, and the Women Who Made America Modern*, B/D/W/Y, New York 2006.

Fonti delle citazioni letterarie.

p. 17 Loos, A., *Gentlemen Prefer Blondes. The Intimate Diary Of a Professional Lady*, Boni & Liveright, New York 1925.

21 Fitzgerald, Z., *Eulogy On the Flapper*, in «Metropolitan Magazine», giugno 1922.

37 Aragon, L., «Je vais te dire un grand secret...», in Id., *Les Yeux d'Elsa*, Éditions Pierre Seghers, Paris 1942 [trad. it. *Ti dirò un gran segreto...*, in *Poesie d'amore*, traduzione di F. Bruno, Crocetti editore, Milano 1984].

38 Id., *Il ne m'est Paris que d'Elsa*, Robert Laffont, Paris 1964.

45 Breton, A., *Manifeste du surréalisme*, Éditions du Sagittaire, Paris 1924 [trad. it. *Manifesti del surrealismo* (1966), traduzione di G. Neri, Einaudi, Torino 2003].

49 Ray, M., *À l'heure de l'observatoire... Les amoureux*, in «Cahiers d'Art», vol. 10, nn. 5-6, Paris, 1935.

54 Breton, A., *Nadja*, Nrf, Paris 1928 [trad. it. *Nadja*, traduzione di G. Falzoni, Einaudi, Torino 2007].

71 Cocteau, J., *Journal d'un inconnu*, Éditions Grasset & Fasquelle, Paris 1953 [trad. it. *Diario di uno sconosciuto*, traduzione di B. Granozio, Lucarini editore, Roma 1988].

73 Woolf, V., *A Room Of One's Own*, Hogarth Press, London 1929 [trad. it. *Una stanza tutta per sé*, traduzione di M. A. Saracino, Einaudi, Torino 1995].

75 Ray, M., *Objet à détruire*, in «This Quarter», vol. V, n. 1, Paris 1932 [trad. it. in Id., *Sulla fotografia* cit.].

79 Burke, *Lee Miller* cit.

88 *Ibid.*

96 *Ibid.*

98 Miller, L., lettera a David Scherman, 21 marzo 1945, cit. in Salvio, P. M., *Uncanny Exposures. A Study Of the Wartime Photojournalism Of Lee Miller*, in «Curriculum Inquiry», vol. 39, n. 4, Taylor & Francis, settembre 2009.

103 Burke, C., *Lee Miller. On Both Sides Of the Camera* cit.

120 Picasso, P., *Scritti*, a cura di M. De Micheli, SE, Milano 2011.

130 Burke, *Lee Miller* cit.

131 Éluard, P., *Les Sept poèmes d'amour en guerre*, in Id., *Au Rendez-vous allemande* (1945), Les Éditions de Minuit, 2012 [trad. it. in Id., *Poesie*, traduzione di F. Fortini, Einaudi, Torino 1966].

138 King, *Roland Penrose* cit.

145 Burke, *Lee Miller* cit.

145 King, *Roland Penrose* cit.

150 Burke, *Lee Miller* cit.

152 Hitler, A., *Mein Kampf*, Franz-Eher-Verlag, München 1925 [trad. it. *La mia battaglia*, traduzione di A. Cambatzu e V. Pinto, Free Ebrei, Torino 2017].

154 Burke, *Lee Miller* cit.

158 Breton, A., *Second Manifeste du surréalisme*, Simon Kra, Paris 1930 [trad. it. *Manifesti del surrealismo* cit.].

168 Scherman, D., *Foreword*, in Penrose, *Lee Miller's War* cit.

173 Miller, L., *France Free Again. St. Malo*, in «Vogue», 15 ottobre 1944, p. 133.

174 *Ibid.*, in «Vogue», 15 ottobre 1944, pp. 133-34.

176 Éluard, P., *Liberté*, in Id., *Au Rendez-vous allemande* cit. [trad. it. in Id., *Poesie* cit.].

177 Conekin, *Lee Miller In Fashion* cit.

179 Scherman, D., *Foreword*, in Penrose, *Lee Miller's War* cit.

188 Burke, *Lee Miller* cit.

190 Conekin, *Lee Miller In Fashion* cit.

192 Carrington, L., *La Débutante*, in *La Dame oval*, G. L. M., Paris 1939 [trad. it. *La debuttante*, tradizione di N. Marotta e M. Gini, Adelphi, Milano 2018].

195 Miller, L., *Working Guests*, in «British Vogue», luglio 1953, p. 54-57.

214 Miller, L., *Pattern of Liberation*, in «British Vogue», gennaio 1945, p. 27.

216 Miller, L., in Penrose, *Lee Miller's War* cit.

222 *Ibid.*

222 Arendt, H., *The Origins of Totalitarianism*, Schocken Books, New York 1951 [trad. it. *Le origini del totalitarismo*, traduzione di A. Guadagnin (2004), Einaudi, Torino 2009].

223 Banksy, *Manifesto*, consultabile online all'indirizzo http://hakenberg.org/networking/webscan/gonin.it.htm

225 Miller, L., *Germans Are Like This*, in «Vogue», giugno 1945, p. 102.

226 Arendt, H., lettera a Gershom Scholem, 20 luglio 1963, cit. in Donaggio, E. e Scalzo, D. (a cura di), *Sul male. A partire da Hannah Arendt*, Meltemi, Roma 2003.

227 Miller, L., in Penrose, *Lee Miller's War* cit.

230 Id., in King, *Roland Penrose* cit.

232 Id., *Through the Alsace Campaign*, in «British Vogue», aprile 1945.

234 Withers, A., *Victory*, in «British Vogue», giugno 1945.

236 King, *Roland Penrose* cit.

Ringraziamenti.

Grazie a Valentina «Pat» Pattavina, editor preziosa e spericolata, specialmente quando va in motocicletta... (scusa l'abbondanza di aggettivi!)

A Chiara Melloni, «ancora di salvataggio», sempre presente in tutte le bufere.

A Luisa Pistoia, Marco Miana, Irene Pepiciello e a tutta la Sosia & Pistoia, che inspiegabilmente continua ad avere fiducia in me.

A Francesco Colombo e al suo entusiasmo contagioso.

A Orsa e Germana, mie indispensabili lettrici del cuore.

A Paola, per la passione matematica.

A Chiara e Marcella, e ai nostri Val d'Oca e... «buonanotte»!

Agli amici del mare di Castro.

A Adele e Manú, che mi hanno portato a Farley Farm.

A Lele, per tutto.

Indice

Questo libro è stampato su carta contenente fibre certificate FSC®
e con fibre provenienti da altre fonti controllate.

MISTO
Carta da fonti gestite
in maniera responsabile
FSC® C115118

Stampato per conto della Casa editrice Einaudi
presso ELCOGRAF S.p.A. - Stabilimento di Cles (Tn)
nel mese di novembre 2020

c.l. 24282

Edizione   Anno

I   2   3   4   5   6   7   2020   2020   2021   2023